OUBLIER NOS PROMESSES

Psychologue spécialisée dans les troubles autistiques et les addictions, Elsa Roch écrit parallèlement des polars dans le but d'explorer une à une les failles de l'être humain. Elle vit près de Grenoble.

Paru au Livre de Poche :

CE QUI SE DIT LA NUIT

ELSA ROCH

Oublier nos promesses

CALMANN-LÉVY

AVERTISSEMENT

L'auteure, pour des besoins liés à l'histoire, a pris quelques libertés avec la géographie parisienne. Par ailleurs, toute ressemblance avec des personnes existantes ou ayant existé ne serait que fortuite.

ISBN : 978-2-253-25798-1 – 1re publication LGF

Pour Éric, Hugo & Ancelin,
mes lumières dans la nuit.

À mes amis,
François-Xavier Marchand,
Sylvie Fauda-Role,
et Gen.

Aujourd'hui tu marches dans Paris
[les femmes sont ensanglantées
C'était et je voudrais ne pas m'en souvenir
[c'était au déclin de la beauté

Guillaume Apollinaire,
Alcools.

I

Poésie urbaine

Il attendait au milieu de la pièce quand on avait frappé à la porte. Trois coups, une interruption, deux coups. La livraison arrivait enfin. Une commande à 8 000 dollars qu'il pensait amortir en très peu de temps. Après, ce serait pur bénéfice. Il avait hoché la tête et son frère, Ardian, avait ouvert.

Amisa était entrée, apeurée. Le sbire qui l'avait amenée – un hercule – l'avait poussée d'une tape dans le dos vers lui avant de disparaître sans un mot. Une jeunesse insolente, un corps souple, des yeux de biche effarouchée. « Approche. » Elle s'était exécutée, et il en avait fait rapidement le tour, glissant ses mains sous le pull en mauvais coton afin de vérifier la marchandise. Il avait senti ses formes pulpeuses, sa peau douce. Les gars ne l'avaient pas abîmée, ce qui signifiait qu'elle devait être aussi docile qu'Ardian le lui avait assuré. Enfin une promesse tenue dans ce monde où la parole donnée n'avait plus aucune valeur. Elle semblait parfaite.

— Quel âge ?

— Seize.

— Pure ?

— Oui.

— Pas recousue ?

— Non, avait répondu Ardian, pas celle-là. Ils ont compris la leçon. Ils nous entuberont plus.

— Je l'espère pour eux.

Il avait esquissé un sourire, la saisissant par le bras, l'avait fait asseoir sur une chaise et s'était placé devant elle, caressant son visage lisse, écartant ses longs cheveux noirs. Il faut toujours s'assurer de l'état du produit quand il arrive. Même de Velešta. Elle comprit très vite la finalité du test et c'est quand il se laissa aller qu'elle sut qu'elle l'avait passé haut la main. Pour parfaire le contrôle, il avait appelé Ardian qui montait la garde devant la porte. Les clients avaient parfois des goûts spéciaux ; il valait mieux que cette petite ne gâche pas son avenir en refusant d'assouvir certains désirs. Et son porte-flingue méritait bien une récompense. Trois jours à se tenir à carreau, ça valait des encouragements. Ardian s'était approché sans se faire prier, désignant à la jeune fille un vieux matelas jeté à même le sol. Elle avait retiré ses dessous, s'était agenouillée et il s'était positionné derrière elle, ignorant la croix en or qui pendait à son cou. Lorsqu'il eut fini, il se releva, vacillant, jetant un œil à son frère. La fille n'avait pas protesté. Bien. Ils n'auraient aucun problème à en retirer 5 000 boules à chaque fois, si elle cicatrisait bien. Il n'y avait plus qu'à la rhabiller. L'emballage joue beaucoup sur la première impression du client. Il avait sorti une liasse. « Elle peut pas bosser comme ça. Accompagne-la. » Ardian était sorti en premier, tout en rattachant sa ceinture. Elle avait suivi, tête basse, matée. Lorsque la porte avait claqué derrière eux, il avait allumé une cigarette. Excellente recrue. Elle allait leur rapporter un max. Jeune et élastique, pas comme certaines qu'on lui avait certifié pucelles mais qui avaient déjà servi mille fois, se recousaient mal et finissaient plus rapidement que prévu sur les trottoirs. Au final, elles lui avaient coûté les yeux de la tête pour rien.

Le silence revenu, velouté comme un sourire d'enfant, il s'y engouffra. Il avait exhalé la fumée par petites bouffées saccadées, tête penchée contre la baie vitrée. Certes, cette idée de génie, créer un monde à part, celui dont personne n'avait osé rêver, celui de tous les fantasmes, au cœur de la capitale française, la plus belle ville du monde, putain, venait d'un autre. De quelqu'un, au-dessus de lui, qui tirait les ficelles. Mais qui le savait ? Personne ! Pour tout le monde ici, l'empereur c'était lui. Et il lui arrivait même de croire que c'était vraiment le cas. Ce mec, au téléphone, qu'il n'avait jamais rencontré, ne posait pas un réel problème tant qu'il restait dans l'ombre et payait plus que bien.

Il s'était demandé, au début, pourquoi. Pourquoi ce type, qui avait eu les bons codes pour pénétrer le milieu, l'avait-il choisi, lui, pour diriger tout ça ? Et puis, son pouvoir d'achat ayant considérablement augmenté avec ce nouveau business, il avait cessé de se poser la question et s'était organisé. Il avait fallu monter une équipe de confiance et il en avait recruté chaque membre, en dehors du premier, imposé : La Montagne. Mais l'homme méritait son surnom, et il l'accepta d'emblée, motivé par le fait que pas grand monde de sa connaissance n'avait envie de se prendre un colosse de plein fouet. Avec lui collé à leurs basques, il ne pouvait rien leur arriver. D'autant que, comme toute montagne, il était muet. Depuis l'âge de six ans. On ne savait pas pourquoi et à vrai dire on s'en fichait. C'était vraiment pratique, un gars pareil. Les gens blablatent trop. Avec La Montagne, l'homme de l'ombre leur assurait sécurité et discrétion. La voix avait dit : « Tu en choisis deux autres et point final. Tu as huit jours. » Il avait donc commencé par coopter son frère, à qui il avait confié la tâche de recruter la marchandise, sur place. C'était une brute qui ne voyait pas au-delà de son appendice génital, mais les liens du sang demeureraient sacrés et, étrangement, il fallait reconnaître à Ardian le goût des belles choses. Le deuxième homme fut beaucoup plus délicat à dénicher. Non pas que les chirurgiens véreux manquassent, mais il voulait le roi des pourris, sachant la fermer – un critère difficile à remplir –, bosser vite et bien sans poser de questions. Il le trouva le sixième jour et afficha un sourire apaisé. Il existait. Tout existe toujours. Exilé en Allemagne, rayé de l'Ordre des médecins, avide, démuni, et lointain parent du côté de son oncle. On resterait presque en famille. Le quatuor défini, il n'avait que partiellement défloré le projet, l'idée de génie, en l'exposant à son équipe, se contentant d'éclater la vérité, n'en distribuant à chacun que des bribes, sans que personne détienne les mêmes. Il s'était ensuite occupé personnellement du matériel informatique permettant de diffuser ses annonces sur Internet et de dissimuler au mieux ses traces. Il avait également choisi l'opérateur téléphonique et le réseau de taxis qui transporterait les filles là où le souhaiteraient les clients qui auraient les moyens de leurs fantasmes. Le soir du septième jour, tout fut prêt.

Il avait écrasé sa cigarette en souriant. Du bon boulot, vraiment. Bientôt, il siégerait à la tête d'un empire dont personne – excepté le commanditaire bien sûr, mais qui pouvait assurer qu'il allait faire de vieux os dans un monde instable comme le nôtre ? – n'aurait jamais une vision totale. Le « Carré des Vierges ».

1

« Il cessa de cligner des yeux pour
les fermer un instant, oubliant le chaos
généralisé et celui qu'était
devenue sa vie… »

Nuit de dimanche à lundi, 4 heures du matin,
IML, quai de la Râpée, XIIe arrondissement, Paris,
août 2010.

Fin et sortie d'autopsie. Le sas de sécurité franchi, le commissaire Amaury Marsac secoua la tête, alluma une cigarette et exhala lentement la fumée, immobile. La chaleur du jour, qui l'avait rongé, s'était estompée, et tout était plus calme maintenant, même si le silence absolu dont il rêvait les nuits comme celles-ci resterait un luxe inaccessible. Il cessa de cligner des yeux pour les fermer un instant, oubliant le chaos généralisé et celui qu'était devenue sa vie, se mordillant la lèvre, à hauteur de sa cicatrice. L'endroit demeurait sensible. Un simple effleurement, et une décharge électrique le traversait. Les nerfs devaient avoir été mal reconnectés lorsque le chirurgien l'avait recousu. Il frappa le tronc d'un arbre du plat de sa main. *Tout en moi est mal connecté.* Second coup sur l'arbre. *Le monde lui-même est mal fichu.* Une boule lui serra la gorge. *Sale soirée. Pauvre môme.* Théo, quinze ans demain, était mort à 18 heures, heure d'été, massacré à coups de cran d'arrêt par deux gamins du même âge, dont une jeune fille. Trente-trois coups. Sur la nuque, l'arcade, la bouche et le foie, devant chez lui, dans un quartier sans histoires. Parce qu'il refusait de leur donner son portable. Cette autopsie, Marsac avait voulu y être. C'était fini. Il fallait bouger. Il se remit en marche. Au milieu de la pollution lumineuse, le ciel laissait deviner quelques étoiles diamantées. Il sortit d'une poche, enflée de ces inutilités qui tissaient selon lui le sens d'une vie, le minuscule Leica qui ne le quittait jamais et se mit à mitrailler. Oublier, le temps de quelques clichés, la violence des dossiers. Photographier l'apaisait, comme si l'objectif érigeait un écran entre le monde et lui, entre les affaires qui envahissaient sa vie depuis vingt ans et lui. Une poignée de secondes. Il contempla les lumières vives, reflétées par la Seine impassible qui se contentait d'exhaler ses relents de vase. *Poésie urbaine.* Ces mots lus sans pouvoir se rappeler où lui revenaient soudainement. *Poésie urbaine ?* Ces bancs déserts du minuscule jardin où les familles des disparus venaient mettre entre parenthèses l'abîme creusé par la mort ? Le regard éreinté de la légiste qu'il venait de quitter ? Parce que les *ides* ne s'arrêtaient jamais. Suicide. Parricide. Matricide. Infanticide. Etc. Là, Théo, fauché en pleine jeunesse. Homicide. Les horreurs s'accumulaient.

Comme pour confirmer la chose, une voix rocailleuse – vie heurtée, crasse, polytoxicomanies – enfla au milieu des vrombissements du trafic qui, eux, résistaient à tout. Marsac localisa la source. Un SDF à moitié allongé sur un banc, éclipsé sous un amas de couvertures, si fin qu'il ne l'avait pas vu, comme si sa cachexie l'avait rendu transparent. Un couple qui passait à dix mètres accéléra le pas, s'appliquant à l'ignorer. La beauté de cette nuit d'été leur facilitait la tâche, les poussant à lever leurs prunelles vers ces corps célestes qui mouchetaient le ciel. Paris. La plus belle ville du monde.

Marsac s'approcha de la voix éraillée, qui mugit de plus belle, et l'interpella.

— Si tu continues, tu vas te faire virer. Ça grouille de flics par ici.

L'homme sur le banc se redressa légèrement, les yeux dans le vague, tenant avec précaution une bouteille de bière aux trois quarts vide. L'irruption de ce type dans son trip l'avait stoppé net, d'autant que le gars se pliait maintenant à sa hauteur et lui pressait doucement l'épaule. Il sursauta au contact. Personne n'osait plus le frôler depuis longtemps. Cela lui fit comme une morsure de vipère, à ce qu'il imaginait des morsures de vipère, des champs de blé et des pierres chauffées par les rayons du soleil. Il plaqua sa bouteille contre son ventre creux et ramena tant bien que mal ses pieds sous lui.

— Casse-toi !

— Je ne suis pas contre mais il faudrait d'abord que tu la mettes en veilleuse. Je te l'ai dit. Continue comme ça et tu vas te faire éjecter du coin. Ce serait idiot. D'ici, la vue est imprenable.

Qu'est-ce que cette gueule d'ange cabossée cherchait à lui vendre ? Le paysage ?

— Casse-toi, j't'ai dit !

Marsac alluma une autre cigarette, en tendant une à l'homme sans âge aux yeux en forme de rigoles asséchées.

— Moi, c'est Marsac, et toi ?

L'homme enroulé dans ses couvertures ignora la question, refusa et grogna bruyamment, dans des bruits de locomotive à vapeur, se redressant davantage. Rassuré sur ses pompes, sa bière et son cul, dans l'ordre, sa clope, il allait se la rouler lui-même. Marsac haussa les sourcils. Jamais il n'avait croisé un SDF qui décline ce genre de proposition. Il réitéra son offre, qui fut de nouveau balayée d'un râle. Étrange. L'autre risquait un regard vers ce mec maintenant silencieux, assis par terre, sur sa droite, en tailleur, et l'évaluait. Bizarre mais pas dangereux. Sa respiration se régula et sa gorge, qu'il avait d'abord senti enfler sous l'effet du stress, retrouva sa mobilité initiale. Il déglutit de soulagement. Il avait appris à repérer les tarés de loin et plaça son curseur d'alerte sur vigilance 3. L'échelle, mise en place lors de sa première nuit dehors, en comptait 10. Les vigiles aux portes des centres commerciaux, les chiens, les bandes de zonards, les bains douches municipaux et les ponts, c'étaient des 10. Le 0 n'existait jamais. Le froid, la chaleur et la faim, 5, parce qu'on s'habituait ou qu'on en crevait. Y avait pas de demi-mesure, dans la rue. Dans la rue, la vie muait en une torture pérenne, qui te donnait deux âges, celui de l'état civil et celui des pavés, et ça ne correspondait jamais. La frontière était invisible mais il y avait un avant et un après la rue. Il inventa tout de même le 3 pour ce Marsac qui lui demandait son nom. Son nom, il l'avait oublié. Son histoire, il la taisait. Le pourquoi du comment, ça valait pas le coup d'être raconté.

Marsac fouilla ses poches. L'homme aux rigoles d'Atacama déclina le billet d'un mouvement de tête, le regard vitreux, noyé dans sa fumée de toxiques. *Qui, ainsi démuni, refuse un don ?* se demanda Marsac.

— On appelle le 115 ?

— Tu vas m'emmerder longtemps ?… Non. Le 115, c'est pour les vivants et, moi, je suis déjà mort. À l'intérieur, dit-il en se frappant la poitrine du poing, pour indiquer son palpitant, ou ce qu'il en restait.

Poésie urbaine. 3 000 morts violentes environ par an, Paris et alentours. Si l'on y ajoutait celles dues à l'exclusion et à la folie qui engendraient rapidement leur propre poison létal, on arriverait à combien ? Marsac termina sa cigarette puis tapota de nouveau l'épaule de l'homme en se relevant. Il avait eu le temps de percevoir le froid à travers les couvertures. Quelques pas plus loin, il composa le numéro d'urgence. Il pouvait au moins signaler sa présence. L'homme était gelé en plein été, et alcoolisé, sa peau blême et froide, sa respiration profonde comme s'il fallait qu'il s'use avant de respirer. Combien de temps avant la mort ? À l'autre bout du téléphone, une voix fatiguée et très vite.

— On le connaît, il veut jamais rien.

— Je vous dis qu'il est vraiment mal en point.

— Les maraudes vont passer le voir. Comme toutes les nuits. Ne vous inquiétez pas.

— Je vais être plus clair. Il est en phase d'hypothermie subaiguë. Si on l'abandonne là, il va crever. Alors vous allez vous bouger vite fait, nom de Dieu !

Marsac allait lui demander de décliner son identité, ce con soupirait ostensiblement dans le combiné, lorsqu'un bruit de verre qui se brisait l'alerta. Le temps d'une volte-face et le SDF, qui lui rappelait un cliché de Lee Jeffries, ce photographe de la rue et de ses douleurs, gisait de nouveau immobile sur son banc, sa bouteille de bière renversée au sol. Tombée à terre, sa cigarette se consumait seule. Avant même de s'approcher, Marsac sut que c'en était fini. Le cœur de l'homme avait cédé, érodé jusqu'à la corde. Voilà pourquoi il avait tout refusé, pensa Marsac. Il savait. Il sentait. Sa fin, toute proche.

Deux morts aujourd'hui. Et l'on voulait, dans les dîners, qu'il prenne le temps de vivre ?

Pour la meute de charognards invisibles qui s'affairait méticuleusement à le traquer, sans répit, depuis si longtemps, ce fut de nouveau la saison des amours et lorsqu'ils l'assaillirent, ils commencèrent par le cœur qu'il avait tendre. La mort. Marsac ne s'y habituait pas. Il courut vers l'homme, chercha son pouls, radial et carotidien, et le secoua comme on malmène certains bien-aimés. *Comment tu t'appelles, hein ? Quel est ton nom ?* Il le fouilla. Rien. Aucun papier d'identité. *Eh mer-de !* Mais il saurait où le trouver. Au Carré de la fraternité, autrefois nommé le Carré des indigents, à Thiais, extra muros, dans le Val-de-Marne. Division 104 ou 105, les deux tranchées gratuites de Paris, celles qui accueillaient aussi les cendres des victimes de la canicule de 2003, ces petits vieux dont personne n'était venu réclamer la dépouille.

Au même moment, son portable pro vibra au fond d'une poche, et il sut d'emblée, on ne dérangeait pas un chef de groupe du 36 quai des Orfèvres à 4 heures du matin sans raison valable, qu'un nouvel *ide* serait au bout du fil. Déjà. Il fit glisser son index sur l'écran tactile dont la soudaine luminosité, bleue et glacée, éclaira sa nuit. *8, avenue Victoria. Restez à jeun et rassemblez l'équipe.*

Paris. Vaste plaine fertile au climat tempéré. Deux millions d'habitants, un couteau entre les dents. Troisième mort. Le festin des loups devrait attendre.

Il était au bord d'un précipice, depuis longtemps. Sa vie s'effondrait sous un mariage raté, un divorce douloureux, une liaison qui se délitait. Et un passé qui le hantait : sa sœur avait six ans. Son frère dix, lui huit. Ils étaient là. Solène, exceptionnellement tranquille, ramassait des coquillages, jouant avec le sable sur ses mains, palpant chaque grain, cherchant le quartz, le mica, à la lueur de sa lampe de poche. Max et lui s'étaient éloignés. Ils se chamaillaient, pour un caillou. Lorsqu'ils furent revenus, à peine quelques minutes plus tard, la tempête sévissait et Solène avait disparu. Ils avaient hurlé, couru, cherché partout. Rien. Le vent avait effacé toutes ses traces, jusqu'à ses empreintes sur le sable. C'était presque comme si elle n'avait jamais été là. Ils ne l'avaient jamais retrouvée. Vous ne pouvez pas imaginer. Cette impression d'être aspiré au fond d'un gouffre sans fond et de dégringoler. On ne vaut plus rien lorsqu'on n'a pas su protéger ce qui comptait le plus au monde.

Mais il ne basculerait pas. Il aurait encore besoin de son cœur et de sa tête, au moins cette nuit.

Poésie urbaine.

2

« … la réalité fit effraction et tout vola en éclats. »

Nuit de dimanche à lundi, 8 avenue Victoria, IVe arrondissement, Paris, août 2010.

L'avenue Victoria, déjà circonscrite de voitures de police aux sirènes hurlantes et de rubalise, s'éveillait violemment. Les lumières jaillissaient une à une des fenêtres entrouvertes et rebondissaient sur l'asphalte endormi, se cognant sur l'espace tragique nouvellement délimité. Sur place, au pied de l'immeuble, Marsac musela les deux-tons, on ne s'entendait plus penser, et leva les yeux vers le premier étage où un homme, torse nu dans l'embrasure d'une baie vitrée, examinait en agitant la tête le beau bordel qui venait d'interrompre sa nuit et s'adressait, trop fort, encore sous le coup des hurlements des véhicules d'urgence à couvrir, à quelqu'un d'invisible. « Je t'avais dit que ça finirait mal. Je l'ai senti tout de suite et j'aurais dû appeler les flics plus tôt. » Marsac se demanda ce qu'il en savait, celui-là, de ce qu'il venait de se passer, pourquoi il se faisait ainsi remarquer, et salua son bras droit, le capitaine Marc Raimbauld, qui se dirigeait vers lui.

Raimbauld, 1,90 mètre et 100 kilos, abandonné à sa naissance, ballotté de centres d'accueil en centres d'accueil, avait senti mugir en lui très tôt l'envie d'appartenir à une grande famille, de s'y creuser un nid et surtout de s'y ancrer. Il s'était dit : pourquoi pas flic ? Voilà qui était noble. Il avait aujourd'hui cinquante ans, dont quinze de Crim', un psoriasis galopant, dommage collatéral des visions d'horreur engrangées mêlées aux souvenirs d'un divorce qui ne passait pas, et une inclination certaine pour la vodka, même si elle se révélait impuissante à lui apporter un apaisement durable. Marsac le regarda s'approcher. Comme un lundi sur deux, Raimbauld arborait le regard perdu du père fou de ses enfants et qui a passé le week-end sans eux. Raimbauld ne s'y habituait pas et ne cherchait surtout pas à s'y faire. Qui pouvait considérer comme *normal* de ne plus être le héros de ses mômes H24 alors qu'il avait endossé ce rôle dix-sept années durant ? Pas lui. Il s'y refusait et, depuis cinq ans, sa douleur, rançon de l'obstination, était permanente. Mais cette souffrance, celle du vide et de l'absence, il y tenait comme à la prunelle de ses yeux sombres, patinés 40° incolores et Lexomil. Puisque c'était tout ce qui lui restait pour lui rappeler qu'il avait eu une autre vie, avant. Françoise l'avait quitté, le package complet – enfants inclus, ses bébés pandas –, mais il ne tournait pas la page. L'histoire s'arrêtait là, rien d'autre ne s'écrirait, le laissant seul avec sa tête de teddy-bear et ses infernales démangeaisons. Et cela risquait de ne pas s'arranger. Le week-end précédent, il avait eu un accrochage, avec Clément, l'aîné de ses fils. De quoi halluciner. « Je suis le mal-aimé de la famille », avait reproché Clément. Mais où avait-il été pêcher une ineptie pareille ? La nuit suivante, Raimbauld s'était réveillé en sursaut, érodé par tout ce qui peut assaillir un père qui a fait de son mieux et que l'on cloue brusquement au pilori. Il avait essuyé la sueur qui l'avait éveillé et s'était levé. Qu'avait-il donc fait pour engendrer cela ? La paranoïa de l'adolescence – ils vont la trouver, cette aiguille dans la botte de foin – n'expliquant pas tout, Raimbauld s'était mis à chercher. Et n'avait rien trouvé. Le climat entre père et fils s'était tendu, pour la première fois, sans qu'il y comprenne rien, et ça faisait un mal de chien.

— Ça va ? s'enquit Marsac en lui serrant la main.

— Oui, répondit Raimbauld qui partait du principe que ce n'était pas parce que la vie manquait d'élégance qu'il fallait à tout prix l'imiter.

Un capitaine des pompiers, qui attendait la relève policière pour quitter les lieux, se rapprocha du duo. Des horreurs, il en avait déjà vu beaucoup. Des corps calcinés, pendus, violacés, des cadavres en décomposition depuis plusieurs semaines, oubliés dans leurs appartements, des nourrissons sans vie au pied des sapins de Noël, victimes de cette insoutenable mort subite… Oui. La vie s'apparentait souvent à un champ de bataille, en dix ans de carrière chez les soldats du feu dont la majorité en nocturne, il en avait conscience. Mais là… Comment pouvait-on faire ça ? Il les mit en garde.

— C'est pas beau à voir.

— Ça l'est rarement, opposa Marsac. Quel est le topo ?

— La victime s'appelle Emma Loury. C'est sa mère, allongée là-dedans, dit-il en désignant d'un doigt le véhicule du Samu, qui l'a découverte. Si j'ai bien compris, n'ayant pas de nouvelles depuis trois jours, elle est venue sonner à l'interphone et comme ça ne répondait pas elle est entrée. Elle a son double de clés. Et là, elle a hurlé à en réveiller ses voisins. Le seul qui soit monté voir est notre requérant, Jo Camara, rez-de-chaussée gauche. Arrivé là-haut, il nous a appelés, nous, vous et le 15.

Marsac ne put réprimer sa surprise.

— Et cette femme rend visite à sa fille en pleine nuit ?

— Selon la même source, elles semblent, enfin plus justement elles semblaient, avoir leurs petits rituels. La mère est infirmière et sa fille insomniaque, debout avant l'aube, tous les jours. Lorsque la mère avait fini ses gardes de nuit, elle passait souvent la voir, elles buvaient un café ensemble, vous voyez.

— Autre chose ?

— Oui. Elle est en état de choc et on va la transporter à l'hosto en observation. On craint un malaise cardiaque. Triste.

— Un dernier point, on sait ce qu'elle faisait dans la vie, Emma Loury ?

— Journaliste.

L'homme éloigné, Marsac regroupa son équipe d'un geste qui signifiait faut y aller. Protégés de surchaussures et de gants de latex, ils grimpèrent en silence les quatre étages de l'immeuble. À chaque ouverture de porte sur leur passage, ils opposaient patiemment la même phrase. *Police. Rentrez chez vous, s'il vous plaît, nous passerons plus tard.* Au quatrième, un jeune pompier qui faisait office de barrage aux intrus, *l'appartement d'en face est inoccupé mais on ne sait jamais*, les salua avant de s'effacer et de quitter les lieux. Ils franchirent le seuil, l'un après l'autre, Marsac en tête. Dès lors, des remugles de chair en décomposition, mélange de viande froide et de pourriture, les saisirent à la gorge – depuis combien de temps était-elle là ? – et ce fut comme une longue obstruction de leurs voies aériennes supérieures, avec un cerveau qui détecte un obstacle à la respiration et déclenche le réflexe vomitif. Marsac chercha un interrupteur, occultant la remontée d'acide gastrique venue irradier sa gorge. Lorsque la lumière jaillit et qu'ils pénétrèrent dans ce que les marketeurs se plaisent désormais à appeler la « pièce de vie », la réalité fit effraction et tout vola en éclats. Un nouvel *ide* avait frappé et les percutait de plein fouet.

Marsac se figea, imité par son groupe. L'aube elle-même sembla suspendue.

3

« Je ne sais plus où j'ai lu que
des hommes, quelque part, crevaient
les yeux de leurs morts… »

Nuit de dimanche à lundi, 8 avenue Victoria,
IVe arrondissement, Paris, août 2010.

Un salon aux murs blancs, parqueté de bois blond patiné par le temps. Des bibliothèques ouvertes sur trois murs. Un canapé de cuir brun, au centre de la pièce, recouvert de coussins multicolores, face à une imposante malle en bois d'usage qui devait servir de bar à en juger par les bouteilles d'alcool jonchant le sol, à côté de cadavres d'ordinateur et de portable. Et la vision insensée qui les paralysait : le corps dénudé d'une jeune femme massacrée, recroquevillé dans le coffre. Sur son ventre lacéré semblait s'agripper une petite masse noircie et desséchée.

Leurs cours d'anatomie resurgirent. *À six mois, un fœtus mesure environ 33 centimètres de la tête au coccyx et pèse 800 grammes. S'il naissait maintenant il aurait de grandes chances de survivre. Son sexe est visible. On observe 55 centimètres de cordon ombilical de 1,5 centimètre de diamètre.* « Nom de Dieu », dit Marsac, une main devant la bouche et une boule plantée au fond de la gorge, concentré à tenter de rester debout. Pour échapper à cette image, il avait dévié son regard, livide. Erreur. Les yeux de la jeune femme avaient été crevés et s'étaient mués en deux cavités sombres autour desquelles l'humeur aqueuse s'était répandue avant de figer. Il se tourna vers son groupe. Cinq des six flics d'élite se tenaient toujours immobiles, côte à côte, hypnotisés par la même horreur. Le dernier, Vincent Cassem, chancelant, reculait aussi loin que le lui permettait l'exiguïté de la pièce. Inutile d'engorger sciemment sa mémoire, déjà boursouflée à en craquer d'odeurs, de sons, de sensations et de visions apocalyptiques dont il n'avait pu, jusqu'alors, faire l'économie. Au départ, lorsque tu es un bleu, tu endures en serrant les dents. Pas le choix si tu veux intégrer la Crim', ce qu'il avait toujours souhaité. Pour lui, il n'y avait pas mieux. C'était *la* maison des flics de légende qui le faisaient fantasmer étant môme, Broussard et Mancini en tête, et Cassem voulait ne jamais oublier qu'il avait été ce gosse-là, acceptant de prendre sur lui pour réaliser son rêve. Il avait ainsi fourni des efforts surhumains, scène de crime après scène de crime, jusqu'au jour où il avait dit stop et demandé un entretien avec Marsac.

— Le *face to face* avec la mort, je ne peux plus.

— Je comprends, avait dit Marsac.

— Cela va-t-il poser problème ?

— … Non. Mais vous ne pouvez pas y couper, alors tenez-vous en retrait si vous voulez, mais soyez là, dans mon champ de vision.

Les autres avaient eux aussi accepté cette particularité sans autre forme de procès. Cassem montrait des aptitudes compensatoires : il était tenace, flexible et endurant.

L'équipe lui jeta un rapide coup d'œil, s'assurant que tout était sous contrôle et Marsac abrégea la souffrance collective, les invitant à se regrouper sur le palier. Hélène Weber passa à côté de Cassem, lui effleurant l'épaule, *allez, viens, ça va aller*. Il acquiesça d'un mouvement de tête, elle sentait le pamplemousse, c'était bon au milieu de toute cette pestilence, et lui emboîta le pas, laissant momentanément derrière lui la vision sauvage et primitive qui lui avait sauté au visage. Lise Brugguer, la dernière recrue, que Marsac cernait encore mal, et les deux jeunes experts en informatique, Grégoire Narci et Hervé Vigier, bouclaient la farandole. Marsac répartit les tâches au plus vite.

— Raimbauld et moi allons rester sur place. Vigier et Narci, vous prenez l'enquête de voisinage, élargie, quand la victime a-t-elle été vue ou entendue pour la dernière fois, avec qui ? Etc. Cassem et Brugguer, vous gérez l'audition des premiers témoins. On se retrouve tous à 9 heures pour un débrief. Hélène, ajouta-t-il, vous avez déjà une idée ? Ça pourrait remonter à quand ?

Il savait que sa procédurière avait fixé mentalement l'entièreté de la scène de crime. Comme les meilleurs voleurs et les photographes de talent, elle posait sur le monde un regard hors norme, juste, cadré, doublé d'une méthodologie chaque fois reproduite à l'identique, mitraillant un maximum les lieux, afin de ne surtout rien oublier. Elle se mordilla l'intérieur d'un pouce avant de répondre, puis disciplina la masse de ses boucles rousses sous une calotte.

— Le légiste affinera, mais compte tenu de la disparition de la rigidité cadavérique et de l'apparition d'une tache verte sur sa fosse iliaque droite, ou ce qu'il en reste, je dirais plus de trente-six heures. On va voir si on trouve des documents datés, tickets de caisse, carte bancaire, pressing, journaux, etc., en attendant une confirmation officielle.

— OK, merci, on y va, dit-il en entraînant Raimbauld.

L'équipe disloquée, Weber donna le signal aux techniciens de l'Identité judiciaire venus l'assister. Le ballet blanc pouvait commencer, inutile de perdre du temps, d'autant que le soleil n'allait plus tarder à se lever. L'odeur de putréfaction serait alors réellement insoutenable. Sous sa combinaison intégrale et immaculée, elle se mit à l'ouvrage. La procédure était immuable. Recueillir les premiers indices (sécrétions diverses – sang, sperme, urine, salive –, cheveux, mots…), les placer sous scellés, rédiger un procès-verbal, accompagner le corps de la victime à l'IML, assister à l'autopsie et transmettre le rapport du légiste à son chef de groupe avant de filer chez elle, exsangue, rejoindre un foyer sans chaleur que ses pilules chimiques ne réchauffaient plus depuis longtemps. Marsac revint lui murmurer à l'oreille. « Si on commence par la chambre, c'est bon pour toi ? » Elle acquiesça et ils disparurent.

Le reste de l'appartement attendrait. Marsac voulait d'abord sentir cette pièce, reflet conscient ou pas de l'intime, il l'avait appris depuis ses premières affaires. Bien sûr, il entendrait aussi ce que l'entourage de la victime allait lui rapporter, mais il compterait toujours plus sur son propre ressenti. S'il n'éprouvait pas une inébranlable confiance en lui dans sa vie en général, côté job il connaissait sa valeur. La pièce, à droite au fond du couloir, qui ne devait pas faire plus que les neuf mètres carrés réglementaires pour mériter cette appellation, était blanche. Tapis, murs, dressing, chevets, lampes. Ici encore, un parquet de bois blond. Les seules taches de couleur provenaient des lourds rideaux gris retombant au sol et des traces de sang séché, partout. Au milieu de ce désastre, un énorme ours polaire en peluche, au sol, semblait, avec ses grands yeux écarquillés, porter sur l'espace un regard étonné. « Si tu pouvais parler, toi », dit Marsac. Raimbauld s'approcha d'un volumineux rouleau de scotch de cinq centimètres de large abandonné sur les draps. « Le même que celui apposé sur sa bouche. Du *duct tape*. Une vraie saloperie. Il colle tellement qu'on prétend que Dieu l'a créé le huitième jour. » Marsac lui jeta un œil interrogatif. D'où sortait-il encore cela ? « Mes mômes. Ils sont accros aux stages de survie. Peu probable qu'elle ait eu ça chez elle... »

Marsac acquiesça. L'atmosphère devenait oppressante, la pièce suintait la rage et la désolation. Le carnage avait eu lieu ici, ce n'était qu'ensuite Emma Loury avait été traînée dans le salon et jetée dans la malle. Il tira les rideaux opaques – elle veillait à son intimité – et ouvrit la fenêtre, qui donnait sur une arrière-cour grillagée encombrée de poubelles. Une légère brise s'engouffra. Il la laissa souffler sur sa nuque. Il y avait encore de la vie sur Terre.

— Il faudra voir avec la légiste si elle a subi des violences sexuelles... et si nous avons un tel mode opératoire répertorié dans nos archives...

— Pas d'effraction sur la porte, continua Raimbauld. Elle lui a ouvert. Il y a une chaîne de sécurité à l'entrée. Et un œilleton. Lorsqu'on s'équipe de cette façon, c'est pour s'en servir, non ? Ce qui nous donne deux options. Soit elle le connaissait, soit elle n'a pas senti le danger en laissant entrer un inconnu. Bon, on commence par quoi ?

— Comme d'habitude.

Marsac désigna le minuscule dressing linéaire en panneaux mélaminés. « Ça s'ouvre comment ce truc ? » Raimbauld appuya aussitôt sur une légère encoche. « Ma femme avait voulu le même, en XXL. J'ai capitulé, même si je n'appréciais pas ces ambiances d'appartement témoin, consensuelles, sans âme, faciles. Mais c'était la tendance, ces Suédois envahissaient tout, et ça continue, non ? » Marsac afficha une moue ignorante. L'éclairage automatique se déclencha à l'ouverture. Trois étagères de piles de tee-shirts et de pulls, rangées à la va-vite, surplombant une partie penderie, deux de lingerie et d'accessoires. Une fouille en règle plus tard, ils refermèrent l'armoire coulissante. Rien. Ils poursuivirent leur exploration, matelas, sommier, etc., et finirent par l'inspection minutieuse de chaque latte de plancher susceptible d'avoir été décollée puis remise en place. En vain.

— Laissez-moi conclure, pria Raimbauld. Un lit deux places, deux chevets, deux lampes, mais pas de photo la montrant en couple. Sa vie personnelle n'était peut-être pas sa priorité.

— Pas mieux.

Weber et la Scientifique toujours affairées dans l'entrée et le salon, ils investirent la petite cuisine, baignée de lumière, propre et fonctionnelle – leurs regards effleurèrent les éléments de rangement, noirs et brillants, la petite table ronde accolée au mur porteur, encadrée d'un duo de hauts tabourets de bar en métal –, épargnée de toute trace de carnage. Ils vérifieraient tout de même au Polilight. Même s'*il* avait fait le ménage ici, la moindre goutte de sang apparaîtrait via le luminole qui allait être pulvérisé, car les protéines contenues dans l'hémoglobine se fixent avec facilité sur tous les supports ; magie de la technologie où un projecteur à large spectre couplé à des lunettes spécifiques permet de révéler des indices, sang, salive, résidu chimique, liquide séminal etc., invisibles à l'œil nu. Les recherches se répartirent en silence. Marsac prit comme toujours celles du frigo, et pour cause. Sur cette surface, les femmes, oui, il en était persuadé, avaient pour manie d'apposer ce qui leur importait. Les photos de leurs enfants, les rendez-vous. Les mots de rupture, sur des Post-it, où chaque mot inscrit comptait double. *Ce n'est pas une vie, ça. D'attendre et d'avoir peur tout le temps. Je pars. S'il te plaît ne m'appelle pas. Je t'appellerai, moi. Nathalie.* Nathalie. Sa femme. Trois ans déjà et un gouffre qu'il avait cru sans fond, jusqu'à ce qu'Elsa réapparaisse. Le problème, parce qu'il y en avait évidemment un, était le suivant : depuis cette parenthèse enchantée, celle de leurs retrouvailles, Elsa se fondait dans un mutisme qu'il ne savait comment dissoudre. Et la distance qui les séparait restait un plus compliqué à gérer… Marsac secoua la tête, comme pour sortir de ses pensées, et un jeu de portraits d'identité attira son regard. Des clichés pris en cabine automatique. Le couple, qui apparaissait de trois quarts, s'embrassait, souriant, bouches gourmandes et yeux rieurs tendus vers l'objectif. Visiblement heureux. Ces deux-là s'aimaient. Non pas parce qu'ils s'embrassaient, pensa-t-il. Combien de baisers de façade, de convention, d'habitude ? Ce n'était pas le cas ici. Le langage silencieux, dont le corporel, sait moins bien mentir que les baisers. Il avait suivi une formation à ce sujet, toujours utile avec les suspects. Le synergologue, venu de Montréal, n'égrenait qu'un seul mantra : « décoder le corps, c'est déchiffrer l'esprit ». *Pourquoi pas ?* s'était dit Marsac au milieu de l'ennui qui sourdait. Et il avait contre toute attente retenu deux ou trois techniques de lecture des corps, dont une, liée à l'inclinaison de deux personnes en train de communiquer l'une avec l'autre, qui l'autorisait aujourd'hui à penser que ceux-là, sur ce cliché, étaient amoureux fous. Deux aimants de pôles opposés au milieu d'un champ magnétique maximal.

L'homme, à qui il alloua une trentaine d'années, posait en tenue militaire. Un capitaine, les trois galons dorés sur l'épaule ne laissaient pas de doute, aux yeux diablement bleus. La femme, la victime, resplendissait. « Belle comme le jour », fut l'expression qui lui vint immédiatement à l'esprit. Il s'empara de la bande des trois photos, en découpa une et reposa les deux autres à leur place. À ses côtés, Raimbauld avait terminé la fouille exhaustive des placards, des dessous de meuble et du siphon de l'évier. Il se tourna vers Marsac. *Rien.* L'inspection de la salle de bains fut tout aussi infructueuse, si ce n'était la présence de deux brosses à dents. L'homme sur les photos ? Même si son nom n'était pas gravé sur les boîtes aux lettres, même si aucun vêtement masculin n'avait été trouvé, il devait faire quelques séjours ici. L'identifier devenait une priorité.

Ils abandonnèrent l'appartement et l'immeuble en totale effervescence, nourrissant les mêmes conclusions. Emma Loury. Vingt-neuf ans. Journaliste. Crime odieux, l'image de ce bébé les hanterait longtemps, mobile obscur et arme du crime absente de la scène. Le quatrième pouvoir serait intraitable. On ne touchait pas impunément à l'une de ses jeunes pousses. Le boss allait leur coller une monumentale pression. Marsac alluma une cigarette.

— Je ne sais plus où j'ai lu que des hommes, quelque part, crevaient les yeux de leurs morts, ceux-là mêmes qu'ils venaient d'assassiner à la machette. Pour que leurs visages ne se gravent pas dans leurs regards, Raimbauld, et que personne, jamais, ne puisse retrouver leurs traces de bêtes immondes.

— L'humanité est folle, cruelle et gesticulante. Ce n'est ni une nouveauté ni un scoop, mais une réalité que rien n'atténue jamais bien longtemps. Hélas.

— Exact. Et là, notre barbare du jour vient de nous jeter dans l'obscurité, on nage en plein brouillard. Mais on va prendre de la hauteur, chercher les trouées de lumière. Ce dégénéré, qui chantonne peut-être tranquillement à l'heure actuelle, on l'aura. On va lever les yeux. On ne le fait jamais assez. Pourtant, la vérité éclot de la canopée, toujours. À ras le sol, l'homme est un animal aveugle.

Ils scrutèrent le ciel bleu opale. L'aube que Marsac aimait tant, infiniment préférable aux couchers de soleil parce qu'elle se vivait dans des rues encore désertes et que tout semblait redevenir possible, braquait ses lumières sur une nouvelle scène de carnage née de la folie des hommes. Ils se mirent en marche.

4

« Il existe un genre de saloperie qui
survit à tout depuis la nuit des temps.
Une masse de gelée flottante.
Un prédateur dépourvu de ce muscle creux
qui nous emmerde tant.
La méduse. »

Lundi matin, 36 quai des Orfèvres,
Ier arrondissement, Paris, août 2010.

Il était trop tôt, les flâneurs dormaient encore, et Marsac et Raimbauld foulèrent sans encombre les pavés centenaires de la cour du 36, quai des Orfèvres, bâtiments construits à titre éphémère en 1888. Paris procrastinait et, ici comme ailleurs, le temporaire s'éternisait, trop de volontés humaines en jeu, renouvelant la validité du proverbe « il n'y a que le provisoire qui dure ». Certains s'en agaçaient, les locaux étaient vétustes, peu pratiques. Marsac et Raimbauld, eux, se disaient que les légendes valaient bien quelques concessions. Un jour ou l'autre, ils allaient déménager, aucun doute. D'ici là, autant en profiter. Ils franchirent rapidement la porte qui les conduirait à l'escalier A, comme elle le faisait depuis longtemps, rêvant d'un café brûlant. Parvenus au troisième étage, le leur, celui de la Brigade Criminelle, cent quarante-huit marches mythiques et sinueuses plus haut, ils foncèrent sur la vieille Senseo posée sur une table du couloir, à côté d'une photocopieuse qui n'allait pas tarder à haleter des comptes rendus de procès-verbaux à la chaîne. Le breuvage coula en émettant de drôles de râles ; la machine allait rendre l'âme. Face à cette chronique d'une mort annoncée, Cassem avait proposé une semaine plus tôt de bidouiller un calendrier, « comme celui des Dieux du Stade », pour financer une Nespresso dernier cri, mais Raimbauld avait murmuré un « plutôt mourir » qui avait momentanément clos le débat et il avait été concédé que l'on aviserait le jour J. Tandis que Marsac priait pour que ce ne soit pas ce matin, suivant avec appréhension le remplissage de sa tasse, l'équipe arrivait peu à peu – la nuit avait été courte – et se regroupait autour d'eux. « Ça coule ? » s'enquit Narci. Ça coulait effectivement, mais l'apparition du big boss abrégea la pause. « Allez, les enfants, on y va. » Alain Vigne, le patron, titulaire de l'iconique bureau 315, la cinquantaine fatiguée mais élégante, était tendu et ne s'en cachait pas. Sitôt son équipe rassemblée en salle de réunion, il jeta un regard à Marsac. En tant que chef de groupe, il devait ouvrir le bal.

— Le corps est à l'autopsie, avec Weber. Le labo planche déjà sur ce que les techs de l'IJ ont pu trouver, notamment les restes de ce qui pourrait être un crachat dans le hall de la résidence et nous sommes encore à la recherche de l'arme du crime, une arme blanche, vraisemblablement de type machette. En attendant, nous avons tout de même quelques éléments, dit Marsac en agitant la carte d'identité de la victime. Emma Loury, vingt-neuf ans, sans histoires, fille unique, journaliste ; les voisins nous l'ont dit, sa carte de presse dans son portefeuille le confirme. Les factures trouvées dans l'appartement sont toutes à son seul nom et nous en déduisons pour l'instant qu'elle vivait seule même si ses voisins nous signalent un petit ami, militaire et rarement là. Un certain Jérôme Pieaud, rentré il y a peu d'opération extérieure, en Afghanistan, je crois. On a sa photo et on cherche bien sûr à le localiser.

Il fit circuler le portrait du militaire, les yeux rivés sur sa feuille de notes.

— Défunte découverte par sa propre mère, infirmière à l'Hôtel-Dieu, proche de l'appartement de sa fille. Je précise que quelques minutes après notre arrivée, la mère était victime d'un malaise cardiaque et transportée aux Urgences. On n'a donc pas pu l'interroger, mais je vais leur passer un coup de téléphone, voir si on peut y aller cet après-midi. Quant au mobile, éliminons d'emblée l'hypothèse du mauvais endroit au mauvais moment. Le hasard n'y est pour rien. Elle était chez elle. *On* est venu la chercher et *on* avait vraisemblablement prévu le coup. Rien d'autre pour l'instant.

Un jeu de photos de la scène de crime circula. Vigne s'en saisit. Il occupait peut-être la seule pièce moquettée du 36, mais il la payait cher. En deux ans, depuis sa nomination à ce poste reçue à l'époque comme une bénédiction, son visage s'était abîmé. Ses yeux, surtout. Reflets de l'âme ou pas, ils avaient vieilli avant tout le reste, à croire que l'on ne côtoyait pas l'indicible sans en subir les conséquences jusque dans sa chair. Et cette affaire n'allait rien arranger. Ses nuits, déjà scandées d'emmerdes successives, risquaient de rétrécir comme peau de chagrin.

Il se leva, mains en appui sur la table. Les sales affaires, il connaissait mais, là, ses capacités d'entendement étaient débordées. Il reprit les clichés du bébé. Il n'avait jamais rien vu de pareil. Si, il se souvenait d'avoir entendu dire qu'au Rwanda, pendant le génocide des Tutsis, des sous-hommes avaient éventré des femmes enceintes à coups de machette, pour tuer les fœtus et empêcher le développement de l'ethnie. Mais Paris n'était tout de même pas l'Afrique. Alors ?

— On aura décidément tout vu… La presse va se déchaîner. C'est l'été, la saison creuse, et les journalistes vont s'en repaître jusqu'à la nausée sans compter que la victime était des leurs. Ils vont se cramponner à nous comme des tiques. Il va falloir être rapides, efficaces, et assurer le plan com'. Alors à vous de jouer, et on fait un topo en fin d'après-midi avec le staff au complet. D'ici là, je vais organiser un point presse pour la meute.

Vigne sorti, Marsac distribua les cartes.

— Technique habituelle de l'escargot, dit-il, formant de l'index, dans le vide, un cercle qui partait de loin pour aboutir, circonvolution après circonvolution, au cœur du problème. Famille, amis, amours, entourage, collègues, voisins, travail, téléphones, ordis, réseaux sociaux, comptes bancaires. On passe tout au microscope. Cassem et Brugguer, vous retournez sur les lieux, vous finissez l'enquête de voisinage, en douceur. Vigier et Narci, vous décortiquez l'informatique. Ordi, téléphone, oui, je sais, ils ont été fracassés, mais je m'en fous. Et réseaux sociaux. Je compte sur vous pour nous éviter de transiter par Écully. Le meilleur labo de police technique et scientifique de l'Hexagone, on va encore lui donner la fessée, n'est-ce pas ? (*Et gagner un temps fou*, pensa-t-il.) Raimbauld et moi gérons l'audition de la mère si elle est possible et la recherche du militaire. Rendez-vous ici à 17 heures. Des questions ? Non ? Alors tout le monde sur le pont.

Il était 10 heures du matin, la salle se désemplit rapidement et lorsqu'elle fut vide Marsac se tourna vers Raimbauld, resté assis à scruter les photos étalées sur la table comme si toutes les réponses attendues se trouvaient quelque part là-dedans.

— Capitaine, était-ce la pleine lune cette nuit ?

Raimbauld se fit la réflexion que Marsac, qui passait ses nuits debout, dehors, en bord de Seine, à mitrailler des colonies de mouettes opportunistes – il haïssait l'opportunisme – et criardes, devait le savoir mieux que lui. Mais peut-être le commissaire ne s'occupait-il pas du ciel, absorbé par la contemplation quasi extatique du fleuve boueux qui accompagnait chacune de ses insomnies. Quoi qu'il en soit, non, ce n'était pas la pleine lune, cette nuit. Il se gratta discrètement les tibias à travers son pantalon de costume, l'uniforme des flics de la Crim'. Même l'été, sous un soleil écrasant, quand cela devenait insupportable. Qu'importe si ses démangeaisons décuplaient. La hiérarchie n'y avait pas songé en édictant cette règle. En attendant, il y serait bien allé à la pelle. Il savait où Marsac voulait en venir et ne désirait pas le suivre sur ce chemin. La lune, trop longtemps réservée aux fous ou aux insomniaques, devait être rendue aux gens normaux, dont ne faisait pas partie l'assassin d'Emma Loury. Pour lui, ce serait disque blafard et perpétuité. Aucune circonstance atténuante, *out* l'alibi d'une enfance traumatisante, quelle qu'elle soit. Et puis quoi, encore ? À force d'expliquer l'homme par son enfance, on allait finir par amnistier la quasi-totalité de l'humanité de ses crimes. Lui aussi avait eu une jeunesse peu enviable, et il s'en était sorti. Le monde entier n'avait qu'à faire comme lui. En cas d'alerte, tout miser sur la résilience et la vodka. Sinon, c'était trop facile. Voilà pourquoi Raimbauld refuserait d'entendre parler digressions astrales même s'il n'ignorait pas que les nuits de pleine lune sont plus mortifères que les autres, déformant au passage les océans et les mers.

— Je vois. Imputer une partie de l'horreur à un soir de pleine lune vous aurait soulagé un instant, le temps de refaire surface.

— Je tiendrais déjà un début d'explication, je m'accrocherais à cette hypothétique folie. Je sortirais du noir absolu.

— Laissez tomber. À ce que je sache, toutes les nuits de Damas ne sont pas des nuits de pleine lune, et pourtant. Alors ne cherchez pas de circonstances atténuantes à cette nouvelle horreur. L'auteur de cet assassinat n'avait pas besoin d'alibi astral. Non. Je me dis plutôt qu'il devait porter sa violence en lui, depuis longtemps, qu'elle devait couver, qu'elle a même peut-être déjà explosé ailleurs. Si vous voulez mon avis, il faut abriter beaucoup de mal en soi pour se déchaîner ainsi, à la machette, sur une jeune femme qui s'apprêtait à donner la vie. Alors recherchons davantage qu'un dégénéré primaire emporté par une vague de folie. Misons sur le degré zéro de l'humanité. Un ver, ou quelque chose comme ça.

Oui pour tout, pensa Marsac, sauf pour le ver. Un ver a trop de cœurs, et notre tueur n'en a aucun. Côté connaissance cardiaque, Marsac battait n'importe qui, Raimbauld et son incommensurable savoir inclus. Peut-être parce que le sien s'était montré défaillant depuis la naissance. Un petit trou, qui aurait dû se fermer dès son premier cri à l'air libre, était resté ouvert, ne laissant que deux solutions. Une opération à cœur ouvert ou la pose d'une petite prothèse grillagée, en forme de parapluie, à poser en passant par l'artère fémorale. Ses parents avaient opté pour la prothèse. Eux vivants, rien d'autre ne serait jamais envisageable. Quoi qu'il en soit, l'être humain s'intéresse en priorité à ce qui le touche de près. Marsac, c'était le cœur. Il rectifia.

— Non. Le ver, même le plus insignifiant, a cinq à sept paires de cœurs latéraux et nous avons affaire à un nuisible qui n'en a pas. Votre truc ne marche pas, Raimbauld. Si nous cherchons un ver nous fonçons droit dans le mur.

— … Alors, il existe un genre de saloperie qui survit à tout depuis la nuit des temps. Une masse de gelée flottante, un prédateur dépourvu de ce muscle creux qui nous emmerde tant. La méduse.

— Validé. Ça doit bien être du genre à vous saloper n'importe quel coucher de soleil.

5

« Le nuage menaçant s'était fondu
dans le bleu du ciel. Alors, à ce
moment-là, Cassem aurait voulu être
capable de lui inventer une bruine,
et de la lui projeter en baisers. »

Lundi, 10 heures du matin, 8 avenue Victoria,
IVe arrondissement, Paris, août 2010.

La canicule qui sévissait depuis le début de l'été s'était réveillée en pleine forme et dévorait déjà tout sur son passage. On se serait cru dans un film tourné au ralenti, avec un ciel bleu pâle et immobile à perte de vue. La journée s'annonçait compliquée pour Lise Brugguer qui regardait à droite, plein sud, par-delà la fenêtre ouverte. Elle détestait la chaleur. Miracle, un nuage apparut, somptueux, s'étirant lentement, poussé par un imperceptible vent qui le modelait en squelette de dinosaure. Un gros, blanc, cotonneux, style tyrannochose ou brontochose. Elle imagina un instant le monstre du Mésozoïque quitter les sphères pour descendre ne faire qu'une bouchée du gros con vautré en face d'elle, et sourit. Ce type, Richard Dauverchin, le voisin du premier, elle ne le sentait pas. Il fallait qu'il se fasse remarquer, et il débordait d'une onctuosité qui la révulsait. Cassem, attentif au moindre mouvement de sa coéquipière et tout à son bonheur d'être avec elle, suivit son regard. Rien à l'horizon excepté un nuage qui s'assombrissait de seconde en seconde, peut-être annonciateur de flotte. Pas de quoi s'emballer. Ou alors elle aimait les pluies d'été, et il se demanda comment rejouer avec elle, mais en duo, la pub pour Tahiti Douche, *contient du paradis*, dans laquelle un trio à moitié dévêtu se savonnait sensuellement sous une ondée tropicale. Il sourit lui aussi. De son côté, Richard Dauverchin s'impatientait, ne sachant pas ce qui pouvait bien faire marrer les deux flics vissés dans sa cuisine, lorsque Brugguer pivota le buste vers lui, s'échappant à regret de sa rêverie crétacique. Le voisin se rétracta imperceptiblement. Pour une fois qu'il tenait en face de lui une minette à flingue, son fantasme absolu, il fallait qu'elle l'ignore. L'homme passa ses mains derrière sa nuque afin de délier les tensions qu'il sentait naître à la base de ses cervicales et appuya ses doigts contre ses muscles, les étirant de l'intérieur vers l'extérieur. Elle semblait hermétique aux signaux qu'il lui envoyait, il n'en tirerait rien, et elle l'emmerdait finalement. Il souhaitait conclure et les voir foutre le camp.

— Pour finir, ce Pieaud ne me revient pas depuis le début. C'est comme ça. Et j'avais peut-être pas tort quand on voit ce qui a fini par arriver à la petite Emma.

Brugguer inspira, et il en profita pour admirer sa poitrine sous son tee-shirt XS. Piégé par cette vision, il tenta un ultime sourire charmeur. Le manège n'échappa pas à

Lise. Quel abruti. Il avait dû passer des heures face à son miroir, à peaufiner sa parade. Alors elle comprit ce qui la gênait depuis le début. Ce type se vivait en tombeur et lorsque sa proie résistait, il insistait. Elle abhorrait ces machos décérébrés qui prennent les femmes pour du bétail, leurs corps pour un appel à la consommation, et leurs non pour des oui. Elle le dévisagea ostensiblement, prenant son temps, et remarqua alors une ombre colorée sous l'œil droit du gars. Les restes d'un coquard, et certainement pas dus à une blépharoplastie. Ça sentait la rue, pas le cabinet feutré d'un chirurgien esthétique meublé en Starck. Les chairs n'étaient plus boursouflées, elles viraient au jaune. Elle paria pour quatre jours. Et le coup avait été asséné par un droitier… Une idée surgit. Avait-il cherché à approcher Emma Loury d'un peu trop près ? S'était-il fait remettre les idées en place par le militaire ? Plausible.

— Il vous vient d'où, cet hématome, là ?

Dauverchin hésita. Mais la vieille du rez-de-chaussée stagnait là, devant les boîtes aux lettres, lorsqu'il s'était fait allumer.

— Le con du quatrième, justement. Pieaud.

Ils se dévisagèrent quelques secondes. Elle ne lui demanderait pas pourquoi il s'était fait cramer, mais s'il n'était pas trop débile, il comprendrait qu'elle avait son idée sur la question. Quelque chose de si évident que cela se passait de confirmation. De quoi lui montrer qu'elle l'avait percé à jour. Il croisa les bras sur son torse. Elle haussa un sourcil moqueur.

Par sa fenêtre restée ouverte, Richard Dauverchin observait les deux flics quitter l'immeuble. La fille levait les yeux vers le ciel, tirait ses cheveux noirs en arrière et allumait une clope, battant des cils pour se protéger du soleil, achevant de mettre le feu au mec qui l'accompagnait. Les nanas. Toutes les mêmes.

— Quel con, dit-elle. Il me révulse. Un de ces mecs capables de traiter d'allumeuses des fillettes de douze ans, juste parce qu'elles deviennent des femmes. Sûr qu'il a voulu se taper la victime, que le militaire a eu vent de l'histoire d'une façon ou d'une autre, les gens parlent toujours trop, ou bien il a vu, et l'a amoché.

— Le coquard ?

— Yep. Il fait déjà trop chaud et on a garé la voiture en plein cagnard, comme des buses. Il faudrait une bonne averse. J'en peux plus.

Il inspecta le ciel. Cela n'arriverait pas de sitôt. Le nuage menaçant s'était fondu dans le bleu du ciel. À ce moment-là, Cassem aurait voulu être capable de lui inventer une bruine, et de la lui projeter en baisers. Au lieu de ça, il se contenta d'enclencher la climatisation dès leur entrée dans leur véhicule de fonction, alors qu'il détestait ça. La clim' lui asséchait les yeux, ses lentilles de contact durcissaient et ça devenait un enfer. Il allait lui falloir être vigilant. Il devenait puéril avec la petite nouvelle. Il fit diversion.

— Comme toi. Je l'ai pas senti, ce type.

La mamie du rez-de-chaussée non plus. En revanche, elle en pinçait pour le militaire. *Beau et doux comme un agneau.*

— Le prestige de l'uniforme. Toutes, elles adorent.

— En tout cas, les impressions sur Pieaud sont discordantes. Reste à savoir qui a vu juste.

— T'en penses quoi ?

— Pieaud ? Je n'ai vu que son portrait sur le frigo. Uniforme, cheveux ras, regard impénétrable. Une forteresse. J'attends de voir ce qu'il y a derrière le *bastion wall*. Il faut qu'on le trouve, ce mec.

6

« Les deux flics lui parlaient mais il ne comprenait plus, n'entendait plus… »

Lundi 11 heures, Le Zinc*, IVe arrondissement, Paris, août 2010.*

La chaleur était encore montée d'un cran. Marsac et Raimbauld marchaient à l'ombre des immeubles, le second cherchant à éviter la fumée de cigarette du premier. Il n'était pas contre s'intoxiquer, mais préférait choisir son poison. Insecticide, goudrons, plomb et mercure, pour ne citer qu'eux, ne seraient jamais à la hauteur de la vodka. Du naturel, céréales, voire pommes de terre, quasiment inodore, qui autorisait un *gentleman suicide*. Loin de ces turpitudes sur la meilleure façon de mourir en paix et en sachant se tenir, Marsac téléphonait aux Urgences. Mme Loury avait effectivement été admise dans l'unité de soins intensifs, suite aux deux infarctus faits coup sur coup. Oui, deux. Et le pronostic vital était maintenant engagé, une infection pulmonaire s'étant greffée sur un tableau déjà sombre. Ils accélérèrent le mouvement mais, une fois sur place, l'urgentiste de garde bipé par l'accueil ne leur octroya pas une minute, se contentant de déléguer un interne pour leur délivrer la seule information valable *en l'état des choses*. Mme Loury venait de sombrer dans le coma, inutile d'espérer l'interroger aujourd'hui. Le message transmis, l'interne retourna à son problème du moment. Ôter une pomme d'un rectum. Il sifflota dans les couloirs encombrés. Ce n'était pas la première fois et il aurait juré que ce ne serait pas non plus la dernière. L'être humain débordait d'imagination, faisant de son corps, et de celui des autres, une scène de théâtre que les meilleurs dramaturges n'auraient pas reniée. Quel monde de frappés. De leur côté, Marsac et Raimbauld opéraient un demi-tour et le sas des Urgences se referma derrière eux en un bruit sourd. *Poésie urbaine*.

— Merde ! lâcha Marsac, dehors.

Chaque meurtre entraînait inexorablement un cortège de conséquences et celui-ci n'échappait déjà pas à la règle, sans compter que la seule personne qui devait connaître la victime mieux que quiconque, y compris son petit ami, leur échappait. « Il va falloir trouver Pieaud sans son aide », continua-t-il, cherchant de nouveau à se protéger du soleil qui ravivait le mal de tête qu'il sentait poindre. Lorsque son portable sonna, il aboya.

— Quoi encore ?!

Il raccrocha de meilleure humeur. Cassem tenait de nouvelles informations. Pieaud passait depuis quelque temps ses journées, et parfois ses nuits, dans un bar du IVe, *Le Zinc*, tenu par un certain Willy Simon, un militaire à la retraite. Dixit une voisine du rez-de-chaussée du 8 avenue Victoria. Un sourire réapparut sur les lèvres de Marsac et il briefa Raimbauld, lui faisant signe d'accélérer.

Un homme se tenait debout derrière le comptoir, le patron a priori, taille moyenne, profil sec, et un autre, plus grand, brun, cheveux ras, pantalon en toile beige et polo de sport, était assis à une table dans une encoignure, seul, face à la porte d'entrée. L'homme des clichés Photomaton. Le capitaine Jérôme Pieaud. Un sac à dos et des livres encombraient sa table. Il pianotait sur son ordinateur, concentré. *Je veux un enfant*, pensait-il. *Très vite. Un petit bout de nous, Emma, insouciant comme le vent, qui n'aura jamais peur de ce qui pourra lui arriver parce que je serai là, et que nous vivrons dans un pays en paix, qui nourrira nos rêves, creusera nos insomnies, et… et je retomberai fou amoureux de toi.* Cette pensée se mélangeait à une autre, celle d'un de ses gars, en 2007, au retour d'Afghanistan déjà, qui lui avait expliqué ne plus pouvoir, lors de ses footings quotidiens, aborder une route ou un chemin que par ses bords intérieurs. Pour ne pas être vu de l'ennemi. Pieaud se revoyait avoir souri à son homme, assurant que ce n'était pas grave, que ça allait passer. Il n'avait pas compris que, pour lui, c'était peut-être le début de la fin.

Il releva néanmoins la tête – belle gueule usée – au premier son du carillon, observant les deux hommes qui se dirigeaient vers lui sans un arrêt vers le comptoir. Un coup d'œil vers Willy lui confirma qu'il ne les connaissait pas plus que lui. Marsac fit les présentations, lui tendant une carte de visite. Pieaud les dévisagea – regard bleu acier –, saisit la carte, la lut et la garda en main. *Et alors ?*

Il arrive que toutes les fenêtres du monde se referment brutalement sur un homme déjà à terre. C'est ce qu'il advint au capitaine Pieaud qui retint l'onde de larmes qui le submergea mais ne put rien contre l'éclair d'anéantissement qui éteignit son regard. Cela n'échappa pas à Marsac et à Raimbauld, ce dernier pensa même que c'était le moment. L'homme s'écroulait sous le choc, autant en profiter. Sans phase d'élaboration mentale le mensonge serait beaucoup plus compliqué à mettre en œuvre. Certes, Pieaud n'avait très sûrement rien à voir avec le drame d'Emma Loury – d'ailleurs il était là, et non en fuite, effondré de surcroît –, mais il savait aussi que certains meurtriers au visage d'ange cachent magnifiquement leur jeu, niant jusqu'au dernier round. Il fallait lui demander, maintenant, où il se trouvait ces dernières quarante-huit heures. Il s'y apprêtait lorsque Marsac lui fit signe de patienter, préférant y aller en douceur. Voir venir. Prendre le temps d'observer les réactions de cet homme, qui sentait l'alcool en milieu de matinée et lui donnait l'impression d'être planté face à une bombe à retardement.

Pieaud avait lâché sa souris pour masquer ses pleurs. Les digues avaient lâché. Un trou noir l'aspirait. Un gouffre sans fond. Les deux flics lui parlaient mais il ne comprenait plus, n'entendait plus que des sons étouffés, insensés, comme venus de l'autre côté d'une porte blindée. Et puis il se redressa, essuyant ses yeux d'un revers de main, et se leva, prenant appui sur la table. Il passa devant les deux flics. « De l'eau, il me faut de l'eau », murmura-t-il, avant de disparaître dans le couloir. Le patron voulut le suivre, mais ils le stoppèrent.

— Oh ! C'est quoi ce bordel ? Vous êtes qui ?

— Police. Restez ici. Ne vous inquiétez pas, ça va aller. Il y a quoi là-bas ?

— À votre avis ? Qu'est-ce qu'on trouve au fond des couloirs de bar ?

L'homme retourna derrière son comptoir essuyer des tasses déjà sèches. Cinq minutes s'écoulèrent dans un silence absolu. Pieaud ne revenait pas. Le doute s'immisça. « Je vais voir », dit Marsac. Lorsqu'il réapparut, les yeux brillants de rage, Raimbauld saisit. *Il y a une sortie de secours et plus personne dans la rue, nom de Dieu !* Le patron du bar s'approcha à ce moment-là. « Un problème ? » Un instant plus tard, il les accompagnait à l'étage et leur ouvrait à l'aide de son double, de mauvaise grâce, « il doit y avoir un malentendu », le minuscule studio qu'il prêtait à Pieaud.

Une unique pièce, avec coin d'eau dans un renfoncement, aseptisée et méticuleusement rangée. On aurait dit l'une de ces bulles stériles où l'on confine certains enfants aux défenses immunitaires affaiblies voire inexistantes. Seule une valise cabine ouverte, dont rien ne dépassait, gisait sur un lit fait au carré.

— Avait-il un autre appartement quelque part ? demanda Raimbauld.

Sous-entendu un vrai, rempli de toutes ces choses, ces possessions matérielles, qui signent la vie, il en voulait pour preuve les poches de Marsac. L'existence de Pieaud ne pouvait pas tenir dans cette valise.

— Pas à ma connaissance.

Le ton ne laissa planer aucun doute. Willy Simon n'allait pas se montrer coopératif. Ça tombait bien, Marsac non plus.

— Pas de femme ? D'amie ? reprit Marsac.

— Si.

— Emma Loury ?

— Oui. Emma.

— Vous la connaissez ?

— Un peu. Pourquoi ? Vous allez me dire ce qu'il se passe ?

— Vous m'aviez dit, vous, qu'il y avait une deuxième sortie ? Non, alors !

Willy Simon leva les bras en signe d'impuissance.

— Je ne pouvais pas imaginer qu'il allait se…

— Oh, ça va, hein. Contentez-vous de répondre à mes questions. Ils étaient ensemble depuis longtemps ?

— Quelques années, je ne sais pas exactement. Peut-être quatre ou cinq. Vous allez me répondre, oui ? Et le passé ? Pourquoi parlez-vous au passé ?

— Plus tard. Pourquoi Jérôme Pieaud loue-t-il ce studio s'il a une petite amie trois rues plus loin ? Quand on rentre de mission à l'étranger, je crois qu'il revient d'Afghanistan, on doit avoir envie de rester chez soi, non ? Y a-t-il des tensions entre eux ?

— Il ne loue pas, je lui prête.

— Bien. Mais vous ne répondez pas à ma question.

— Vous en posez trop.

— Je les reprends, dans l'ordre. Quand on rentre de mission, on doit avoir envie de rester chez soi, non ? Vous êtes un ancien militaire, vous devez savoir ça.

— Évidemment.

— Évidemment. Alors pourquoi Jérôme Pieaud vient-il ici ? Y a-t-il des problèmes entre eux ?

— Il prépare un concours dont vous n'imaginez pas l'extrême difficulté. Le concours de l'École de guerre. Il a besoin de concentration. De silence.

Tout de même, se dirent les deux flics, examen ou pas examen, quand on a une si jolie fille qui vous attend, on lui accorde du temps, non ? Surtout après des mois d'absence. Quelque chose ne collait pas.

— Admettons, intervint Raimbauld. Mais lorsque nous sommes arrivés, il travaillait au bar, pas dans sa chambre. Pour la tranquillité requise, on peut trouver mieux. Non ?

— J'en sais rien, chacun sa méthode, et puis il n'y avait pas un chat, en bas.

Marsac enchaîna.

— Vous vous connaissez depuis combien de temps, Jérôme Pieaud et vous ?

— Longtemps.

— Vous vous êtes connus à l'armée ?

— Affirmatif. Vous allez cracher le morceau, oui ou non ? C'est quoi le problème avec Jérôme ?

Marsac le dévisagea. Soit Willy Simon était passé par l'Actors Studio, soit son inquiétude était réelle.

— Vous êtes son ami ? Vous voulez l'aider ? Oui ? Alors si vous avez une idée de l'endroit où il peut être allé, il faut nous le dire. Emma Loury est morte, assassinée. Un vrai carnage. On a découvert son corps, cette nuit, chez elle. Vous le savez comme nous si vous regardez la télé et lisez les journaux, les conjoints sont toujours les premiers sur la liste des suspects. Et Pieaud vient de fuir. Je ne vais pas vous faire un dessin de la situation.

Tout en parlant, Marsac avait enfilé une paire de gants en latex et saisi la valise du militaire.

— Vous ne voyez pas ? Bon. Elle, on l'emmène. Comme tout ce qu'il a laissé en bas sur sa table. Un numéro de portable ? De votre ami ?

Le propriétaire se tut. Qu'est-ce que c'était que ce bordel ? Jérôme en meurtrier d'Emma ? Impossible. Du grand n'importe quoi. Jérôme aurait donné sa vie pour elle. Alors ouais, Jérôme était à l'ouest depuis son retour d'Afgha. Mais pas plus que des dizaines d'autres. Il fallait juste lui laisser le temps d'évacuer toute cette merde et ça allait passer.

— Vous vous plantez. Il aurait jamais fait ça.

— Pourquoi s'est-il enfui, alors ?!

— Mais j'en sais rien !

— Où était-il ces trois dernières nuits ?

— Ici.

— Certain ?

— Ouais.

C'était faux. Mais Willy ne s'était pas donné pour mission de surveiller les allées et venues de Jérôme, seulement d'être là si un jour il avait besoin de lui, comme l'inverse s'était produit, il y avait longtemps déjà. Et ce jour était arrivé. Il serait là pour Jérôme quoi qu'il advienne. Flics ou pas flics sur son chemin. Il griffonna néanmoins le numéro demandé. De toute façon, ils auraient fini par l'obtenir. Autant feindre de se montrer conciliant. Il les regarda dévaler la volée de marches, se demandant dans quel bourbier s'était perdu son pote, repensant aux derniers mots qu'il lui avait dits, ce matin même, alors que Jérôme réclamait un nouveau whisky. « Tu devrais faire gaffe… avant qu'il ne soit trop tard. » Il s'assit sur le lit, se remémorant le regard froid que Jérôme lui avait retourné et qui lui disait : « Tu as oublié, toi, le bordel apocalyptique, la peur nouée au ventre, les estropiés et les morts qui hantaient les rues ? Moi pas. »

Depuis le rez-de-chaussée, les paroles des flics montèrent jusqu'à lui.

— Raimbauld, rentrez au bercail. Occupez-vous immédiatement de la diffusion de son signalement, bouclez le quartier et demandez à l'armée de nous envoyer au plus vite son livret militaire. Et je veux une géolocalisation de son portable. On sort la grosse artillerie. Avec 2,2 millions d'habitants, il a de quoi se fondre dans l'anonymat sans effort. Mais moi, je le veux... Je retourne chez Emma Loury. Je dois vérifier une dernière fois que rien ne nous a échappé. Briefez les autres et on se retrouve au bureau dès que possible.

— Hélène n'a pas posé les scellés ?

— Non, je lui ai dit tout à l'heure que j'allais repasser après leur départ et que je m'en chargerais.

— Un pressentiment ?

— Faut croire.

— La méduse, vous pensez que c'est lui ?

— À tout à l'heure, Raimbauld.

Willy Simon restait effondré sur le lit. Ça y est, ils avaient filé, il ne les entendait plus. Qu'est-ce que c'était que ce cirque ? Emma avait été assassinée ? Mais où ? Quand ? Et pourquoi Jérôme avait-il pris la tangente ? Se pourrait-il que... ? Non. Impossible. Pas Jérôme. Il sortit son portable d'une poche et tapa un SMS : *Les chiens suivent la piste.* Où Jérôme était-il allé ? En tout cas, s'il s'était réfugié là où il le pensait, les flics ne le retrouveraient jamais.

Et il ne sut si c'était une bonne ou une mauvaise nouvelle.

7

« À l'autre bout du combiné, l'autre ne marqua aucune surprise et ne prononça que deux mots : "Où ? Quand ?" »

Lundi, 11 h 30, IVe arrondissement, Paris, août 2010.

Pieaud, insensible à la chaleur écrasante qui dévorait pourtant les forces et érodait les dynamismes les plus résistants, marcha longtemps sans s'arrêter ni se retourner, porté par l'urgence de fuir, rasant les murs, s'obligeant à ne pas se retourner à chaque bruit suspect, tendu à l'extrême. La douleur sans nom qui le terrassait aurait pu l'entraver, le ralentir, le clouer sur place, mais il l'occulta, mû par une seule préoccupation. Échapper aux flics qu'il venait de laisser en plan. Il n'avait que peu d'avance sur eux et aucune envie de se retrouver coincé dans leurs locaux, où il deviendrait impuissant. Les yeux du grand blond avaient été explicites. Il était leur suspect numéro un. Fuir n'arrangerait rien, au contraire, il en avait conscience, mais l'important était ailleurs. Trouver qui avait tué Emma, l'éventrer de ses propres mains, lui arracher ses organes, un par un, lentement, et les lui faire bouffer jusqu'à ce qu'il réponde à ça : Pourquoi ? Pourquoi avoir tué Emma ? Il effaça la sueur qui roulait sur ses joues d'une main tremblante.

Un pas après l'autre, il avançait, effondré, s'apercevant qu'il s'était trompé. Il croyait avoir tout vu, tout vécu, et il n'en était rien. Il existe toujours pire. C'était maintenant. Sans Emma. Ce n'était pas possible. Il allait se réveiller de ce cauchemar et Emma serait là, blottie contre lui, au creux de leur lit. Il allait rendre les clés de sa chambre au *Zinc*, quelle idée de merde !, et retourner vite fait auprès d'elle. Sa petite fée. Il se ferait soigner, fournirait encore plus d'efforts, et tout redeviendrait comme avant. Ces putains de flics, il les avait juste cauchemardés. Toute la merde vécue ces dernières années, il l'avait juste cauchemardée. Ces grappes d'enfants crevant de faim, leurs yeux rongés de mouches et de poussière, leurs membres mutilés par les mines, errant dans les ruelles de Kaboul, cette antichambre de la mort, cette capitale en ruine, il les avait cauchemardés. Les kalachnikovs dans ces mains trop petites, il les avait cauchemardées. Ces chiens squelettiques, ces caravanes de mules faméliques, ces breaks Toyota hors d'âge, ces jeunes sous héroïne qui sillonnaient les alentours de leur base sur de vieilles bécanes, leurs ceintures bourrées d'explosifs, ce tableau apocalyptique que rien ne venait adoucir. Tout naissait de son imagination tordue. Mais c'était fini. Rien de ceci ne pouvait exister dans la vraie vie. Il fallait ouvrir les yeux. Se réveiller.

Un bruit de Klaxon, répétitif, énervé, qui lui aboyait « tire-toi de là connard », l'extirpa de ses pensées, et il se rangea de justesse sur le trottoir. Impossible de mourir maintenant. Il résisterait au gouffre qui voulait l'aspirer. Il était encore fort, son corps intact, même s'il souffrait de partout.

En attendant, il lui fallait une planque. Paris regorgeait de flics. À survivre là-bas, il en avait presque oublié la réalité ici. Il lui fallait rester en vie. Se reconnecter. Il inspira profondément jusqu'à ce que les sons s'amplifient. L'air se gonfla d'humidité. Une averse était imminente. Il la sentait approcher. Ses sens fonctionnaient toujours, il allait être efficace, il n'avait pas le choix. Lorsqu'un passant le frôla, cet éphémère contact lui fit l'effet d'une piqûre de scorpion et il frissonna sous le soleil avant de s'adosser trente secondes contre une porte cochère. Réfléchir. Simultanément, son portable frémit dans sa main. Un SMS de Willy. Il avait les flics aux trousses.

Plus d'alternative. Alors il composa un numéro qu'il connaissait par cœur. « C'est moi. » À l'autre bout du combiné, l'autre ne marqua aucune surprise et ne prononça que deux mots : « Où ? Quand ? »

Le Kid venait d'entrer dans la danse. Pieaud coupa son portable. Personne ne le retrouverait jamais.

8

« À eux tous, ils formaient une meute
dont il était le maître, et, au sein
de sa forteresse, rien de mauvais
ne pourrait plus jamais leur arriver. »

Lundi, midi, Belleville, XXe arrondissement, Paris, août 2010.

Le Kid habitait seul, avec ses 130 kilos de muscles, son 1,90 mètre, son passé d'ancien de la Légion étrangère, ses chiens, son home cinéma 3D, sa chaîne hi-fi hors de prix et sa demi-douzaine d'ordinateurs, une petite maison au cœur du XXe arrondissement de Paris, Belleville, un quartier métissé de l'Est parisien vissé au flanc d'une colline. Il y vivait reclus, entouré de sa brigade canine personnelle, pitbull, labradors et bâtards recueillis au fil du temps – des femelles adultes uniquement, les mâles se montraient trop teigneux, les bébés trop joueurs. À eux tous, ils formaient une meute dont il était le maître, et, au sein de sa forteresse, rien de mauvais ne pourrait plus jamais leur arriver. Un système de vidéosurveillance dernier cri parachevait leur mise en sécurité.

Peu avant l'appel de Pieaud, le Kid s'amusait comme un fou. Son nouveau profil sous le pseudo « Brad » n'était peut-être pas celui du siècle, mais il recueillait déjà de nombreux clics. Depuis qu'il officiait sur ce site de rencontres, les connexions et abonnements augmentaient sensiblement. Les actionnaires se montraient satisfaits. Les femmes revenaient enfin sur leur plateforme nouvellement cotée en Bourse. Grâce à lui. Il faisait le buzz. Elles s'excitaient toutes autour de cet homme qui savait manœuvrer, collant à leurs attentes muettes, comme s'il les décryptait, mêlant flirt et retenue, les rassurant. Parfait. Il fallait faire du chiffre. Peu importait la manière de l'obtenir et les gens employés derrière leurs claviers. Ce que désiraient les patrons avant tout : du sang neuf, à injecter dans une mécanique endormie sur ses lauriers qui avait fini par se faire détrôner de sa place de leader par une minuscule start-up, Happyness, que personne n'avait vue venir. Ses trois jeunes fondateurs ? D'inoffensifs adolescents ! Regrettable erreur d'appréciation et il devenait urgent de reprendre la première place du podium.

Le Kid, qui avait trente idées à la minute et d'indéniables talents de séduction via écrans interposés, avait été recruté pour ça, avec d'autres qu'il ne connaissait que virtuellement, ce qui lui convenait à merveille depuis qu'il avait décidé de mettre entre parenthèses et le monde extérieur et l'humanité en général. Seul Jérôme Pieaud échappait encore à la règle. Frères d'armes, il fallait le vivre pour le comprendre.

Il sourit dans le vide avant de donner un coup de pied qui propulsa son fauteuil à roulettes devant la fenêtre du salon. *Créateur de faux profils sur le Web, ça c'est un job cool*, se dit-il en se décapsulant une bière. Aucune prise de tête, un job à domicile bien payé, et des minettes qui mordaient à l'hameçon comme des truites au sortir de l'hiver. Que demander de plus ? Il écarta un rideau. La nuit était tombée depuis longtemps, la chaleur aussi. Il sortit rapidement ses chiens, en avance sur le timing habituel, au cimetière puisqu'il vivait à côté. Le hasard créait parfois de belles opportunités. Sous le couvert joyeux de stèles divines désertées, il jouissait d'une paix magistrale. Les hauts murs d'enceinte ne représentaient pas un problème. Il s'était procuré un jeu de clés. La dette d'une connaissance... Quant aux horaires d'ouverture et à l'interdiction de faire pénétrer des chiens dans l'enceinte de ces 1,8 hectare, ce n'étaient que des règles qu'il n'avait pas édictées et il s'en fichait royalement. De retour chez lui trente minutes avant l'heure fixée pour son départ, une autre bière absorba l'attente, et ses pensées. Un rail express, à l'ancienne, lame de rasoir et billet roulé en tube, acheva de le détendre.

Fourrer le nez dehors, à part dans l'« aire de repos définitif » presque attenante d'où il revenait, il aimait l'appeler ainsi, il y avait une éternité que cela ne lui avait pas effleuré l'esprit, et ça le mettait dans tous ses états.

9

« Nos vies, commissaire, nous devrions
les gérer avec nos hémisphères droits.
Parce qu'aujourd'hui c'est
ça ou sombrer à jamais. Croyez-moi.
Le droit, c'est magique. »

Lundi midi, avenue Victoria, IVe arrondissement, Paris, août 2010.

Écrasé sous le soleil, le numéro 8 retrouvait un semblant de calme. L'attroupement de véhicules de police, de curieux et de journalistes s'était dissipé, momentanément happé par d'autres préoccupations. Marsac poussa la porte du hall avec soulagement. Cette chaleur l'usait d'autant plus et mieux qu'il était passablement énervé. Il pensa à sa mère à qui il avait promis de dénicher un ventilateur pour remplacer le sien qui ne fonctionnait plus, mais la chose était devenue un sport national, et partout où il appelait, on se déclarait en rupture de stock. En désespoir de cause, il avait joint son frère qui lui avait assuré qu'il allait gérer *ça*, avant de lui raccrocher au nez. Mais il en doutait. Max ne gérait rien hormis son job, et surtout pas leur mère, manœuvrant pour être continuellement surbooké. Il fallait pourtant trouver une solution rapidement… Cette pensée supplémentaire en tête, il grimpa les quatre étages au pas de course. Comme convenu, les scellés n'avaient pas été posés sur la porte, Weber les avait laissés sur une étagère de la cuisine. Elle avait dû prendre sur elle pour déroger à la règle, il le savait. *Merci Hélène, merci.*

Respirer une nouvelle fois l'ambiance de l'appartement vidé de toute présence, de tout mouvement parasite. Faire travailler son hémisphère droit, comme dirait Raimbauld, et non plus chercher mais *trouver* quelque chose. Planté au milieu du salon, Marsac se souvenait des propos de son capitaine, assis quelques années plus tôt face à sa vodka, déjà, avec un blues monumental. Sa femme l'avait quitté, emportant dans ses bagages ce qu'il avait de plus cher au monde : ses deux fils. Sa vie rêvée s'effondrait et il n'avait qu'une envie : hurler à la mort. Mais, plus chat que chien, Raimbauld avait traité sa douleur comme tous les félins, en s'isolant pour la masquer. Ne rien laisser transparaître, se lécher les pattes dans un coin, assurer sa survie. Raimbauld était donc écroulé dans ce bar qui leur servait de point de chute, tête baissée sur son verre, doigts crispés autour des parois à en faire bleuir ses jointures, et ne bougeait pas d'un millimètre. Un mort, s'était dit Marsac, n'aurait pas eu moins de mouvements. Et puis, soudainement, Raimbauld avait entamé un de ces improbables monologues dont il avait le secret. Et Marsac avait écouté.

— J'ai tout raté. Ma vie entière n'est qu'un fiasco. Impossible de continuer comme ça… Je vais m'astreindre à travailler mon hémisphère droit. Le gauche fonctionne dans un monde certain, dans lequel nous pouvons planifier notre avenir, mais ce monde n'existe plus. C'est ce qu'ils prétendent, à Harvard. Alors je vais les écouter, et exercer le droit… Et Françoise reviendra.

Marsac avait soupiré, paumé. Raimbauld savait le perdre mieux que quiconque. Il volait haut, parfois, son capitaine.

— Si vous voulez une image, disons que l'hémisphère gauche inspecte le terrain tandis que le droit, lui, sent l'ambiance. Important, non, de sentir l'ambiance ? Ce n'est pas pour rien que nous, les flics, nous commençons souvent par ça. J'ai oublié d'agir ainsi, chez moi, ou je n'ai pas voulu, et voilà… J'imagine que vous avez commis la même erreur.

Marsac avait levé un sourcil. Encore une vodka, et Raimbauld lui deviendrait totalement hermétique. « Nos vies, commissaire, nous devrions les gérer avec nos hémisphères droits. Parce qu'aujourd'hui c'est ça ou sombrer à jamais. Croyez-moi. Le droit, c'est magique. » Allez comprendre pourquoi, le soliloque lunaire de son adjoint était resté tapi quelque part en lui, peut-être persuadé qu'il servirait, à un moment donné. Contre toute attente, c'était sans doute le moment de vérité.

L'hémisphère droit, donc. Bien. Oser la nouveauté. Penser comme une femme, peut-être, qui dissimule chez elle un secret, l'un de ceux qui peuvent engendrer une mort violente. Humer l'ambiance et se fonder sur une certitude : les journalistes, toujours un peu paranoïaques quant à leurs informations, adorent planquer celles auxquelles ils tiennent le plus. Il ne voyait aucune raison à ce qu'Emma Loury échappe à la règle. Il fallait de nouveau fouiller chaque recoin de ces quelques mètres carrés, de fond en comble. Il commença par le salon où il se trouvait, laissant errer son regard, cherchant ce qu'il pouvait y avoir d'anormal ou servir de planque, et regretta de ne pas avoir amené Brugguer avec lui, dont le passage aux Stups avait aiguisé le sixième sens, les toxicos étant, dixit la môme, les rois de la dissimulation et de l'intox. *Pense comme elle*, se dit-il. Rien, il ne dénicha rien. *L'hémisphère droit, nom de Dieu !* Sentir l'ambiance, reconstituer le puzzle à partir de fragments. Sans savoir ce qu'il cherchait, il secoua les livres un par un, palpa les ourlets des rideaux, vérifia l'intérieur des VMC, vida les boîtes de Kleenex, les flacons de savon liquide et jusqu'au tube de dentifrice. Rien. *Je m'en balance. J'ai tout mon temps. Personne ne m'attend à la maison. Je resterai ici jusqu'à ce que je trouve quelque chose. Parce qu'il y a quelque chose, je le sens.* Il passa aux prises électriques, dont il démonta chaque boîtier, sans succès.

Et il trouva, deux heures plus tard, dans la chambre, en nage, un sourire radieux aux lèvres, comme si c'était trop beau pour être vrai. *Ça a marché, ça a marché !* Il regardait sans le croire la minuscule clé USB, de 1,5 centimètre environ et d'une épaisseur dérisoire, scotchée à l'arrière d'un mince fragment de photo déchirée. Il avait eu raison de revenir. Si Emma Loury avait pris un tel soin à les dissimuler c'est qu'elles signifiaient quelque chose de fort pour elle. Et peut-être pour son bourreau. Il détailla la photo. Sur fond de ciel azur, le portrait d'une jeune femme, souriant à l'objectif, en bustier de mariée. Marsac ne lui donna pas plus de vingt ans, d'une blondeur presque scandinave, les cheveux relevés, ornés de perles blanches, les yeux gris, les pommettes hautes, un doux sourire magnétique. Il se pencha davantage. Cette petite ressemblait furieusement à sa victime. Seule la nuance de blond différait. Il réfléchit. Une sœur ? Non. Elle était fille unique et le grain de beauté à la naissance du cou ne laissait pas de doute. C'était bien elle. Emma Loury. Du marié, ne restait qu'un pan de costume clair et une mèche brune, dans l'angle droit, bien plus haut qu'Emma. Il avait été évincé du cliché d'un coup de ciseaux. Les questions fusèrent. Pourquoi avoir découpé le marié ? Qui était-il ? Pas Pieaud en tout cas. S'il s'agissait d'histoire ancienne, pourquoi avoir conservé, et planqué si soigneusement, cette photo ? Il cilla. Les siens, de souvenirs de mariage, étaient intacts, dans un tiroir, chez lui. Nathalie les lui avait laissés en le quittant. Comme tout le reste d'ailleurs. Elle avait fui sans rien, comme ça. N'avait rien eu besoin de garder de leur vie en commun, de leur amour fou. Il se mordilla les lèvres. Après tout, chacun sa méthode pour avancer, debout au combat. De peur de perdre et la clé et le cliché, il les protégea d'une enveloppe qui traînait sur le bureau, qu'il fourra dans une poche après l'avoir cachetée. Il apposa ensuite les scellés, rassura Weber d'un SMS, et quitta l'immeuble sous une chaleur qui ne faiblissait pas mais qui l'atteignit moins.

De retour au 36, Marsac changea rapidement de chemise et inséra la petite clé USB dans son ordinateur portable sur son bureau. Alors. Qu'y avait-il de si important là-dessus ? Les noms de trois dossiers apparurent sur l'écran : Articles, En cours et Photos. Il cliqua sur le premier, en parcourut rapidement le contenu, *merde, elle bossait pour Stéphane*, et décrocha immédiatement son téléphone, une boule au ventre. Si Emma Loury travaillait avec Bourgueil, c'est qu'il l'appréciait. Stéphane recrutait l'intégralité de son staff personnellement, arguant que la vie était bien trop courte pour s'entourer de cons à supporter jour après jour. Marsac souffla. Stéphane Bourgueil, rédacteur en chef du journal *La Liberté*, était un proche de longue date. À sa voix, Marsac comprit que Bourgueil ignorait encore la mauvaise nouvelle. Il allait devoir la lui annoncer et en détestait jusqu'à l'idée. Après deux banalités d'usage, il en vint au fait.

— Il paraît qu'Emma Loury bossait pour toi. Elle travaillait sur quoi en ce moment ?

Bourgueil, homme de détails, avait noté l'imparfait. Il suspendit sa réponse tout en abandonnant sa lecture des dépêches qui défilaient sur ses multiples écrans de PC.

— …

— J'ai une mauvaise nouvelle, Steph.

Il y eut un blanc, puis des jurons, ourlés de silence.

— Désolé de te l'apprendre comme ça.

— Mais qu'est-ce qui s'est passé ?

— On l'a découverte cette nuit, chez elle. Mais ça remonte à environ quarante-huit heures. J'attends les résultats du légiste.

Il tut les particularités odieuses du meurtre, Stéphane les découvrirait bien assez tôt.

— J'aimerais que l'info ne filtre pas déjà, continua-t-il. Laisse-moi un peu de temps.

— Tu connais déjà ma réponse. Pas question.

— Je comprends. Tu me fous dans la merde, mais je comprends, même si j'avais espéré que tu…

— J'ai dit : Pas ques-tion.

— … OK… Tu veux bien répondre à deux ou trois trucs ?

— …

— Quand l'as-tu vue pour la dernière fois ?

— Au moins un mois.

— Comment elle allait ?

— Comme d'habitude. Bien. Emma c'est un petit feu follet qui va et qui vient, débordante de vie. Enfin, c'était… Je n'arrive pas à le croire… Qu'est-ce qui s'est passé ?

— On ne sait pas encore grand-chose. Parle-moi d'elle. Tu sais sur quoi elle planchait en ce moment ?

— Non. Emma n'était pas très bavarde concernant ses enquêtes, et puis c'était une grande fille.

— Encore, l'encouragea Marsac.

— Qu'est-ce que tu veux que je te dise ? C'était une môme accro au job, qui aimait le terrain, les causes perdues, qui avait des rêves, des idéaux. Des choses comme *justice pour tous*. Elle voulait faire bouger le monde, tu comprends ? Elle disait que c'était notre rôle, à nous, de plonger dans la fange et de faire jaillir les vérités… Une vraie tête brûlée. Elle débutait, merde. On a tous eu ces ambitions-là, sinon on aurait vendu des sandwiches…

— Dis-m'en plus, Steph. Sa mère est dans le coma. Deux infarctus coup sur coup. Je n'ai plus que toi.

— … Elle bossait en free-lance, arguant que c'était l'essence même du journalisme, que ça lui permettait de conserver le choix de ses sujets, de ses horaires, de ses déplacements. Son indépendance, sa liberté. Elle voulait tout, elle voyait grand. Et elle avait du talent, pour avoir su entraîner le vieux loup que je suis dans son sillage.

— Tu savais qu'elle était enceinte ?

Au bout du téléphone, ce fut comme s'il n'y avait plus personne. Le blanc s'éternisa. Marsac laissa couler un délai qu'il estima décent avant de reprendre.

— Tu es toujours là ?

— Oui, je suis là. Non, je ne savais pas… Quelle merde…

— Ouais… Et Jérôme Pieaud. Tu en as entendu parler ?

— Son mec ? Le militaire ? Évidemment. Pourquoi ?

— Pour rien.

— Tu ne dis jamais rien sans raison, Amaury. Vas-y, lâche le morceau.

— …

Bourgueil décrypta l'infra-message : ils l'avaient eu entre les pattes et l'avaient perdu. Quelle bande de cons !

— Vous êtes vraiment les rois !

— Tu me donneras des leçons plus tard, Steph. J'ai besoin que tu me dises ce que la petite te confiait de lui, de leur relation.

— Elle était raide dingue de ce type, même si depuis quelque temps, elle avait du mal à le supporter. L'amour, tu sais ce que c'est. Souvent, c'est *Je t'aime moi non plus*… Enfin bref… C'est compliqué. Mais là, elle avait ses raisons…

— C'est à-dire ?

— Depuis son retour d'Afghanistan, il partait en live, il voulait plus rien faire, il devenait vraiment parano. Elle le vivait mal.

— Elle allait le quitter ? C'est ce que tu sous-entends ?

— Je ne crois pas. Mais les femmes, c'est particulier, je ne vais pas te faire un dessin.

Marsac reçut 5 sur 5.

— Tu dis qu'elle bossait en free-lance, alors tu ne lui fournissais pas de photographe ?

— Non. C'était le deal, comme dans toutes les rédactions. Elle gérait seule et avec les moyens du bord même si de temps en temps un de ses potes l'accompagnait et se chargeait de mitrailler ce qu'elle voulait.

Marsac s'empara des articles. Toutes les photos étaient signées des mêmes initiales. *E.L.*

— E.L. Tu le connais ?

— Non.

— Des ennemis ?

— Sans doute tous ceux qu'elle dérangeait à chaque nouveau papier. Ceux qui auraient préféré garder leur sale business à l'ombre. Ça fait déjà du monde. Elle allait vite pour s'attirer des emmerdes.

— Des noms qui te viennent à l'esprit ?

— … Pas particulièrement. Mais si je reprenais ses articles un par un, alors, peut-être.

— C'est possible ? Rapidement ?

— Je te rappelle, là, j'ai une *conf call* impossible à faire sauter. Il va falloir que j'assure, et je sais pas comment je vais faire.

Il raccrocha. Lorsqu'il rappela deux heures plus tard, Marsac avait eu le temps de lire attentivement les articles écrits par Emma Loury. Bourgueil avait vu juste. Elle devait aimer les causes perdues.

— Elle a effectivement eu un problème du côté des putes de Barbès.

— Quel genre ?

— Intimidation musclée. Elle s'est fait coincer une fois, en bas d'une cage d'escalier, par une mère maquerelle. Le soir, on a pris un verre ensemble et elle m'a raconté que ça avait chauffé. Ces femmes-là, crois-moi, sont impitoyables. Pires, si c'est possible, que les macs.

— Explique.

— Elle furetait autour de ses filles, posant trop de questions, comme d'habitude, c'est le job, mais une taulière a surgi d'une cage d'escalier et l'a giflée en lui promettant beaucoup plus si elle la recroisait sur son chemin. Emma a gardé l'empreinte de la main sur sa joue trois jours… Je m'en souviens maintenant.

— Elle n'a pas porté plainte ?

— Pas le genre.

— Je vais vérifier. Ce serait bien, on aurait un nom… Sauf si tu l'as déjà ?

— Non. Faudrait voir dans ses papiers si elle a noté quelque chose…

— Ça pourrait être cette mère maquerelle, ou son clan ? Tu crois ?

— Va savoir. Possible. *Business is business* dans un monde sans pitié. Surtout là-bas. Je te briefe. Avant de gagner leurs galons de proxo, elles sont toutes passées par la case trottoir, pour s'acquitter de leur dette, on va dire une moyenne de 60 000 euros. Comprends le prix de leur arrivée en France et un bénéfice substantiel pour le mac qu'elles quittent. Tu vois où je veux en venir ? Comme elles ont subi le pire, elles ne craignent pas de l'infliger à leur tour et la roue tourne, inlassablement. De victimes elles deviennent bourreaux sans scrupule. Car le trafic est juteux. Tu imagines que les journalistes qui enquêtent chez elles ne sont pas vraiment accueillis à bras ouverts. Bref, après ce coup-là, j'ai essayé de dire à Emma de lever le pied et d'écrire des papiers sur des sujets plus paisibles que celui du crime organisé, ou du moins de se faire accompagner, mais elle n'a rien voulu entendre. Et voilà. Une vraie petite tête de mule. Bordel... mais ça n'a peut-être aucun rapport, j'en sais rien. Je vais chercher de mon côté, voir si je retrouve le nom de cette Black... Il y a aussi autre chose. Elle avait reçu des menaces anonymes, en lien avec l'Empire Céleste implanté à Belleville. Ce n'était pas signé, bien sûr, mais les réceptions coïncidaient avec ses visites chez eux... Là aussi, elle s'était montrée trop curieuse – il leur en faut peu – sur leurs tapineuses. Là aussi, le marché est extrêmement lucratif et les triades impitoyables. Tu vois, sa route a été parsemée d'emmerdes. Elle prenait des risques. Et il est probable, la connaissant, qu'elle ne m'ait pas tout dit.

— Encore un point, qui devra rester entre nous. Emma avait-elle déjà été mariée ?

— Pas à ma connaissance. Elle me parlait parfois des demandes de son militaire. Avec eux, tu sais, le mariage et les gosses font rapidement partie du lot. Mais je la sentais hésitante. Pourquoi ?

— Je t'expliquerai plus tard.

— Bien sûr... Si on mettait bout à bout tout ce que tu as un jour promis de m'expliquer, ça ferait un sacré gros bouquin pour mes soirées d'insomnie... Et toi, comment ça va ?

Marsac n'eut pas envie de lui révéler qu'un sadique s'était appliqué à lui faire croire que Solène, sa Solène, sa petite sœur disparue, était à Paris et le réclamait à cor et à cri. C'était même la raison pour laquelle il avait abandonné Elsa et Manon, là-bas, à Saint-Paul, pour revenir ici ventre à terre. Seulement, dès son retour, la femme mystérieuse qui le demandait au téléphone s'était tue, noyant dans son silence l'espoir euphorique de retrouver Solène. Il n'eut pas davantage envie de lui révéler la fin de l'histoire. Mort d'inquiétude, il avait diligenté une petite enquête quelques jours plus tard et découvert, sans surprise mais non sans douleur, que le coup avait été asséné par son ami d'enfance, Mads, flic à Saint-Paul, qui convoitait la même femme que lui… Double peine, assortie d'une mesure de torture. Depuis, Elsa ne répondait plus à ses appels ni à ses messages (imitée par Manon, ce qui n'avait aucun sens, Manon l'adorait et la réciproque était indiscutable). Sans nouvelles d'elles, il devenait fou, au point que, ce soir, il ferait appeler Raimbauld, haut-parleur en mode *on*. Il fallait qu'il sache, qu'il mette un nom sur ce qui se passait. Oui, il en était là. En manque, malade, se torturant sous un flot ininterrompu de flèches empoisonnées que les gens normaux appellent questions.

— La routine. Je te rappelle. Merci Stéphane.

— Ouais. Merci Stéphane. Maintenant je vais faire mon job. Informer. Et après, on se fait cracher dessus par l'intelligentsia et les flics…

Marsac raccrocha, éludant les plaintes de Bourgueil sur les difficultés liées à l'exercice de sa profession et tout le reste, ce n'était pas le moment. Seul dans son bureau, il rassembla les pièces du puzzle. Le corps déchiré d'une jeune femme, ses yeux crevés, sa… sa petite fille agrippée à son ventre, un militaire qui l'avait dévisagé d'un regard halluciné avant de prendre la fuite, des Blacks de Barbès et des Chinois de Belleville qui avaient en commun de détester les lumières. Il poussa d'une main les Post-it, amoncelés sur son espace de travail ridiculement petit, lui rappelant les urgences toutes plus urgentes les unes que les autres qui lui donnaient le tournis, l'empêchant de se concentrer. Pour couronner le tout, Vigne l'appela, pressant : quelles étaient les avancées ? Lorsqu'il mit fin à leur brève conversation, il reposa son portable sur son bureau, son écran bascula en mode veille et le visage d'Elsa s'afficha. Il le caressa d'un doigt. *Ma princesse.*

À quelque 300 kilomètres de là, Elsa veillait sur Manon, sa jeune sœur, lovée contre elle dans un canapé de leur salon. Enfin endormie. Manon devenait infernale, ne la lâchant pas d'une semelle, se collant à elle, chaque soir venu depuis un mois, pour dormir. Elsa lui caressa tendrement les cheveux. Avant de sombrer, Manon lui avait demandé : « Quand est-ce qu'il revient, Amaury ? »

Amaury.

Quelle était la solution ? Amaury ne quitterait jamais Paris, bien trop accroché à son job et, elle, elle ne se voyait pas aller y vivre avec Manon, qui avait tous ses repères, ici. Une petite voix, lointaine, à peine audible, lui murmurait à l'oreille. *Tu te sacrifies. Qui sait, Manon s'adapterait peut-être très bien à Paris.* Il y a des voix pour lesquelles tout semble possible, alors que rien n'est envisageable. Dans la vraie vie.

L'épuisement la laminait. Des mois sans vrai sommeil, sans repos, rongée par un mal qui, même s'il avait trouvé un nom – *burnout* –, restait un ennemi indomptable. Il n'y a pas de *burnout* heureux. Elle jeta un regard empli d'amour sur Manon, écartant une mèche de cheveux de sa joue, et ferma les yeux. Quelques souvenirs surgirent, petits fantômes sonores ; des yeux, ni gris ni verts, qui cillaient doucement. Le monde était dingue, incompréhensible, plongé dans une obscurité dont elle ne percevait ni les contours ni la fin.

Elle eut envie d'un verre. Mais il allait en appeler d'autres, elle le savait. Alors elle s'abstint.

10

> « *C'est tellement simple de tuer,*
> pensa-t-il. »

Lundi midi, Le Beverley, *II*[e] *arrondissement, Paris, août 2010.*

Ses réflexes étaient encore opérationnels. Pieaud en fut brièvement soulagé. L'important, maintenant, jusqu'à l'heure du rendez-vous, restait de patienter dans un lieu sécurisé. Les propos de ses hommes resurgirent. *Le Beverley*, dans le IIe, le dernier cinéma porno de Paris. Tu pouvais t'y enfermer pour la journée sans qu'on te pose de question. Pourquoi pas. Sur place, il attendit, s'octroyant enfin le temps d'allumer une cigarette, adossé contre un mur, que les quatre petits vieux devant lui soient entrés dans la salle. Les hommes disparus, il s'avança, jetant un dernier regard autour de lui, et paya les 12 euros demandés. La caisse enregistreuse claqua, le patron réajusta ses lunettes en lui souhaitant une bonne séance, et Pieaud s'engouffra dans le triste couloir. Assis au fond de la salle, il scruta l'obscurité, repéra l'issue de secours, en bas à droite des escaliers, évalua les hommes éparpillés, toujours les quatre mêmes, plus deux, au premier rang, qui devaient être là avant son entrée, et s'astreignit à réguler sa respiration.

On lui avait tout appris. À survivre n'importe où, dans les pires conditions. À dormir en marchant, vigilance H 24 requise. À passer d'une identité à l'autre. À mourir s'il le fallait. Mais pas ça. Il essaya de comprendre. Pourquoi et qui ? Un dingue ? Et Emma lui aurait ouvert la porte ? Non. Impossible. Alors, elle le connaissait. Sa jalousie l'emporta. Son cœur se serra. Un amant ? Cette idée le rendit fou. Non. Il l'aurait senti si quelqu'un était venu s'immiscer entre eux. Un homme amoureux perçoit ces choses-là. Alors qui ? Sa respiration s'emballait toujours. Dans cet état, il n'arriverait à rien. Son taux de cortisol devait absolument baisser, son rythme cardiaque ralentir. Ça aussi, il en avait la capacité : on lui avait inculqué les fondamentaux des méthodes de cohérence cardiaque. Il ferma les yeux, se contraignant à faire le vide, puis il se redressa sur son fauteuil et posa les mains sur ses cuisses afin de relâcher la pression des épaules. Lorsqu'il sentit ses muscles s'assouplir, il ancra ses pieds dans le sol et posa une paume sur son ventre noueux. Inspiration, expiration, à une cadence de six respirations par minute. Le cycle qui lui convenait le mieux. Inspirer à la visualisation d'une bulle montant le long d'un tube à essai, expirer à la descente. L'apaisement s'installa, peu à peu, mais ne chassa pas l'idée fixe. L'ordure qui avait tué Emma ne vivrait plus longtemps. Le compte à rebours avait commencé. Où qu'aille cet homme, qui que ce soit, il l'aurait. Il fallait juste vivre assez longtemps pour cela.

Pieaud regarda sa montre en se mordillant les lèvres. Le temps semblait stagner et cette après-midi être la plus longue de sa vie. Encore trop d'heures à tuer avant de s'échapper de ce taudis, refuge d'une poignée de petits vieux flapis déconnectés d'Internet. Au-dessus de ses forces. Monde de merde. Il leva les yeux vers l'écran. Le film tournait en boucle. Sortir de ce trou. Aller où ? Lui revint alors à l'esprit l'existence de cette mère maquerelle à quelques rues d'ici et dont ses hommes – encore eux, toujours eux – lui avaient tant parlé, *là-bas*. Oui. *Là-bas*, c'était quand même les histoires de sexe qui circulaient le plus. Logique. Les mômes n'avaient souvent pas vingt ans et un appétit débordant. Tout était bon à prendre pour oublier la guerre. Il se leva de son fauteuil.

Dehors, la nuit s'épaississait enfin et il put se fondre dans Paris alangui. Il avançait englué dans une désespérance sans nom, mais il avançait, et c'est tout ce qui comptait, et il pressait le pas, imperméable à tout ce qui n'était pas Emma. Une jeune femme, absorbée par sa conversation téléphonique, le frôla sans y prendre garde. Le contact de trop. Pieaud la saisit à la gorge et la plaqua contre la porte cochère. *C'est tellement simple de tuer*, pensa-t-il. Dans les yeux terrorisés de la jeune femme, scintilla son propre reflet qu'il ne reconnut pas. Il desserra son emprise, terrifié. Il venait de sentir le pouls de la femme, sous ses doigts.

Et si c'était moi ? se dit-il. *Et si c'était moi qui avais tué Emma ?*

11

« Seul Cassem, tout à fait gainsbourien
en cet instant, se montrait insensible
à la chaleur, ne songeant plus qu'aux
petits seins de Brugguer. En bakélite.
Libres sous leur tee-shirt. »

Lundi, 12 h 30, 36 quai des Orfèvres,
Ier arrondissement, Paris, août 2010.

Narci et Vigier avaient œuvré côte à côte toute la matinée, le premier se chargeant de l'exploration du portable d'Emma Loury, le second de celle de son PC, les deux agacés par la chaleur dégagée des ordinateurs qui tournaient à plein régime. Couplé à la canicule extérieure, l'air, dans ces vieux bâtiments non climatisés, devenait irrespirable. Le même scénario, chaque été. Ils avaient évoqué avec envie l'idée de nouveaux locaux, spacieux, modernes, avec bureaux tempérés, et cette seule assurance les aurait poussés à immédiatement déménager s'ils l'avaient pu. À 12 h 30, en nage et affamés, leur chef de groupe toujours occupé, ils dressaient un premier bilan avec le reste de l'équipe lorsque

Raimbauld poussa la porte de la salle de réunion où il savait les trouver. La fuite de Pieaud les fit monter en température. Cassem jeta son stylo sur la table.

— Le fils de p… ! C'est lui ! J'ai pu récupérer son numéro, appelez-moi « Dieu ». On va pouvoir le géolocaliser tout de suite. J'ai aussi mis la main sur son répertoire et les données supprimées puisque les iPhone n'effacent réellement les notes que trente jours après leur suppression et que les historiques, quelle que soit la méthode d'effacement, ne sont jamais entièrement irrécupérables quand on bidouille un peu. Rien de bien fou pour le moment à part peut-être certains SMS que j'ai restaurés, notamment ceux échangés avec un type, un certain Elliot, avec lequel elle correspondait quand même beaucoup, et très régulièrement. Ça pouvait monter jusqu'à cinquante SMS par jour.

Lise Brugguer émit un sifflement. Pour elle, les mecs ne se camaient pas aux textos. Alors, soit ce gars était mordu de la petite, soit il n'avait tout simplement rien à foutre de sa vie.

— Greg ! Cinquante SMS par jour ? Et tu dis « peut-être » ? Mais de quel genre, les messages ?

— Plutôt mignon. J'en ai lancé des impressions. Elles sont là. Servez-vous.

Brugguer tendit la main la première. Tous tombèrent d'accord trente secondes plus tard. Il y avait un loup. Restait à découvrir jusqu'à quel point, et ils allaient s'en occuper sans tarder. « Ouais », conclut Cassem en se rongeant un ongle. Ça ressemblait à du Barbara Cartland, mais le feu couvait sous la mièvrerie, il en aurait mis sa main à couper. « Mignon mais pas clair quand même. » Il enchaîna avec Brugguer sur le compte rendu de leur visite avenue Victoria. Le con du premier étage devait être surveillé. Vigier ajouta que l'exploration de l'ordi de la victime se révélait peu probante, avec un historique de recherches lié essentiellement à son job. Le butin général s'avérait maigre, excepté les échanges avec cet Elliot. L'agacement croissait, ne manquait que l'excuse valable pour le faire savoir. Ça tombait bien, dehors, le soleil flambait au zénith. Brugguer releva ses cheveux et les attacha avec un élastique échoué sur la table.

« Putain de costume », râla Narci, ouvrant toutes les fenêtres. Le groupe approuva. Seul Cassem, tout à fait gainsbourien en cet instant, se montrait insensible à la chaleur, ne songeant plus qu'aux petits seins de Brugguer. En bakélite. Libres sous leur tee-shirt. À portée de main. Il s'essuya la nuque et dévia son regard au moment où Marsac arrivait, cillant comme un rescapé de l'enfer, tendant l'ordinateur de Pieaud aux deux geeks.

— Voyez ce que vous pouvez en tirer. Les bouquins qu'il a laissés sont partis aux scellés. Je les ai minutieusement épluchés. Vierges de quoi que ce soit d'intéressant pour nous. Du nouveau sur Pieaud ?

Narci attrapa la bécane. *Ça marche.*

— Trois points, répondit Raimbauld. Un, sa photo circule déjà dans tous les aéroports, toutes les gares, etc. Deux, l'état-major des armées est briefé et doit nous envoyer son dossier militaire au plus vite. J'ajoute que je doute d'une coopération rapide et sans retenue. Trois, nous sommes en train de géolocaliser son portable au cas où il aurait fait la connerie d'y laisser batterie et carte SIM. Je crains que non, n'importe quel môme de douze ans connaît les modalités de traçage, mais on vérifie. On ne sait jamais.

— OK, dit Marsac, prenant place avec eux autour du long bureau. Vous l'avez compris, pour l'heure Jérôme Pieaud devient notre suspect *number one*. Le problème est que nous n'avons encore rien qui puisse nous lancer sur sa piste. Rien de personnel lui appartenant chez la victime, sauf peut-être une brosse à dents, et pas grand-chose non plus dans le studio au-dessus de ce bar, *Le Zinc*. Quand je dis rien de perso, outre son ordi et des livres, nous tenons tout de même sa valise, récupérée sur place, un sac à dos qui ressemble à un sac de survie, et ceci, qu'il a abandonné en prenant la fuite. Je viens d'y jeter un œil. Il s'agit du journal de bord qu'il tenait lors de ses missions à l'étranger. Je le lis ce soir et on en reparle demain matin. Peut-être y aura-t-il consigné des noms, des amitiés ou je ne sais quoi d'autre susceptible de nous mener à sa planque ?

Après avoir enfilé des gants, délaissant le carnet, tous se penchèrent sur la valise cabine noire. À l'ouverture, des effets méticuleusement pliés. Et *Alcools,* d'Apollinaire. Rien de plus. « Quelqu'un a lu ? » questionna Marsac. Mouvements de tête successifs, de gauche à droite, en guise de réponse, jusqu'à ce que Raimbauld, lui, acquiesce. « Je me souviens d'histoires d'alcool créateur et de mélancolie amoureuse. » Haussements de sourcils, on s'en foutait, et leur attention se reporta sur le sac à dos. Il contenait effectivement toute la panoplie de l'aventurier. Couteau, briquets, ficelle, trousse de premiers secours, bâche, sac de couchage, lampe frontale, gourde, rations de combat, allumettes étanches, et une polaire de l'armée. Que fichait-il avec ça, en plein Paris ?

— Mais c'est qui, ce mec ? Vous, vous l'avez vu, dit Brugguer en se tournant vers Raimbauld et Marsac. Alors ? À qui on a affaire ?

— Comment voulez-vous juger quelqu'un en quelques secondes ? opposa Raimbauld. Il semblait normal avant l'annonce de la mort de sa petite amie. Ensuite, il s'est effondré, pleurant comme un enfant. Ce qui se conçoit.

— Et il sentait l'alcool, Raimbauld. À 10 heures du matin. Vous oubliez ce détail.

— Donc, reprit Brugguer, il picole, il chiale, il plie ses fringues comme un obsessionnel qui confond l'ordre des choses et leur maîtrise, et il se balade avec un sac de survie dans la capitale. De là à avancer qu'il n'est pas vraiment maître de lui-même et a pu déraper et dézinguer sa petite copine, pour une raison ou pour une autre… Une classique affaire de cul, par exemple. Après tout, elle déconnait quand même un peu avec cet Elliot, non ? Imaginons que notre bonhomme ait eu vent de ce qui se tramait dans son dos et qu'il ait, comment dire, surréagi ?

Ils expliquèrent les faits à Marsac, et Raimbauld fit glisser d'une main, sur le bureau, une impression des textos en question. Marsac s'en saisit avant de parcourir le papier en diagonale. *Ah oui, quand même*.

— Vous avez joint cet Elliot ?

— Il ne répond pas aux appels, l'informa Narci. Je lui ai laissé un message demandant de nous contacter au plus vite.

— Ne le lâchez pas, rappelez-le autant de fois que nécessaire, et trouvez son identité. Il faut qu'on lui parle, c'est évident.

Raimbauld refrénait ses envies grandissantes de grattage. L'histoire de jalousie qui s'esquissait lui perforait le cœur, et les souvenirs qu'il se contraignait à oublier resurgissaient avec violence. Que s'était-il passé ? Emma Loury avait-elle un autre homme dans sa vie ? Pieaud avait-il senti, lui aussi, un très léger parfum inconnu sur les vêtements de son amie ? Noté d'inhabituels retards ou écouté des excuses lamentables ? En était-il venu au meurtre ? Tuer parce qu'on n'est plus aimé, parce qu'on est bafoué. Lui aussi, y avait pensé, une fraction de seconde, avant de secouer la tête, de se souvenir de qui il était, de ses enfants, du sourire désarmant de Françoise. Et il s'était repris. À temps. Mais il en transpirait encore. La ligne qui sépare la pensée du passage à l'acte est ténue, n'importe qui pouvait la franchir, il l'avait compris dans sa chair, avec effroi, ce jour-là, celui où il avait senti cette fragrance inédite sur le pull de sa femme. Mais le mode opératoire, ici, lui posait problème. N'était-ce pas *trop* ? L'amoureux éconduit tue son amour perdu d'une balle, rien d'autre. Marsac poursuivit, exhibant un centimètre carré de photo déchirée.

— Passons au point suivant. En retournant chez la victime, j'ai trouvé ça.

Il le fit circuler, les visages s'y penchèrent et les regards devinrent scrutateurs. Consensus total. Malgré quelques années de moins et une blondeur qu'ils ne lui avaient pas connue, il s'agissait bien d'elle.

— A priori, Emma Loury a été mariée. Et puisque ce n'est pas avec Jérôme Pieaud, reste à savoir avec qui, dit-il. Les ex opèrent parfois de sacrés retours, nous sommes bien placés pour le savoir. Alors voilà une seconde identité à dénicher au plus vite. Elle ne devrait pas être compliquée à obtenir, via les connaissances de la victime ou son livret de famille. Je m'en occupe. Continuons. Au dos de cette photo, il y avait, scotchée, une clé USB. Et le tout était si bien dissimulé que je ne sais même pas comment je suis tombé dessus. Mon jour de chance.

Il préféra passer sous silence le coup de l'hémisphère droit. Il en toucherait plus tard un mot en privé à Raimbauld. Le groupe n'avait pas besoin d'être au courant de tout ça. *Ça*, leurs divagations à eux deux, comme il les qualifiait parfois.

— Pour info quand même, s'enquit Brugguer, c'était planqué où ?

— Dans un bouton de robe d'été. L'intérieur était creux.

Échange de regards perplexes dans l'équipe. Marsac écarta les bras.

— Je vous l'ai dit. Ne me demandez pas comment j'en suis arrivé là.

Brugguer détailla son chef de groupe. Elle le savait bon, oui, sinon elle n'aurait jamais postulé ici, mais là, il l'avait surpassée, elle, la reine des planques improbables. Ses yeux noirs s'éclairèrent quelques secondes, alors qu'elle renouait correctement ses cheveux rendus humides par la chaleur. Cassem crut y lire une lueur d'admiration et regretta de ne pas avoir déniché lui-même cette putain de photo, juste pour être celui qui aurait su illuminer, ne serait-ce qu'un court instant, ces deux agates brunes striées d'or. De l'autre côté de la table, Raimbauld, qui ne croyait que très peu au facteur chance dans la vie, voulait savoir. Marsac continua en lui lançant un « plus tard » explicite.

— Cette clé contient les articles écrits par Emma Loury, que nous aurions trouvés ailleurs de toute façon, OK, mais qu'elle a pris soin de sauvegarder, et en lieu sûr. Que nous apprennent-ils ? Déjà, ils corroborent les propos de Bourgueil.

Cassem ne put se retenir.

— Qu'est-ce qu'il vient faire chez nous, lui ?

Cassem n'avait jamais eu, et n'aurait vraisemblablement jamais, de tendresse particulière pour les journalistes et l'incessant jeu du chat et de la souris auquel ils se livraient avec les flics. À son goût, ils criaient trop fort et trop vite sur n'importe quoi pourvu que leur tirage en soit augmenté, au risque d'interférer, et jamais de la bonne manière, avec les enquêtes en cours. Il les évitait autant que possible, les rares fois où il s'y était frotté ayant rapidement dégénéré en salade de phalanges. Et Bourgueil, dont il connaissait pourtant les liens avec Marsac, n'échappait pas à sa règle.

— Elle bossait en free-lance, c'est à lui qu'elle proposait ses papiers en premier, reprit Marsac, et il les lui a tous achetés. Je l'ai eu au téléphone. Il est effondré. À ce que j'ai compris, il l'avait prise sous son aile. Un jeu de miroirs, sans doute. Comme lui, elle semblait avoir un sacré caractère et affectionnait les sujets casse-gueule, car elle avait, je cite, des idéaux de justice, de monde meilleur. Je l'ai lue, et je confirme. Baby Killers en Sicile, traite des humains, prostitution nigériane à Paris et un début d'enquête sur les filles de l'Est. Comme vous le voyez, les marronniers n'étaient pas sa tasse de thé et elle s'était déjà attiré quelques emmerdes, notamment avec une mère maquerelle du côté de Barbès, je crois, à vérifier, et la mafia chinoise je ne sais plus où. Il va donc nous falloir chercher aussi côté job… Voilà les articles. À imprimer, à photocopier pour tout le monde et à décrypter au plus vite en gardant bien à l'esprit ceci : elle aimait quand ça sentait le soufre. Et le soufre, ça s'enflamme, conclut-il en confiant la clé à Narci.

— Alors quoi ? On oublie Pieaud ? Le textoteur fou ? L'ex-mari ? Et on envisage l'hypothèse qu'elle aurait déterré un os ?

— On n'oublie rien du tout, Vigier, non, contra Marsac, mais on y additionne la piste de la patate chaude, de votre os déterré. Ah, et puis dernier point en attendant le rapport d'autopsie : la mère de la victime ne nous aidera hélas pas. Elle est dans le coma, suite à deux infarctus, cette nuit, coup sur coup.

Silence. À chaque fois les mêmes mots les cinglaient de plein fouet. Dommages collatéraux. Ils en avaient vus, des mondes entiers s'effondrer sous leurs yeux à l'annonce ou à la vision de la mort. L'une et l'autre avaient des impacts, détruisant les équilibres, pour toujours. Tous le savaient.

— Il devient donc urgent de joindre le père si on veut en apprendre davantage sur la petite Loury, reprit Marsac.

— Ça, j'ai aussi, dit Vigier. Un numéro de téléphone, dans le portable de la victime, enregistré sous la dénomination *Papa*.

— Parfait. On va s'en occuper. Qu'est-ce qu'il nous reste à voir ? Cassem et Brugguer, du neuf ?

— Non. Personne n'a rien vu rien entendu, et on a récolté l'habituel laïus. Loury menait selon eux une vie sans histoires. Il y a peut-être juste un truc. Un type, au premier étage. Un vrai connard. Il a tenté sa chance avec elle et s'est fait allumer par Pieaud. On va creuser.

Cassem écoutait Brugguer et acquiesçait sans un mot, d'accord avec tout, la dévorant des yeux. Il avait chaud, de plus en plus, et dénouer sa cravate ne lui apporta aucun soulagement.

— OK, dit Marsac, se souvenant parfaitement de cet homme qui s'était fait remarquer dès les premiers instants avenue Victoria, on conclut. Que trouve-t-on dans le sillage immédiat de notre victime ? Un petit ami militaire en cavale, un Elliot qui déconnait avec la femme d'un autre, un ex sans visage, des proxénètes, la triade, et un connard qui chassait sur des terres étrangères, dixit Brugguer pour ce dernier point. Des questions ? Non ? Alors tout le monde au charbon avant le point presse de fin d'après-midi. Vous me trouvez cet Elliot, tout ce que vous pouvez sur Pieaud, le connard de Brugguer, la mafia chinoise implantée ici et les mères maquerelles de je ne sais plus où. Je vais gérer le père de la petite. Il faut qu'on avance. Ah, toute dernière chose, mais qui n'a rien à voir. Quelqu'un saurait où dénicher un ventilateur en état de marche ?

— Moi, dit Raimbauld. J'en ai deux. J'ai tout en double, toujours, question de sécurité.

Marsac lui jeta un regard mi-apeuré (hors job, les gens qui anticipaient tout l'angoissaient) mi-admiratif (hors job, ceux qui anticipaient tout le fascinaient), et l'affaire fut conclue. Raimbauld lui apporterait le second exemplaire plus tard au bureau.

Le groupe éclaté, Marsac regroupa les documents épars. Raimbauld, resté assis, tapotait toujours les textos imprimés.

– Ils vous titillent, n'est-ce pas ? lança Marsac.

– Pas vous ?

Marsac cilla devant la minuscule photo de mariée.

— Finalement, notre victime n'est déjà plus si lisse, lâcha Raimbauld en le regardant faire.

— Évidemment. Mais le jour où quelqu'un sur cette Terre sera sans aspérité, avertissez-moi. Personne n'est jamais aussi lisse qu'il n'y paraît. Personne. N'oubliez pas.

Et, sous les apparences, la vérité pouvait être laide, il le savait depuis longtemps, tout comme le fait que personne ne connaissait jamais son prochain. Mais il sentit grandir en lui une anxiété. Pour continuer à croire dans le genre humain, Emma Loury devait être l'exception à cette règle.

Il ne savait pas pourquoi, mais il l'espéra, de toutes ses forces.

12

« Et puis de loup, il n'était pas
question. On cherchait une méduse.
Un invertébré sans cœur, sans cerveau,
mais avec quatre appareils
reproducteurs. Une saloperie, quoi. »

Lundi, 14 heures, 36 quai des Orfèvres,
Ier arrondissement, Paris, août 2010.

Marsac dégagea la paperasserie qui l'excédait et étala les clichés d'Emma Loury, ses articles, la minuscule photo déchirée si soigneusement dissimulée, l'impression des SMS, et le journal de bord du capitaine Pieaud.

— Voilà, dit-il à Raimbauld assis en face de lui. Voilà ce dont nous disposons pour nous permettre de reconstruire la vraie vie d'Emma Loury. Quelques pièces, et c'est insuffisant, d'un puzzle qu'il nous faut reconstituer à l'aveugle. Je vais joindre le père. Faites faire des copies du carnet de Pieaud, s'il vous plaît, lisez-le avec attention et on se voit plus tard.

Raimbauld parti, Marsac composa le numéro noté par Cassem. À la fin de la conversation, un père, à Hong

Kong, s'effondrait sous les condoléances tandis que Marsac tenait sa confirmation. Emma Loury avait effectivement été mariée, très brièvement, dans une autre vie. Lorsque Marsac demanda quelques précisions, l'homme fut évasif.

— Emma se confiait peu, mais je sentais bien que ça n'allait pas. Un père perçoit le malheur de sa fille, non ? Même à des milliers de kilomètres. Lorsque l'enfant est dans votre cœur, si vous en avez un, où qu'il soit et où que vous soyez, vous ressentez ce qu'il vit. Et ce qu'il ne dit pas, on le sait, non ?

Marsac doutait. Le diapason évoqué ne ressemblait en rien à une vérité universelle. Tout ne tournait pas rond, sous certains crânes. Des hommes se contentaient d'engendrer, d'adopter. Toute notion d'empathie, de protection, leur était étrangère. Inné ou acquis ? Les deux. Mais ce père-là avait besoin de croire aux belles choses. Il avait continué, sous l'écoute bienveillante de Marsac. Emma partie, son ex, un vrai fou, l'avait harcelée pendant des mois, ayant été jusqu'à menacer de faire sauter le tribunal qui prononcerait l'acte de divorce. Et puis, contre toute attente, la séparation enfin officialisée, il avait fini par disparaître des radars. Ils avaient continué à guetter le retour de cet homme pendant des semaines, rongés par la hantise de le voir resurgir, mais il n'était jamais revenu vers eux. Dieu soit loué. Elle avait vécu le pire avec lui. Il en aurait mis sa main droite à couper.

— Se montrait-il violent ?

— Je l'imagine, oui.

— Mais aucune preuve ?

— Non. Juste l'alarme intérieure d'un père qui s'était mise en route, je vous l'ai dit.

— Son nom ?

— Raphaël Imbert. J'ai effacé son numéro de téléphone de mes carnets et de ma mémoire, mais ce que je peux faire, c'est vous communiquer sa dernière adresse connue, lorsqu'il pourrissait encore la vie de ma fille.

— Oui. Merci beaucoup. Une dernière chose. Auriez-vous par hasard une photo de lui ?

— Non. Emma m'avait fait promettre de tout déchirer, j'ai obéi avec plaisir.

L'homme allait raccrocher, assurant qu'il prenait le premier avion pour Paris, lorsque Marsac le retint par deux ultimes questions.

— Connaissez-vous Jérôme Pieaud, monsieur Loury ?

— Oui, bien sûr, c'est le petit ami d'Emma.

— Et ?

— Je ne l'ai encore jamais rencontré, je suppose que ma fille attendait pour les présentations, mais elle m'en parlait souvent. Un homme bien. Pourquoi ?

— Nous sommes à sa recherche. Une idée de l'endroit où le joindre ?

— Non. Désolé. Via l'armée peut-être ?

— Oui, je vais essayer, merci.

Marsac libéra ce père détruit et appela Narci.

— Essayez de me localiser un certain Raphaël Imbert, ex-époux d'Emma Loury.

Une heure plus tard, alors qu'il préparait ses notes pour la conférence de presse, Raimbauld frappa à la porte ouverte, rapportant les six jeux de copies du journal de bord du militaire.

— Je pose l'original sur votre bureau.

— Merci. Dites-moi que vous avez pu joindre cet Elliot.

— Toujours pas. Son portable sonne dans le vide. J'ai laissé un autre message lui demandant de me rappeler au plus vite. Et vous ? Du neuf avec le père ?

— Je viens de lui parler. Il vit à l'autre bout du monde, à Hong Kong, depuis qu'il a divorcé, la petite Loury avait douze ans, et refait sa vie. Il s'est installé dans le quartier de Wan Chai, si j'ai bien retenu, pour monter en *coworking* une boîte d'import-export de vin, s'est remarié et a eu deux autres enfants, âgés de huit et douze ans. Si père et fille correspondaient régulièrement, en revanche il n'entretenait plus aucune relation avec son ex-femme, ce qui m'a retenu de lui annoncer l'autre mauvaise nouvelle. Il semblait déjà dévasté. Je n'ai pas pu… Ni ça, ni le fait qu'Emma attendait un enfant… Il prend le premier avion… Quelle idée de vivre à Hong Kong…

— Vous dites qu'il est dans le business du vin, alors ne cherchez pas plus loin. Ce bout de Chine est un vrai paradis entrepreneurial pour les secteurs du luxe et c'est encore plus vrai depuis que l'ancien chef de l'exécutif a fait abolir les taxes d'importation et de vente. Le marché est devenu extrêmement attractif et lucratif. Ceci doit expliquer cela. Rien d'autre ?

— Si. Notre victime a effectivement été mariée, et très vite divorcée. Il qualifie l'ex, un certain Raphaël Imbert, de « fou » et de « dramatique erreur de jeunesse ». J'ai sa dernière adresse connue mais pas plus. Les ponts ont été coupés. La petite ne supportait plus d'en entendre parler. C'était devenu tabou. Je pense que la piste doit être creusée.

— Et Pieaud ?

— « Quelqu'un de bien. »

— On stagne.

— Pas tant que ça. Nous tenons une confirmation de notre pressentiment, Raimbauld. Il y avait bien une porte dérobée dans la vie d'Emma Loury.

Un dernier brief à 20 heures après la conférence de presse n'apporta rien de neuf et Marsac libéra son groupe.

— Weber n'est toujours pas revenue de l'IML, et nous n'en saurons pas davantage ce soir, alors filez vous reposer un peu, et on se retrouve demain matin à la première heure.

Dans le couloir déserté, il fut rattrapé par Bourgueil, resté silencieux au milieu de la horde déchaînée. À mille lieues de lui ressembler.

— Bon, maintenant tu arrêtes de me prendre pour un con, Amaury, tu sers ta soupe aux autres mais, à moi, tu me parles vraiment. Y a-t-il un loup avec Emma ?

Ils le savaient tous les deux. Bien souvent c'est la vie des gens, leurs habitudes, leurs pensées, leurs faits et gestes qui expliquent leur mort. Les actes de fous furieux frappant au hasard restaient rares, même si les médias choisissaient de les mettre à la une. La folie fait vendre, effraie, terrifie, nous rappelant sans doute notre propre part d'ombre… posant cette question : *Et si moi aussi je basculais, que se passerait-il ?* Mais elle tue peu, au regard de nos secrets.

— Je l'ignore encore, Steph, dit-il en lui tapotant l'épaule.

Il se détourna sans remords. Stéphane, trop impliqué dans l'affaire, allait manquer de recul, cette petite il l'adorait, c'était clair, il foncerait dans le tas comme à son habitude, et ce n'était pas envisageable. Marsac lui avait promis toutes les infos en temps et en heure, avant les autres, aucun problème, et il tiendrait parole, mais d'ici là, il voulait vraiment conserver le peu d'avance qu'ils avaient. Ce ne serait pas éternel. Lorsque l'animal aurait vent des flics lancés à ses trousses, la donne risquait de changer. Se sentant traqué, il risquait de replonger dans ses eaux troubles et de leur échapper alors que là, ils pouvaient espérer un faux pas au grand jour, et le coincer.

Et puis de loup, il n'était pas question. On traquait une méduse. Un truc sans cœur, sans cerveau, mais avec quatre appareils reproducteurs. Une saloperie, quoi. Et Marsac la voulait, avant n'importe qui, en tête à tête. Sans nappe ni chandelles.

13

« J'ai rencontré un homme, sur Internet.
[…] Il avait l'air gentil, il disait
qu'il allait me sortir de la misère. »

Lundi, 21 heures, les bords de Seine, Paris,
août 2010.

Après le point presse, Raimbauld avait fini par accepter de passer cet appel à Elsa, Marsac à ses côtés. Voir si elle répondait à d'autres que lui, numéros inconnus compris.

Elsa restait muette, et son commissaire en perdait la raison. Mais il ne fallait peut-être pas s'étonner si elle lui jetait au visage un silence qu'il méritait. Un vrai con, Marsac, en amour, capable de provoquer, à chaque fois qu'il aimait, le contraire de ce qu'il espérait. Un champion du monde toutes catégories. Un as des as. Raimbauld comprenait le processus. Marsac ne pouvait s'attacher longtemps à quelqu'un, ayant appris trop tôt que se décrocher pouvait faire mal à en crever. La disparition de sa petite sœur Solène resterait le traumatisme de sa vie. Alors, il œuvrait pour tout faire foirer, sans doute sans s'en apercevoir. Il n'y avait qu'à considérer deux exemples. Sa femme d'abord, Nathalie. Un volcan qui avait su le persuader que, oui, l'attachement amoureux pouvait être doux et éternel avant d'opérer une volte-face et de s'enfuir. Marsac n'avait pas pu la rattraper, happé par le métier de chien, et, surtout, ses propres douleurs. Elsa ensuite, l'amour d'enfance abandonné sitôt retrouvé. Encore une fois. Certes, nul n'aurait pu remettre en cause la raison invoquée ; Solène le réclamait. Mais les prétextes se succédaient. Non, vraiment. Avec les femmes qu'il aimait, Marsac dépassait l'entendement.

— Vous rendez-vous bien compte du ridicule ? On va ressembler à deux adolescents en pleine crise existentielle. On va furieusement manquer de tenue.

— M'en fous, Raimbauld.

Et Raimbauld s'était exécuté.

Mais Elsa n'avait pas répondu et Raimbauld avait retrouvé le sourire.

— Une simple *digital detox*, je vous l'avais dit, pas de quoi s'inquiéter. Il faut lui laisser du temps.

Entre-temps, Raimbauld avait été lui chercher son ventilateur de secours, encore neuf dans son emballage, et le lui avait offert, refusant d'être payé en retour, n'ayant qu'une exigence :

— Quand nous aurons la méduse, vous me donnerez un de ces trucs qui pourrissent vos poches. N'importe lequel. Je suis gêné de vous dire ça, mais elles pourrissent votre allure.

— Vous choisirez.

Et ils s'étaient séparés.

Lorsque Marsac arriva chez sa mère, la porte resta close. Il essaya de la joindre, s'inquiéta pour rien, elle passait la soirée chez son frère. Miracle. Il déposa le ventilateur sur le palier, agrémenté d'un mot. *Je t'appelle vite.* De retour dehors, la chaleur le happa de nouveau. Aucune envie de rentrer chez lui. Il rejoignit les bords de Seine. Assis sur un banc, il éteignit ses portables et shoota dans de minuscules cailloux qui ne réclamaient rien. Une cigarette plus tard, passée à regarder sans le voir l'envol des mouettes, il décida de réexaminer l'intégralité des articles d'Emma Loury. Penser job. S'y noyer.

BABY KILLERS EN SICILE
Qui veut museler la voix des innocents ?

La Sicile, paysages de cartes postales et berceau de quelques chefs-d'œuvre du patrimoine de l'humanité, est aussi une terre sanglante du crime organisé. Focus sur « l'Étoile », une mafia parmi d'autres, et ses enfants tristement stellaires, les Baby Killers. Cueillis sans avoir eu le temps de développer ce que Freud appelait un surmoi, qui aurait été garant d'un minimum de conscience morale, ces enfants recrutés dans les milieux les plus défavorisés, envieux de tout ce qui constitue l'apanage d'une jeunesse dorée et leurrés par la promesse d'un avenir meilleur, intègrent fièrement le Milieu. Dans l'espoir de pouvoir devenir eux aussi quelqu'un d'important, leur vie bascule dans un monde sans foi ni loi, régi par l'ultra-violence, dont il sera quasi impossible de s'extraire. On ne quitte pas l'Étoile, sauf à devenir un infâme avec une mort violente pour échéance.

[...]

Nous sommes parvenus à recueillir le témoignage exceptionnel d'un jeune repenti, Alessandro (pour garantir son anonymat et sa sécurité, nous avons modifié son prénom). Nous le rencontrons un après-midi à Paris, au cœur d'une brasserie animée qu'il a choisie et imposée. Notre intermédiaire nous l'affirme. Toujours sur le qui-vive, Alessandro, jeune homme brun au regard soucieux, vêtu d'un tee-shirt à manches longues en dépit de la chaleur car ses tatouages signent son ancienne appartenance, ne fréquente plus que les lieux publics qu'il connaît par cœur. Sa tête est mise à prix, il le sait, et les contrats lancés sur sa tête s'affranchissent de toutes les frontières. Les ramifications de l'Étoile sont, explique-t-il, « tentaculaires ».

« C'était peu après mon intronisation. J'ai merdé. J'avais bu, j'ai raconté des choses, et ça s'est su. Ils sont venus me chercher chez moi un matin aux aurores. Ils m'ont bandé les yeux et on a roulé, longtemps. Lorsqu'ils m'ont ôté le bandeau et sorti de la voiture, trois hommes m'encadraient. Trois, vous m'entendez. Pour un gamin de dix-sept ans... On était au bord de la mer. Y avait personne d'autre que nous. Parce que j'avais violé la loi du silence, ils m'ont fait m'agenouiller, et ils ont collé une arme sur ma nuque. J'allais mourir. J'ai fermé les yeux. J'ai pensé à ma mère, à mes petits frères et à mes sœurs. Et puis j'ai entendu une série de déflagrations et j'ai cru que j'étais mort. Lorsque j'ai rouvert les yeux, les trois hommes censés m'exécuter gisaient à terre. J'ai relevé la tête. Y avait

plus personne. Je me suis enfui. Je ne saurai jamais ce qui s'est passé, et je ne veux pas le savoir. »
Libéré dans ces étranges circonstances, Alessandro a eu de la chance. Il est l'un des rares survivants, libre, hors de l'Étoile. Aujourd'hui, loin de son pays et de sa famille dont il ne peut avoir aucune nouvelle, dont il ignore si elle va bien ou si elle a subi des représailles, il voudrait, à travers son témoignage, dénoncer cette plaie ouverte mais silencieuse de la Sicile que sont les mafias qui n'hésitent pas à enrôler des enfants dans leurs armées souterraines et à les tuer en cas de violation de la première de leurs pierres angulaires : la loi du silence.
[...]

Emma Loury

Marsac reposa l'article – pauvre môme qui ne pourrait plus jamais vivre en paix où qu'il soit sur cette planète – et nota deux choses : retrouver Alessandro, et son intermédiaire. Il enchaîna avec le suivant.

Maraboutage et juju au royaume des proxénètes nigérians
Des femmes sous influence

La redoutable efficacité du proxénétisme nigérian – chiffre d'affaires : 15 millions d'euros par an – réside dans son scénario, bien huilé, qui tourne en boucle.
Le réseau repère ses proies au pays : des jeunes filles pauvres, à l'avenir incertain, avant de les approcher et de leur faire miroiter les richesses de l'Eldorado européen. Leur victime ferrée, ils séduisent sa famille,

racontant les histoires de connaissances féminines proches qui ont réussi là-bas, et finissent de la convaincre en leur offrant l'assurance d'une prise en charge totale pour leur fille une fois sur place : études, hébergement, nourriture.... Au nom de l'entraide, rien ne posera problème, ils en font la promesse. Seuls les frais du passage de la petite vers l'Europe (passeport, visas – vrais ou faux –, transport) resteront à leur charge. C'est ainsi que ces familles contractent auprès de ces hommes, en toute confiance, une dette très lourde. La jeune fille en partance s'engage à la rembourser, à son rythme, une fois sur sa nouvelle terre d'accueil.

La désillusion tombe, brutale, dès l'arrivée en France. L'accueil par les « Mamas », généralement d'anciennes prostituées qui ont été soumises au même sort que ces jeunes filles, est explicite : pour rembourser leur dette, elles devront se prostituer. Ensuite, elles seront libres. Évidemment, la suite n'arrive jamais puisque, entre-temps, il y a eu le juju, un rituel de sorcellerie qui achève de soumettre totalement ces jeunes filles à leurs souteneurs. Toute désobéissance signifierait représailles immédiates sur elles et leurs familles restées au pays.

[...]

Après de longues semaines d'approche puis de négociations, Johanna, que l'on devine très jeune sous sa cascade de longues tresses blondes, a accepté de se confier, échappant un moment à la surveillance de ses proxénètes. « À la maison, personne ne sait ce que je fais réellement ici. Je leur ai dit que je travaillais dans un salon de beauté et je leur envoie tout ce* *que Monsieur Jean ne me prend pas... (Ses yeux se voilent.) C'est dur. Très dur. Je suis tombée enceinte, deux fois. Dès que Monsieur Jean s'en est rendu compte il m'a donné des pilules pour faire passer le bébé. Ensuite, il m'a fait boire avant de m'enfoncer des aiguilles entre les jambes, pour être sûr... » À la question pourquoi n'essayez-vous pas de fuir, il existe des associations qui pourraient vous aider, elle répond : « Vous ne comprenez pas. Je suis sans-papiers. J'ai été maraboutée. Si je pars, les malheurs et la honte s'abattront sur moi et sur ma famille, ou je risque de mourir ou de devenir folle. Je n'ai pas le choix... » Les yeux de Johanna s'éteignent brusquement, en même temps que sa cigarette qu'elle écrase précipitamment. « De toute façon, j'avais rien à leur offrir qu'une vie de merde, pas vrai, aux bébés ?... Ici, c'est pas un endroit où grandir. Et je sais pas pourquoi je vous raconte tout ça, ça sert à rien. »*

[...]

Fin de la rencontre éclair. Cette jeune fille à la détresse effroyable nous quitte. Demeure un sentiment de colère. La prostitution nigériane est une filière méconnue, sordide, et barbare de la traite des humains en France. Elle appâte sur place, usant d'un caractère d'entraide quasi familial, et œuvre ici sous un tout autre visage, hyper-violente, ne laissant aucune chance aux victimes qu'elle prend dans sa toile. Qui osera s'y attaquer ?

Emma L*OURY*

* *Le prénom a été changé.*

Deuxième article posé. Marsac tira un trait sous ses précédentes remarques ajoutant de se renseigner sur les microstructures qui venaient en aide aux prostituées. L'une d'elles pourrait peut-être se souvenir de la journaliste, lui révéler qui se cachait derrière Johanna. Il soupira, il avait l'impression d'entrer peu à peu dans l'esprit d'Emma, dans ce qu'avaient représenté ses combats. Avide d'en apprendre davantage, il s'empara du feuillet suivant.

2 DOLLARS AU MOZAMBIQUE, 25 000 DOLLARS AU ROYAUME-UNI : LE PRIX D'UNE FILLETTE

Selon l'Organisation des Nations unies et le Conseil de l'Europe, le trafic d'êtres humains fait chaque année environ 2,5 millions de victimes à travers le monde, principalement des femmes et des enfants. La liste des infamies infligées aux êtres humains par leur propre espèce, tristement soulignée par le vocabulaire de la finance – vente, location, achat –, ou de l'esclavage – traite, exploitation, servitude –, semble infinie.

[...]

Nous avons pu rencontrer un collectif particulièrement actif, « Unis contre la traite des êtres humains », qui se bat en intime collaboration avec une trentaine d'associations françaises engagées auprès des victimes, en France ou dans les pays de transit et d'origine du trafic. « Le constat est alarmant, nous livre Fabienne, magnifique quadragénaire au sourire immense et à l'allure décidée, directrice d'un pôle de soutien basé à Paris, et le travail titanesque. Nos services sont débordés, et je crains que rien ne s'arrange dans les années à venir... Depuis la nuit des temps, la misère des uns va hélas de pair avec l'exploitation par d'autres, mais j'ai le sentiment, et je suis là depuis les débuts du collectif, que la pauvreté mondiale enfle d'année en année et qu'il ne sera plus jamais possible de l'endiguer. Et vous savez pourquoi ? Parce que la traite des humains est un business particulièrement juteux, on parle de 3 milliards de dollars par an, pour la seule Europe. Vous comprenez bien que beaucoup y trouvent leur compte... Nous luttons, mais nos moyens sont insuffisants, nous sommes la cible d'attaques diverses. Cela va des graffitis sur les murs de nos locaux aux menaces de mort proférées par téléphone. Nous sommes peut-être une simple goutte d'eau sur leur chemin, mais nous les gênons, ce qui nous laisse penser que nos actions ne sont pas vaines, alors, nous ne baisserons jamais les bras. Jamais... Parce que derrière ces chiffres, il y a des femmes, des enfants, des hommes aussi, en situation de très grande précarité. » Happée par ses obligations, Fabienne nous laisse après nous avoir confié le dernier rapport officiel de l'association. « Tout est là-dedans. Lisez, vous verrez, c'est effarant. Je sais que vous en ferez bon usage », ajoute-t-elle avant de disparaître.

[...]

2 dollars au Mozambique, 25 000 dollars au Royaume-Uni. Le prix d'une fillette. Une économie parallèle qui gangrène le monde dans une indifférence polie quasi générale. Les autorités publiques œuvrent de leur côté, mais le citoyen ordinaire, dans sa vie quotidienne, a aussi un rôle à jouer : être attentif, s'impliquer, s'informer. Cessons d'être aveugles !

Emma LOURY

Marsac reposa la feuille, là au moins il avait le nom de la structure à joindre et celui d'une travailleuse sociale, Fabienne. Il alluma une cigarette. On vivait dans un monde où presque tout se vendait, où presque tout s'achetait. Même les enfants. *2 dollars au Mozambique, 25 000 dollars au Royaume-Uni.* Il examina encore la grille tarifaire de ce sordide marché, se demandant comment on en était arrivé à ce niveau de dégradation, de déchéance, et se saisit du dernier article.

AU PAYS DES AIGLES

Un visage du crime organisé

Dans l'ouest de la péninsule balkanique, la petite République d'Albanie, berceau de Mère Teresa, agonise. Les conséquences des quarante-cinq années de dictature et de paranoïa d'Enver Hodja, qui dirigea la République populaire d'Albanie de 1945 jusqu'à sa mort en 1985, en tant que premier secrétaire du parti. Il est long de se redresser après un tel repli sur soi, même sur fond de paysages de cartes postales.

Aujourd'hui, ses frontières ouvertes, le pays des Aigles, gangrené par la misère et la corruption, connaît un exode sans précédent, et survit grâce à son premier produit d'exportation : le crime organisé. Voyage exclusif au cœur de la pègre albanaise.

[...]

La criminalité albanaise infiltre tout ce qui peut l'être, par tous les moyens imaginables. Elle est régie par un code d'honneur, le Kanun, aux fils conducteurs pérennes : hiérarchie pyramidale stricte au sein d'une organisation clanique quasi militaire, avec leaders, capitaines, lieutenants et officiers de liaison, total respect des traditions, (dont l'extrême codification de la vengeance, dite Gjakmarrja), de la parole donnée, et bien évidemment de la loi du silence (impliquant faux témoignages et non-dénonciations de crimes). Verrouillée de l'intérieur (omerta plus utilisation d'un langage codé et de dialectes oubliés), usage de faux (papiers, plaques d'immatriculation), emploi systématique de téléphones portables aux cartes SIM prépayées, il est donc impossible de pénétrer la structure, sauf à être coopté par les liens sacrés du sang ou du mariage.

[...]

Parmi leurs secteurs d'activité, la prostitution de masse représente une branche hautement lucrative et le milieu, qui voue une véritable vénération aux armes, est réputé pour être l'un des plus durs au monde. On ne compte plus les assassinats de filles récalcitrantes. Pour l'exemple. Dans ce contexte, difficile donc d'entrer en contact avec ces jeunes femmes totalement sous le joug de leurs souteneurs. Ce ne sera qu'après de longues semaines d'approche et sous couvert d'anonymat que Clara, longue liane brune, dix-huit ans prétendus, acceptera de témoigner, le temps d'un café et d'une cigarette.*

« J'ai rencontré un homme, sur Internet. Tahir. Il avait l'air gentil, il disait qu'il allait me sortir de la misère.

Je l'ai cru. Alors il a payé mon voyage et il a envoyé quelqu'un pour venir me chercher. Il disait qu'il ne pouvait pas faire le déplacement lui-même parce qu'il était retenu par ses affaires. La nuit convenue, je me suis enfuie sans rien dire à mes parents... (Elle essuie ses larmes.) Un homme m'attendait au bout du village et le voyage a commencé. Sur la route, on s'est arrêtés à Velešta. Je connaissais pas. Il m'a dit qu'il avait des amis, qu'il voulait les voir. Et j'ai compris ce que serait ma vie... Vous ne pouvez pas imaginer ce que c'était. Un vrai village bordel où ils nous dressent, comme ils disent. Des bêtes qui violent en groupe. Comme j'étais réservée pour Tahir, ils avaient pas le droit de me... déflorer..., ça je l'ai appris que plus tard, mais tout le reste, ça oui, ils pouvaient... J'ai cru que ça finirait jamais... J'ai vécu sans respirer jusqu'au onzième soir, quand il m'a emmenée pour la France. J'ai cru que là-bas ça irait mieux... Mais non. Y a que des tarés partout. »

Elle ne dira plus rien et repartira travailler sans tarder. Elle s'est déjà absentée trop longtemps.

[...]

Ces filles de l'Est, comme on les surnomme avec mépris, endurent ainsi un calvaire sans nom.

À Paris, le réseau qui les exploite, l'un des plus violents au monde, est considéré comme esclavagiste.

À nous de nommer l'innommable : Barbarie. (ALLEZ EMMA PHRASE CHOC)

Emma L*OURY*

* *Le prénom a été changé.*

Marsac reposa le feuillet sur les précédents, un goût de cendres dans la bouche et des questions en tête, dressant un bilan de ce qu'il venait de lire. Quoi, au juste ? Des brins d'humanité bafouée, qui mis bout à bout formeraient une mer de sang, que l'on ne dévoilait que sous pseudonyme, le danger étant bien trop réel pour ceux qui acceptaient de témoigner. Mais que penser du journaliste qui recueillait ces propos ? Emma s'était-elle mise en danger ?

Il reprit chaque article, examinant les photos qui les illustraient. Lui qui adorait la photographie les trouva sublimes. L'auteur était indéniablement doué. Il s'attarda ensuite sur les initiales qui accompagnaient chaque cliché. *E.L.* : Emma Loury ou ce type qui, selon Bourgueil, accompagnait souvent Emma sur le terrain ? Si c'était lui, pourquoi n'avoir jamais demandé une rétribution financière ? Emma le payait-elle de sa poche ? Il allait faire accélérer l'épluchage de ses comptes bancaires et l'identification de ce E.L.

Les articles posés sur ses genoux voletaient au gré du vent. Il les immobilisa d'une main. Toute cette misère humaine. Il se sentit épuisé et, comme d'habitude dans ces moments-là, des images en profitèrent pour faire irruption. Une plage du Nord, la nuit. Vorace. Et puis la tempête. Et Solène qui disparaît. Il ferma les yeux et ne se sentit pas sombrer.

14

> « Je m'appelle Jérôme Pieaud, capitaine dans l'armée de terre, 1er RPIMa, forces spéciales, puis 13e bataillon de chasseurs alpins, et j'ai tout perdu… »

Lundi, 23 heures, chez Julie, IIe arrondissement, Paris, août 2010.

Pieaud reconnut sans peine la belle et lourde porte de bois pourpre, tant de fois décrite par ses hommes. Aucune plaque, ne frappaient ici que les initiés, mais un vieux heurtoir en bronze. Il l'actionna. Il ne fallut pas plus d'une fraction de seconde à Julie pour jauger l'homme qui souhaitait entrer. Elle évaluait depuis bien longtemps la capacité de nuisance d'un individu au premier coup d'œil. Trente années de métier. L'habit ne faisait effectivement pas le moine, seuls comptaient voix et regards. Les deux paramètres de l'être humain qui reflétaient le mieux l'inconscient. Elle jaugea l'un et l'autre, et s'effaça pour le laisser passer.

À l'instar d'une célèbre et médiatique consœur autrefois installée dans le XVIe, Julie désirait rendre le vice joli. Ses filles l'étaient donc, ainsi que les lieux, baroques, tamisés, peuplés de recoins intimes. Pieaud, figé dans l'entrée, évalua son nouvel environnement avant de se laisser entraîner par la taulière vers son bureau, loin de ses papillons de nuit colorés et de leurs bruissements cajoleurs. Cet homme-là, en vrac, n'était vraisemblablement pas venu chercher le réconfort de la chair. Il avait même pris soin d'éviter tout contact physique avec elle. Mais alors quoi ? Il semblait en surtension. Elle referma la porte derrière eux.

« Asseyez-vous, ici vous ne craignez rien, et racontez-moi. »

Était-ce le regard de cette femme, la juste température de la pièce ou le simple besoin, Jérôme prit le whisky tendu, s'enfonça dans un fauteuil club d'une blancheur immaculée, face à la porte, et se mit à parler. « Je m'appelle Jérôme Pieaud, capitaine dans l'armée de terre, 1er RPIMa, forces spéciales, puis 13e bataillon de chasseurs alpins, et j'ai tout perdu… »

Sa voix soufflait, s'enrayait, s'acharnait, tour à tour tendre et cassée. Julie en avait l'habitude, de ces voix. Beaucoup de militaires de retour d'OPEX passaient chez elle, elle n'aurait su dire comment cela avait débuté, le bouche-à-oreille sans doute, chacun avec son lot de douleurs. Mais quelle sale histoire tout de même cette fois-ci ! Pauvre homme. La vie lui avait pris beaucoup, et ne lui rendrait jamais tout. Était-il aussi innocent qu'il l'affirmait ? Elle n'en aurait pas juré. Il portait trop de violence en lui, et mentir était devenu une seconde nature. Les forces spéciales, n'est-ce pas ? On n'y œuvrait pas sans conséquence, on le lui avait déjà confié. Quant au regard… Elle ne savait pas, elle ne savait plus. Il la faisait douter. Alors elle se contenta d'écouter, le temps nécessaire, comme on appose un doigt sur un filet de sang. Un pansement, Julie. Lorsqu'il se tut, seule une phrase lui vint à l'esprit. « Vous êtes un héros. Vous allez vous relever. »

Pieaud frissonna. *Un héros ?* Un héros, c'est quelqu'un qui a eu le choix entre deux options et a opté pour la plus périlleuse. Lui n'avait pas eu d'alternative, il avait seulement fait le job. Il secoua la tête, *oh non.* Elle garda le silence, adossée contre une imposante console, une coupe de champagne à la main, et il quitta la maison, toujours perforé, mais la plaie avait momentanément cessé de saigner. Il avait pu dire et s'en trouvait soulagé. Dire les paysages de nuit du bout du monde où ils avançaient, lui et ses hommes, l'index sur la détente du Famas, en alerte, concentrés sur chaque pas, chaque dune neigeuse à contourner, chaque forme mouvante à l'horizon. Le climat de terreur, pour tout, pour rien, toujours, au milieu des décombres. Les chiens déchiquetés sur les routes, à cause des sols infestés de mines et d'explosifs qui démembraient et tuaient à la pelle. Le moment où son binôme, Xavier, avait appris qu'il était père sans avoir pu assister à la naissance de son fils. Emma qu'il voulait épouser. La liberté qui n'était pas négociable. Jamais. Parce qu'à chaque fois ils se battaient pour une cause juste, non ?

Il accéléra. L'avenue Victoria se profilait déjà au loin. Son cœur s'affolait. Il allait pénétrer pas loin d'un fief de flics. Après avoir contrôlé la rue et les véhicules en stationnement, il s'engouffra dans l'immeuble, amortissant le bruit que n'allait pas manquer de faire la porte, la retenant d'une main. Rien, ni personne. La chaleur et surtout la peur avaient eu raison des résidents, les poussant à s'enfermer chez eux, collés à leurs ventilateurs, après qu'ils eurent mis et vérifié leurs chaînes de sécurité. Un meurtre, ici. Dans ce quartier calme. L'effroi devait les tétaniser. *Surtout*, se dit-il, *qu'ils restent terrés chez eux*. Arrivé au quatrième étage, il fit sauter les scellés rouge sang plaqués sur la porte d'entrée et la poussa du pied, retenant là aussi son mouvement. Réflexe. Sécuriser les lieux avant de s'exposer. Du seuil, il ne vit rien. Les rideaux tirés, l'appartement baignait dans l'obscurité. Il entra, s'assura que l'appartement était vide – comment aurait-il pu en être autrement ? – et examina le carnage. Les battements de son cœur s'accélérèrent de nouveau. Du sang séché partout. Il eut un haut-le-cœur et s'effondra à genoux au milieu de la pièce. Jamais plus il ne la tiendrait dans ses bras. Peut-être ne l'avait-il pas suffisamment fait ? Il avait perdu les pédales, s'en rendait compte brusquement et n'avait qu'une envie, hurler à la mort. Il ruisselait de sueur. Emma avait disparu. Emma ne reviendrait jamais. Emma était morte. Quand était-il venu ici pour la dernière fois ? Il ne se souvenait pas, son passé le fuyait ou le rattrapait, mais jamais au bon moment.

Le Kid fit son apparition en silence, n'ayant pas eu à se servir du jeu de clés de son ex. Emma avait tenu à ce qu'il les garde, Dieu seul savait pourquoi, il ne s'y était pas opposé. Dieu seul savait aussi comment une masse aussi imposante parvenait à se déplacer avec autant d'agilité et de discrétion. Arrivé devant Pieaud qui se redressait à son approche, le géant cogna son poing fermé contre celui de son ami, un bail qu'ils ne s'étaient vus, puis tendit ses bras de colosse à travers la pièce.

— C'est quoi ce bordel ? On a été fouillé par le FBI ici ou quoi ? Qu'est-ce qui se passe ici ? Elle est où, Emma ?

On ? nota Pieaud.

— Emma est morte.

— Arrêt…

— Dis-moi si j'ai l'air de plaisanter. Et je suis dans le collimateur des flics.

Le Kid vacilla avant de blêmir. Mauvais trip, il allait émerger d'une seconde à l'autre. Il suffisait d'ouvrir les yeux et de repousser ces tonnes d'eau qui l'ensevelissaient.

— Il va falloir que tu m'expliques.

D'une voix blanche, Pieaud lui raconta l'histoire depuis le début. Son retour d'OPEX, sa surtension permanente, son exil au fond du *Zinc* où deux flics de la Crim' étaient venus le trouver, ce matin. Le meurtre d'Emma et sa fuite, à lui. Pourquoi ? Mais parce que, putain ! Le colosse tentait de comprendre. Jérôme avait bu. Les vapeurs denses du whisky, tourbe et iode mêlés, s'étendaient jusqu'à lui. Il le dévisagea, le trouva salement amaigri, une dizaine de kilos au moins, et tendu, mais ça, c'était normal. Puis il saisit, bien sûr. Jérôme l'avait fait venir pour trouver une trace de l'assassin. Avant les flics. Le Kid, frotta son crâne rasé de ses doigts d'ogre, jurant entre ses dents à n'en plus finir, cherchant comment rester calme au milieu du chaos. Bordel, Emma. Il se reprit. Fallait pas traîner ici.

— On cherche quoi concrètement ?

— J'en sais rien.

— T'as inspecté l'appart de fond en comble ?

— Non, mais on dirait que les flics s'en sont déjà chargés.

— Oublie ces branleurs. On recommence. Bouge.

Mais Pieaud n'esquissa pas le moindre mouvement, ses mains tremblaient, ses larmes coulaient. Le Kid prit le commandement des opérations. Pieaud était HS. Il s'occuperait de sa propre douleur après. *T'inquiète, je gère.*

Quelques minutes plus tard, ils dévalaient les escaliers de l'immeuble aussi silencieusement que possible et tentaient, dehors, un premier bilan. Jérôme ne cessait de se retourner, scannant l'environnement, préfecture de police et brigade des mineurs dans sa ligne de mire, juste en face, agissant exactement à l'encontre de tout ce qu'on lui avait appris.

— Putain mais calme-toi, Jérôme !

Un groupe de jeunes se dirigeait bruyamment vers eux. Le Kid impulsa un changement de trottoir, le tirant par le bras. À la moindre de leurs réflexions, il sentait que Pieaud aurait été capable de les dégommer sur-le-champ. Et il fallait rester discret. Ne pas attirer l'attention.

— Ça va aller. Je suis garé au bout de la rue, allez, accélère, vieux.

Le trajet jusqu'à Belleville s'effectua en silence, Jérôme ayant coupé dès les premières secondes la musique enclenchée au démarrage. La musique, qui lui avait tant manqué à Kaboul où elle ne résonnait plus nulle part, comme les rires des enfants, n'était plus que du bruit, un désagrément supplémentaire. Ou alors il lui fallait l'écouter seul, le volume sonore poussé au maximum. Il n'y avait plus de juste milieu, jamais. Il ne supportait plus rien. À croire qu'il devenait dingue.

Chez le Kid, Pieaud se laissa tomber sur un canapé en skaï noir qui semblait avoir vécu maintes vies anarchiques. Autour de lui, la meute de son hôte aboyait. Personne ne venait jamais ici et cet intrus envahissait leur territoire de sa fébrilité.

— Du calme, les filles, tempéra le Kid, du calme. Tout va bien. Couchées.

Elles s'éloignèrent aussitôt, filant se regrouper dans un coin.

— T'es rentré quand ?

— Y a pas longtemps.

— Tu veux une bière ?

Sans attendre de réponse, le Kid se dirigea vers la cuisine et revint au salon, deux canettes décapsulées à la main.

— J'en veux une pas ouverte.

— Tu déconnes ?

Face au silence buté de Jérôme, le Kid partit en chercher une autre en soupirant. Putain ! Son pote était salement amoché…

— Tiens. T'as peur que je t'empoisonne ou quoi ?… Pourquoi tu m'as pas appelé plus tôt ?

— J'allais le faire.

— Qu'est-ce qui s'est passé ?

— J'en sais rien. Rien du tout…

Les yeux de Pieaud se perdirent dans le vague. Le Kid se laissa tomber dans un fauteuil défraîchi, en face de lui. Il songeait à Emma, qu'il avait tenue dans ses bras, avant Jérôme, pendant presque une année. Trois cent soixante-trois jours de bonheur maladif durant lesquels il avait resplendi comme jamais, lui, le colosse jamais touché par rien ni personne. Son cœur s'était ouvert, il n'avait pas pu lutter. Pas voulu. Et puis voilà. Un jour, Jérôme était apparu et elle l'avait suivi. Il avait accepté sans broncher. Ça ne sert à rien de s'accrocher à celui qui veut partir.

— Raconte, merde.

— Les flics l'ont trouvée, morte, chez nous... Ils l'ont tuée à coups de machette, ils lui ont crevé les yeux... et ces salopards... lui ont ouvert le ventre. Elle était... enceinte... tu le crois ça ? Je savais pas, j'avais rien vu... Rien du tout.

Le Kid serra un peu plus fort sa canette. Putain de merde. Comment ne pas se méfier du genre humain ? Comment ne pas lui préférer les clebs ? Hein, comment ? Lorsqu'il errait entre les tombes du cimetière, le monde entier lui foutait enfin la paix et il oubliait. D'où il venait, qui il était, ce qu'il avait vu, fait, vécu. Emma, qui l'avait quitté. Emma, qu'il n'avait jamais cessé d'aimer. La boucle de ceinture de son père, qui n'était même pas le sien d'ailleurs, qui aimait frapper là où ça faisait le plus mal dès qu'il avait bu un verre de trop. Chaque soir en fait. Et sa chienne de mère qui les avait abandonnés. On appelait ça la vie. Bordel, il n'allait pas se mettre à chialer lui aussi.

— Fais-moi confiance. On va retrouver les salopards qui ont fait ça.

Pieaud acquiesça en silence, la tête entre ses mains.

— Ces tarés de flics croient que c'est moi. Mais comment j'aurais pu faire ça, hein ? À Emma... Tu le sais, toi, que ce n'est pas moi ! Alors dis-le. Dis-moi que c'est pas moi !

— On sort ? J'étouffe, coupa le Kid, ouvrant la baie vitrée du salon.

Pieaud, en pilotage automatique, s'approcha. Une minuscule cour bétonnée et de l'herbe, partout, la vie est parfois tenace, elle s'acharne, qui cherchait à se frayer un chemin aux creux des nids-de-poule, avec le seul cimetière pour horizon. Le Kid la piétina, appelant ses chiens.

— Ils ont besoin d'une balade, tu viens ?

Pieaud refusa d'un mouvement de tête.

— Qu'est-ce que tu vas faire ?

— Rien, répondit Pieaud.

Lorsque le Kid fut de retour à 3 heures du matin, Pieaud avait enfin trouvé un dérivatif à son malheur. Il déchirait les journaux publicitaires amoncelés sur la table basse du salon en fines bandelettes et en faisait des tas de taille égale. Il ne calcula pas le Kid, ni ses chiens. Anéanti. *J'étais pas avec elle, je n'ai rien vu, comment est-ce possible ? Comment j'ai pu en arriver là ?* Les souvenirs affluaient, et avec eux l'empreinte indélébile du premier jour.

Avril 2007. Base d'opération avancée Kaia, aéroport civil et militaire international de Kaboul. Afghanistan, Asie centrale. 8 000 kilomètres de Paris. Nuit d'encre. Atterrissage et quelques pas sur le tarmac. L'excitation se lisait sur nos visages. On y était. Enfin ! Notre Graal vibrait là, sous nos pieds, pour six mois. Je regardais mes hommes, forces spéciales, recrutés parmi l'élite, qui piaillaient et se marraient comme les mômes qu'ils étaient encore pour la plupart, et, dans le vacarme assourdissant de l'aéroport, j'envoyais un SMS à Emma. Mes doigts couraient sur le clavier. « Tout va bien. JTM. » *On m'avait dit : celui qui n'a pas vécu l'enfer afghan ne sait rien. Gaffe, les mecs. N'oubliez jamais. Ici, « ils » vous veulent morts. « Ils. » Les insurgés, qui sèment la terreur à tout va. On allait voir. C'était maintenant.*

En face de lui, l'écran plasma incurvé crachait des images sans son qui ressemblaient toutes au visage d'Emma.

15

« Le Kid regarda son ami se lever
et rejoindre sa horde canine dehors.
Jérôme était au bord. Un pas de plus,
et il allait sombrer dans un gouffre. »

Nuit de lundi à mardi, Belleville,
XXe arrondissement, Paris, août 2010.

Pour Jérôme Pieaud et le Kid, la fin de la nuit fut aussi blanche que le vide d'une pensée borderline. Sidération. Colère, angoisse. Douleur. Whisky et trous dans les cœurs.

Aux premières lueurs de l'aube, ils se décidèrent rationnels et passèrent la vie privée d'Emma au peigne fin, lui cherchant des ennemis, des dettes, quelque chose qui explique. En vain. Aucune porte dérobée. Emma était sans histoires. Le Kid souffla, se leva de son fauteuil, leur prépara du café et posa deux bols fumants sur la table basse du salon. Sans un mot, Pieaud repoussa le sien de la main. Ses yeux semblaient trahir l'une de ces pathologies de la thyroïde, celle qui vous dessine l'œil rond et prêt à bondir hors de son orbite, qu'une paupière trop petite peine à contenir. Le Kid insista, lui désignant son expresso d'un mouvement de menton.

— Avale… Je ne vois plus qu'une seule piste. Son taf. À mon avis, tout part de là. Elle remuait la merde depuis longtemps, elle a toujours eu le don pour fouiner dans le sordide, et la merde ça colle aux basques, surtout quand on patauge les deux pieds dedans. Va savoir ce qui a pu en sortir.

— Tu crois que c'est lié ?

Le colosse écarta les bras en signe d'incertitude et but une gorgée. Pieaud l'imita à contrecœur et fut aussitôt submergé par une violente nausée. Il s'éclipsa. Le Kid entendit l'eau couler. La piste du boulot n'était pas à écarter. Les fouille-merde avaient le don d'agacer le monde, fallait pas nier l'évidence, et certains malchanceux se faisaient descendre. Une fois Jérôme revenu face à lui, suant et blême, il expliqua.

— J'en sais rien. Mais je vois plus rien d'autre. On a tout examiné et tu crois pas à un taré qui l'aurait suivie dans la rue, jusque chez vous, tu dis que c'est pas possible.

— Non. Elle n'aurait pas ouvert. Laisse-moi croire que je la connaissais un peu quand même.

— T'as raison. Alors on en revient au job. Sur quoi elle bossait ces derniers temps ? Elle t'a dit ?

Le regard de Pieaud, qui avait refait surface un moment, s'était dissous de nouveau. *Emma. Nom de Dieu, Emma.* Il articula péniblement.

— Encore un sujet sur les putes, je crois.

— Bien. Mais c'est trop vague, faut circonscrire. Où ? Lesquelles ?

— Ici, à Paris. Enfin, je crois.

Le Kid se massa le crâne à pleines mains. *Je crois, je crois*. À ce rythme, on allait stagner un moment. Il se leva pour sortir ses chiens dans la cour, toujours rendus nerveux par la présence intranquille de Jérôme, laissant la porte-fenêtre entrouverte. De l'air. Pieaud frissonna. Le Kid lui parla de l'extérieur, un œil sur sa meute l'autre sur Jérôme, tirant sur sa cigarette à s'en déformer les mâchoires.

— Je sais que c'est pas le moment, Jérôme, mais il va falloir que tu fasses un effort de mémoire. C'est peut-être le début d'une piste, les putes, compte tenu des raclures qui organisent le business, mais on ne va pas pouvoir chercher comme ça le groin au vent sans en savoir davantage. Des filles, y en a partout ! Même en essayant de cerner le merdier, on a six points de chute sur les trottoirs. Six ! Sans compter les *escort*s. C'est beaucoup trop. Emma bossait seule, elle pouvait pas choisir un territoire d'enquête aussi vaste. Elle a dû vouloir cerner une zone, quelque chose de précis. Réfléchis. Des papiers sur ce bordel y en a déjà trop et elle-même avait déjà exploré Barbès ou je sais plus quoi de long en large. Tu te souviens ? Alors ? À mon avis elle a changé de quartier, elle s'est penchée sur une autre problématique. Essaye de te rappeler. Elle t'a *forcément* dit autre chose. Sa doc devait traîner quelque part chez vous. Y avait *forcément* des pages Internet ouvertes. Des coups de fil passés et reçus. Réfléchis !

Pieaud rongeait ce qu'il lui restait d'ongles. Ses souvenirs lui échappaient, tout était flou. *Une gamine, là-bas. Quatre ans. Elle jouait dehors, elle avait trouvé un truc brillant sur le sol, infusé par le soleil printanier, elle avait frappé dessus avec un caillou et ça avait explosé. Trois doigts pulvérisés. Une IED, une bombe artisanale comme « ils » en semaient tant. C'était le matin du septième jour, et il n'y avait déjà plus de Graal. Il n'y avait déjà plus que le sang. Les aubes glaciales*. Il regarda ses mains. Tout ce qu'elles avaient fait.

— Eh, reprit le colosse, tu m'écoutes ?

— Putain, oui ! Mais je ne me souviens plus de rien ! Tu peux comprendre ça ?! Je suis vide. Il n'y a plus rien en moi. Et tu veux que je réfléchisse ? Mais ma tête va éclater !

Le Kid rentra précipitamment, interceptant Jérôme qui s'était levé d'un bond, s'apprêtant visiblement à se fracasser la tête contre un mur. Il considéra son ami dont les yeux acier bleui s'étaient striés de veinules rosâtres et qui hurlait.

— Je n'ai pas su la protéger, je lui ai fait vivre un véritable enfer ! Et pour couronner le tout, quelqu'un l'a massacrée ! Parce que j'étais pas là !

— OK, OK. Du calme. Laisse ce mur tranquille. Viens t'asseoir, on va trouver quelque chose, tu me fais confiance, hein ? Jérôme ?

Pieaud se dégagea de l'étreinte du Kid.

— Ne me touche pas ! Plus personne ne me touche !

— OK, acquiesça le Kid en levant les mains, OK. Assieds-toi… Là, bien. Tu te souviens pas, et c'est pas grave parce qu'on va faire autrement. Je vais passer un coup de fil au canard qui lui prenait ses articles. Je crois qu'elle était en bons termes avec le big boss. Bourgueil. C'est son nom. Il pourrait peut-être nous rencarder, nous dire sur quoi elle planchait, si elle avait eu des emmerdes, des trucs comme ça. Hein, qu'est-ce que t'en penses ?

Pieaud hocha la tête. Heureusement que le Kid était là. Une recherche Internet plus tard, le colosse composait le numéro du journal en question et basculait en attente. Toutes les lignes sonnaient occupées.

— Eh merde ! Je rappellerai dans cinq minutes.

En attendant, il fallait avancer. Ça tombait bien, une autre pensée surgit. Il les resservit en café, laissant à l'idée le temps de se mettre totalement en forme avant de la formuler. Ouais, pourquoi pas. Si Emma bossait sur les putains à Paris, ça avait vraiment pu être chaud à un moment ou à un autre, certaines activités, comme certains individus d'ailleurs, ne s'épanouissant que dans le noir. Il allait donc énumérer les lieux brûlants de la capitale, les uns après les autres, et espérer que cela tilte à un moment donné chez Jérôme. Ensuite, il réessaierait Bourgueil.

— Jérôme, regarde-moi. Je t'explique. Je vais partir du principe qu'un souvenir peut aussi se retrouver par un phénomène de reconnaissance. Tu sais, c'est ce truc qui prétend qu'une récupération d'informations est facilitée si on procède par énumération. J'ai vu ça à la télé. Alors je vais te balancer le plus gros des possibilités d'enquête de terrain pour Emma, et toi, tu te contentes de me dire si ça matche. D'accord ? Tu peux faire ça ?

Pieaud fit signe d'y aller, recommençant à déchirer en fines bandelettes les journaux publicitaires encore intacts. *Des grappes de gosses arpentent la montagne. Ils ne semblent pas armés, leurs mains papillonnent. Nous fonçons sur eux. Arrivés à leur hauteur, ils s'arrêtent.* Salam aleikoum. *« La paix sur vous. » Ils nous regardent sans ciller nous déployer sur le chemin caillouteux infesté d'IED. Ce ne sont que des mômes, mais nous tressaillons. Ils nous observent, de leurs regards d'airain, surprotégés dans nos vêtements d'Occidentaux, perdus.* Sweetmeat ? Sweetmeat ?

— Le bois de Boulogne ? Ses travelos à 50 max pour la totale ? L'éviction des Roumaines, qui ont voulu s'y installer et qui se sont pris une fessée ?

Pieaud sursauta puis secoua la tête, les yeux dans le vague. Le Kid continua. De toute façon, il n'attendait pas un miracle d'emblée.

— Vincennes ? Le dumping des nouvelles recrues et les clashs entre bandes rivales, derrière les camionnettes ?

Bien qu'immobile, Pieaud avait l'impression que les murs se rapprochaient dangereusement de lui. Il esquissa un mouvement involontaire vers le fond du canapé, comme pour s'y blottir ou s'y dissoudre, se mordillant les lèvres de plus en plus fort. Une goutte de sang perla. Il recommença. La douleur physique atténuait sa douleur psychologique. Oui, il pourrait peut-être avancer comme ça. En sentant son propre sang couler dans sa bouche.

— Négatif.

— Le Sentier ?

Même dénégation rageuse de Pieaud.

Tais-toi je t'en prie. J'en peux plus. Je m'en fous. Je voudrais que Xavier ne soit pas mort, qu'Emma ne soit pas morte mais encore en train de courir quelque part. Elle courait toujours, après la vraie vie des gens, avide de saisir ce qui se passait sous ses yeux, après le temps qui filait trop vite. Lorsqu'elle était à l'heure, elle affirmait que ce n'était pas normal, que sa journée n'avait pas été assez remplie, qu'elle avait dû louper des choses...

Elle voulait bouffer le monde... et c'est lui qui l'a dévorée... Trop gentille, Emma. Jamais peur de rien, ni de personne. Mais moi. Moi, je craignais pour elle lorsque j'étais parti. J'avais une boule au ventre, à chaque mission, qui ne me quittait jamais... Je l'avais obligée à équiper sa porte d'une chaîne et d'un œilleton, mais je sais qu'elle ne s'en servait pas... Et ils n'auront servi à rien...

Le Kid s'acharna.

— La porte Saint-Martin ? Avec ses Asiates et ses filles de l'Est ? Beaucoup plus *wild*.

— Non plus.

— Pas grave. Te démoralise pas, reste concentré. Et arrête de te mordre, putain ! Respire. Je continue. On est maintenant boulevard Barbès, au cœur de l'artère centrale de la Goutte d'Or, à droite si tu files rue Ordener. Gros gros pôle, ça. On parle quand même de 15 millions d'euros de bénéfices annuels, avec les proxénétismes nigérian et chinois. Sans compter les gars de l'Est, qui vont finir par être partout, eux. 15 millions d'euros de bénéfices annuels, répéta-t-il. Laisse-moi te dire que ce business ne connaît pas la crise. Et le secteur est en pleine expansion, ici et ailleurs ! Regarde chez la mère Merkel. Ils viennent de nous pondre le concept de *Flatrate-Bordells*, des espèces de buffets de filles à volonté. Tu peux consommer non-stop, et pour trois fois rien. 99 euros, une misère.

Pieaud releva les yeux un instant.

— Tu plaisantes ?

— Même pas. Bon alors, Barbès ?

— Mmmh.

Le Kid lança sa petite cuillère loin de son bol. Il était impossible qu'Emma n'ait parlé de rien. Elle avait dû lâcher quelque chose, un jour. Elle adorait son job, elle vivait pour lui. On parle toujours beaucoup de ce que l'on aime, non ? Et Emma était une petite pie. À son tour, il se rongea un ongle qu'il cracha par terre. Il avait gardé le pire pour la fin, si tant est que l'on puisse graduer les chemins de la merde et des perditions.

— Il nous reste un point de chute.

Le plus criminogène, pensa-t-il, *un* no man's land *où même les corbacs veulent pas crever.*

Il reprit.

— Quand tu descends encore Ornano, tu arrives aux Maréchaux. Ils y ont passé quelques coups de Kärcher mais les Roumaines, les Maghrébines et les Africaines restent très actives en bordure de périph. Ça te parle, ça ?

Pieaud secoua une nouvelle fois la tête, ravivant une nausée et des vertiges toujours tapis quelque part dans son cerveau HS et malade. C'en était trop. Entendre parler d'Emma était comme écarteler des chairs à vif et fourrager à l'intérieur encore et encore. Et le Kid semblait posséder le sujet sur le bout des doigts, à croire qu'il avait une agrég. Il se sentit mal à l'aise et dévisagea le colosse, qui sembla lire en lui comme dans un livre ouvert.

— On se calme. Je touche aussi ma bille en astronomie, pourtant j'suis jamais allé sur le terrain. Et j'peux te parler de la mort comme personne. Pourtant, je suis vivant, non ? Alors arrête de gamberger, atterris et réfléchis.

En face de lui, rien. Jérôme n'était plus qu'une coquille vide qui se balançait d'avant en arrière en fumant clope sur clope, les lèvres en sang. Il se leva pour aller lui chercher des mouchoirs jetables, dans la salle de bains. *Tu vas en foutre partout sinon, merde.*

— Au *Zinc*, les flics ont pris un carnet qui m'appartient. Il faut que je le récupère. Vite.

— De quoi tu me parles ? Tu crois pas qu'on s'en tape, là, de ton carnet à la con ? Tu vois pas qu'on a une autre urgence ?

Pieaud s'était levé. Le Kid regarda son ami rejoindre sa horde canine dehors. Jérôme était au bord. Un pas de plus, et il allait sombrer dans un gouffre. Était-ce l'Afgha qui l'avait déboussolé ? Possible. Lui-même en était revenu définitivement différent. Ce pays rendait fou n'importe quel mec, parce qu'on y vivait la peur au ventre, H24, civils et militaires confondus, en hypertension permanente, à guetter l'entourloupe, le traquenard de trop, celui qui allait vous coûter la vie. Le taliban, ou l'insurgé, ressemblait à l'autochtone, et la réciproque avérée. Un bordel sans nom. Une histoire, qu'on leur racontait dès leur arrivée, à tous, au pied des blindés, résumait le tableau, celle d'un kamikaze qui s'était fait charcuter le bide, au Pakistan ami, pour se faire coudre, sous l'estomac, une petite poche bourrée d'explosifs en même temps qu'un détonateur, quelque part à portée de main. Rentré au pays, l'homme s'était arrangé pour croiser sa cible, un type qui avait le malheur de ne pas penser comme lui. Et *boum* ! Voilà leur avis concernant le processus de paix des ennemis. Depuis, le Kid, qui n'avait aucune envie de crever dans ce trou, à des milliers de kilomètres de chez lui, avait guetté l'apparition de *Bouteilles d'Orangina* (petites têtes sur gros corps), analysant sans répit son environnement. Qui ? Quoi ? Où ? Comment ? De méfiant, la vie lui avait déjà joué plus d'un tour à la con, il devint extrêmement suspicieux. Celui qu'il était avant était mort là-bas. Un nouvel homme avait pris sa place, revenu d'entre les morts. Encore plus fort.

Visiblement, son pote n'avait pas eu cette chance. Dehors, Jérôme lui jetait toujours des regards illisibles. Il l'entendit murmurer.

« Il faut que je bouge, sinon je vais devenir fou. »

II

Je suis toujours là-bas

Il avait effectivement très vite cherché à savoir qui était ce mec, dont la voix semblait transiter par un modulateur tant elle semblait lointaine et décharnée, qui l'instruisait au téléphone, chaque vendredi soir à heure fixe, et lui faisait parvenir toutes les liquidités nécessaires le lendemain matin. Qui était-il ? S'agissait-il d'un autre chef de clan avide d'étendre son territoire ? Comment s'en débarrasser du premier coup, sûr qu'il n'aurait pas deux chances de suite ? Dieu qu'il avait fantasmé cette exécution et pris plaisir à imaginer le dernier regard de ce type. Ahuri, de celui qui comprend trop tard qu'il vient de se faire baiser et se vide de ses entrailles. Il avait entendu dire que cela arrivait très souvent, un simple réflexe physiologique, en rendant un ultime soupir. Quarante-huit heures plus tard, un petit mot lui était adressé, à son domicile. « Dérape encore et tu es mort demain. » Il avait alors bridé sa curiosité, différé ses projets. La menace planait de bien plus haut qu'il ne l'avait d'abord imaginé, et il tenait à vivre. Le Carré des Vierges représentait un paradis qu'il n'aurait voulu sacrifier pour rien au monde. On lui offrait des filles sur un plateau, à profusion, qu'il culbutait à son gré, leurs virginités envolées. Il aimait ça. Tellement. Elles étaient dociles. Forcément. Bien sûr, quelques-unes l'avaient déçu et, après lui avoir coûté un max, elles se retrouvaient maintenant sur le trottoir. Putain de gâchis. Mais à qui la faute ?

Évidemment, le job n'était pas de tout repos et nécessitait de veiller sans trêve sur son cheptel. Les hyènes rôdaient. Les flics, les fouille-merde, les vendeurs d'illusions. Toujours où on les attendait. Mais il avait la hargne. Une hargne à nulle autre pareille, en mémoire au ruisseau qui l'avait vu naître. Que son irrésistible ascension sociale s'effectue au mépris de vies humaines lui importait peu. À la guerre comme à la guerre. Et puis, si ce n'était pas lui, un autre viendrait. Alors ? Il était convaincu de ne pas être plus mauvais que n'importe qui d'autre.

La valeur d'une personne est déterminée par sa relation avec le Tout ; mais dans sa philosophie personnelle, c'est le Tout qui était vicié.

16

« Ils ne le disent pas, en tout cas pas
devant moi, mais je l'entends. “Fou.
Il est devenu fou.” »

Nuit de lundi à mardi, bords de Seine,
Paris, août 2010.

Cauchemar et chaleur formèrent un cocktail explosif qui réveilla Marsac en sursaut. Lorsqu'il se redressa du banc sur lequel il s'était endormi, la nuit l'enveloppait. Il ralluma ses portables, vérifiant ses messageries. Rien. Elsa, sacrée tête de mule. Comment faire ? Insister, ou laisser passer du temps et espérer un miracle ? C'était lequel, le ticket gagnant, là, tout de suite, avec un pied dans le vide et l'autre sur un éboulis ? Il l'ignorait mais il aurait donné cher pour un signe de vie. Son royaume, lui inclus.

Penser boulot. S'y noyer. Feuilleter le carnet de notes, un cahier d'écolier à spirale, bleu nuit, format 17 × 22, petits carreaux, à la couverture plastifiée, munie d'un anneau semblable à ceux de tous les porte-clés du monde, abandonné par Pieaud lors de sa fuite. *Désolé capitaine, tu devais y tenir.* Il l'ouvrit. L'écriture était celle des bêtes à concours, pressées par le temps et le volume des cours à ingurgiter, presque illisible. Pareille à celle d'Elsa, et il sourit une fraction de seconde avant de se laisser emporter par sa lecture.

En refermant le livre de bord du capitaine Pieaud, Marsac s'interrogeait : l'Afghanistan avait-il été le Vietnam de Pieaud ? Il se demanda ce que valait ce raccourci qui s'imposait à lui, qui ne connaissait à vrai dire pas grand-chose à la guerre, si ce n'était que ça ressemblait furieusement à un pari avec la mort, ni à ses traumatismes. Carrier, leur psy, devrait venir à sa rescousse et l'éclairer. Ceci dit, nul besoin d'être toubib pour constater que Pieaud ne tournait plus rond depuis son retour d'OPEX. Il reprit les passages concernant son retour en France.

Paris J+6
Emma m'attendait à l'aéroport. Nous nous sommes longuement enlacés, sans un mot, heureux, chacun perdu dans la chaleur de l'autre. Le soir, à la maison, elle a tenté quelques questions et je me suis emmuré dans le silence. Il est clair, une fois pour toutes, que je refuse de parler de Xavier. Ni avec elle ni avec personne. Je veux qu'on me foute la paix.

Paris J+7
Je suis allé voir Bénédicte et le petit Maxime, qui a le regard étonné de son père. Elle me l'a tendu, si petit, si fragile, et j'ai calé en tremblant ce petit bout de mon pote au creux de mes bras. Je me suis maîtrisé, j'ignore encore comment, pour ne pas fondre en

larmes, et Bénédicte s'est glissée contre moi, peut-être pour ne pas voir mon visage dévasté. Xavier gisait là, dans nos silences.

Paris J+88
Je ne supporte plus rien. Je suis vivant mais je dois tout réapprendre. Regarder les gens, dehors, sans suspicion. M'emmerder. Remplir le chariot de courses. Lui faire l'amour. Le bruissement de son crayon sur ses cahiers. Tout. Ce soir, Emma m'a tendu un papier, un nom de psy, le meilleur, en m'enlevant mon verre des mains. Je lui ai repris mon whisky. Dès qu'elle a eu le dos tourné, j'ai balancé son Post-it par la fenêtre. Ça va aller. Je ne veux pas de son putain de psy. Je ne suis pas fou.

Paris J+90
Hier soir, elle m'a reparlé de ce psy spécialisé en jetant un œil noir à mon whisky. Elle les compte maintenant. Je lui ai assuré que j'avais appelé et que j'avais rendez-vous dans quinze jours. Mensonge. Je n'ai besoin de personne. Je veux la paix. J'ai résolu une partie du problème. Je ne sors plus et je bosse mon concours comme un forcené. Plus rien d'autre ne compte. Je m'abrutis sur mon clavier jusqu'au vertige, à la nausée. Ce matin, elle a voulu me faire plaisir, m'emmener prendre l'air, au marché, comme avant. J'ai capitulé. Mais plus jamais. Panique totale. Un concentré de l'insupportable. L'impression d'être confiné dans cet espace pourtant ouvert avec la sensation qu'un étau se resserre autour de moi et que le danger (cette foule, ces gens qui vous frôlent, ces bruits

incessants, ces odeurs) va surgir à chaque instant. Overdose d'informations impossibles à intégrer. Mes sens sont saturés, et je suis au bord de l'explosion. Au retour, je n'ai pu m'empêcher de checker sa voiture de A à Z. Ils adorent y poser leurs explosifs. Une famille s'est arrêtée sur le parking pour me regarder faire. L'effet de surprise dissipé, je crois qu'Emma a eu honte. Elle s'est engouffrée dans la Clio sans un mot. Rien à faire. Ici, on vit dans une société où on fait comme si la mort n'existait pas, mais là-bas, je l'ai tenue dans mes bras. Soirée tendue. Quelques verres sont venus combler l'écho de nos silences. Je n'y arriverai jamais. Je vais louer une chambre à deux pas, au-dessus du Zinc.

J+91
Parano. C'est ce qu'elle affirme. Ce qu'ils pensent tous. Ce qu'ils chuchotent dans mon dos, parce que devant moi ils n'osent pas encore. Je les fatigue, ils aimeraient me retrouver tel que j'étais, avant. Ils ne peuvent pas comprendre. Je ne suis pas fou. Je suis mort avec Xavier. Je bute contre un mur d'incompréhension, ils disent qu'ils sont prêts à m'écouter mais leurs yeux crient le contraire, ils rêvent tous que je la ferme, et, certains soirs, je m'endors en pleurant sur le canapé avec l'impression de vivre une deuxième mort.

J+92
Depuis hier, ça tangue dans ma tête, je me tiens aux murs pour marcher dans l'appartement dès

que j'échappe à son regard. Ce matin, parce que je ne l'ai pas entendue approcher, elle a surpris mon manège. J'ai souri en la saisissant par la taille. Laisse-moi juste un peu de temps. Elle a essayé de me rendre mon sourire, mais elle n'y croit plus. À quoi ? À Nous. À moi.

J+93
Le sort s'acharne. La télé a claqué hier soir. Emma veut aller en acheter une autre, cet après-midi. Un samedi. Ce sera bondé. Et elle voudrait que je l'accompagne. Il va falloir ruser, l'occuper jusqu'à l'heure de la fermeture. Il y aura moins de monde. Et n'en faire qu'un, de magasin. Un par jour, c'est tout ce que je peux. Si je le programme. Si j'ai le temps de m'y préparer mentalement. Je vais le faire. Je vais y aller. Pour elle.
Au moment de quitter l'appartement, ma tête tourne, mes jambes flanchent. Je prétexte une envie urgente, la laisse descendre, et file boire un verre. Puis un autre. Mon portable bourdonne sur le canapé comme un insecte fou.

J+94
Xavier. J'étais là, près de lui, je ne l'ai jamais quitté. Pourtant je vois ses yeux qui me pénètrent, comme s'il me reprochait de l'avoir laissé mourir... là-bas.

J+95
Je ne peux plus marcher seul dans la rue sans l'avoir pensé auparavant. Ni sans avoir quelqu'un à qui parler. J'ai trouvé un moyen. Le téléphone.

J'appelle. N'importe qui. Et alors je peux sortir. S'il le faut vraiment.

J+96
J'ai dit à Emma d'acheter un carillon et de le clouer à la porte d'entrée. Trois précautions valent mieux qu'une. Elle a détourné le regard.

J+97
Quelque chose de moi est resté là-bas. À la place, un trou. Dans ce trou, ça me démange. Une hallucinose à la sauce amputée psychique. Celui que j'étais est resté là-bas. Je suis un nouvel homme. J'ai bien vu le manège d'approche de ce crétin du premier. Il a Emma dans son viseur et zone autour d'elle à la recherche d'un angle de tir. Aujourd'hui, je n'ai pas pu me retenir. Elle sortait les poubelles dans la cour et il a rappliqué en moins de deux. Je les ai vus par la fenêtre. Il approchait trop d'elle. Je suis descendu et je lui ai cassé la gueule. Avec ce que je lui ai mis, ce sera plus compliqué de jouer au beau gosse. Enflure ! Le premier qui touche à ma femme est mort. Chez nous, Emma irradiait une colère froide et m'a reproché mon comportement. Elle est partie en claquant la porte, et j'ai sangloté à en perdre haleine.

J+99
Hier soir, pour la première fois de ma vie, j'ai été incapable de lui faire l'amour. Elle m'a dit c'est rien, mon ange, serre-moi fort. Mais c'est ma bouteille de Jack Daniel's que je suis allé étreindre. Si ça se trouve, ça ne reviendra plus jamais. Ce matin,

j'ai pété un câble au téléphone. Tous incendiés. Ils ne le disent pas, en tout cas pas devant moi, mais je l'entends. Fou. Il est devenu fou. Ils se trompent. Je ne suis pas fou. C'est la douleur, froide comme la mort, qui m'aspire. Je suis toujours là-bas.

17

« Un dernier regard, et la nuit, vorace, les absorba. »

Nuit de lundi à mardi, en bord de Seine,
Paris, août 2010.

Nom de Dieu, quelle vie… Marsac rassembla ses documents épars. Hélène venait de le prévenir que l'autopsie était finie (rituel immuable, peu importent le jour ou l'heure, qu'il avait exigé, ressentant la nécessité de situer chaque membre de son groupe encore sur le terrain) et il décida d'aller la rejoindre. Il ne la trouvait pas en grande forme ces temps-ci et voulait savoir pourquoi. Hélène se laissant parfois aller à quelques confidences arrachées à la nuit, comme si l'obscurité avalait un peu de sa pudeur, il se dit que c'était peut-être le bon moment. De toute façon, le sommeil l'avait fui. La faute aux pensées induites par les écrits de Pieaud. On terminait tous égaux face à la mort. Citoyen lambda, militaire aguerri ou flic rodé à tous les vertiges. Seuls et démunis comme au premier jour sur Terre. Entre-temps, pour continuer à vivre, debout, tout le monde œuvrait à faire semblant de l'oublier. Pieaud, lui, ne le pouvait plus, feindre l'ignorance.

Les briques rouges de l'IML se rapprochèrent ; en arrière-plan, la tour de l'Horloge, gare de Lyon. La rue était calme, le fleuve endormi, et il se surprit à espérer que Pieaud soit le donneur du spermatozoïde vainqueur. S'éviter une énième affaire de meurtre passionnel, la dernière se rappelait encore à lui avec une violence inouïe. Sur le parking jouxtant l'IML, il repéra la petite voiture blanche d'Hélène et s'y adossa. D'ici, il la verrait approcher et aurait le temps de l'observer à la dérobée. Il ne l'avait pas prévenue de sa *visite*. Weber apparut, à quelques centaines de mètres. Il aurait reconnu sa silhouette entre mille. Petite, fine, une cascade de boucles rousses. Il sourit jusqu'à ce que se dessine, derrière elle, une ombre silencieuse, visiblement nerveuse, mains dans les poches et démarche mal assurée, portant capuche. Marsac eut un mauvais pressentiment. Ses yeux, deux terrains vagues cerclés d'anthracite, deux gouttes limpides de mer du Nord, ni gris ni verts, impassibles, ne reflétèrent rien. Il mordilla machinalement la cicatrice qui barrait sa lèvre. L'ombre traçait toujours sa route, épousant les pas d'Hélène. Comment se faisait-il qu'elle ne perçoive rien ? Qu'elle ne se retourne pas ? Lorsque l'ombre ne fut plus qu'à un mètre d'Hélène, il surgit du noir, s'interposant entre elle et l'ombre.

— Tu la touches et tu es mort.

Weber sursauta au son de cette voix et pivota en direction du danger qu'elle n'avait pas senti venir. L'homme, car l'ombre se conjuguait au masculin, sans doute surpris par ce grand brun jailli de nulle part, rit un peu bêtement et fit sauter un cran d'arrêt de sa main droite à sa main gauche.

— Te mêle pas de ça, mec. Casse-toi.

Marsac tendit un bras vers Hélène pour l'empêcher de s'approcher.

— C'est toi qui vas te casser. Tout de suite.

L'autre recommença alors à jouer avec son arme, en position de défense, ses jambes d'araignée écartées. Mais la meilleure défense étant souvent l'attaque, au moment où le couteau repassait dans sa main gauche, Marsac se rua sur lui et l'intercepta en un éclair. L'autre n'avait rien anticipé et se mit aussitôt à mugir, cloué au sol.

— Enfoiré, mon bras ! Connard !

Vautré à terre, d'une pâleur marmoréenne, il sanglotait comme le môme qu'il devait être encore il n'y avait pas si longtemps. Hier peut-être, ou ce matin. Marsac évalua la blessure. Rien de grave. Les yeux du jeune lui posaient davantage problème. Ça ressemblait à une méchante grippe. Yeux rougis, pupilles dilatées, nez qui coule. Alors soit le virus s'était trompé de saison, soit ce jeune était un toxico. Il opta pour la seconde version. Cette urgence du manque qu'il lisait au fond de son regard fiévreux, il la connaissait très bien. Penché à hauteur du blessé, il murmura.

— Tu vois ce qui arrive, petite ombre, quand on s'en prend aux femmes ?

— Mais t'es qui, espèce de malade ?! J'vais crever, putain, j'vais crever, appelle le Samu, enfoiré !

— Non. Tu ne vas pas mourir. Ne t'inquiète pas. Ça va aller. Rien de cassé. Une entorse, peut-être. Et encore.

Il attendit que le jeune homme se calme et reprit :

— Je ne veux plus jamais te voir traîner dans ce quartier, qui est aussi le mien, sous peine de devenir ton pire cauchemar. Tu m'as compris ? La vie est dure pour tout le monde. Passe au Subutex, sinon c'est ta merde qui va te crever.

Il le gratifia d'une claque presque paternelle – c'était fini, une fois qu'ils avaient craché leur venin ces mômes-là n'avaient plus de salive –, glissa une petite carte dans sa main ouverte, la referma dessus, fouilla les poches du gamin malgré ses jérémiades, s'empara d'un petit sachet transparent dont le contenu promettait le paradis mais vous expédiait en enfer, tira Weber par la manche de son tee-shirt et composa le 15 en s'éloignant.

— T'es mort, toi, fils de pute !

Le Samu en ligne, Marsac haussa les épaules, ce n'était pas totalement faux, et déclina son identité. Un jeune homme qui se voulait dangereux, et devait l'être parfois, visiblement en manque d'opiacés, gisait à terre, légèrement blessé, de simples contusions selon lui mais à vérifier, sur le parking de l'IML, quai de la Râpée. Weber, elle, regardait Marsac, médusée. Heureusement qu'il avait été là, elle n'avait rien vu venir, ni lui ni ce tox, absorbée, se rassurait-elle, par les images d'autopsie et les liens qu'elle tissait déjà afin de trouver un sens à l'horreur. Mais bon sang, qu'est-ce qui lui arrivait ? Depuis quelque temps, elle baissait la garde – mauvais, pour un flic qui veut rester en vie – et ne sentait plus le danger arriver. Elle négligeait les principes de base dont le premier : demeurer en vigilance constante sur le terrain. Mais, comme la roche sous la pluie, il arrivait que les principes se délitent, et ceux d'Hélène avaient tendance à tomber en déliquescence.

Depuis quand ? s'interrogea-t-elle. Depuis quand déraillait-elle, elle, toujours si responsable dans la vie ? Depuis ce soir-là, l'année dernière ? Cette nuit de réveillon ? Comme si c'était une excuse. Elle était tombée amoureuse, par inadvertance, comme on rate une marche, et alors ? Puisqu'elle ne voulait rien changer à sa vie. Il suffisait d'oublier. Ce jean, une chemise blanche, cette main chaude glissée sur le bas de son dos. L'amour, ça se défaisait. Il devenait urgent de se ressaisir. Elle souffrait juste d'épuisement et le grand n'importe quoi en profitait pour la bousculer. Rien de plus. Elle dévisagea Marsac. Lui aussi semblait éreinté.

— Merci, murmura-t-elle.

Pour toute réponse, il l'attira contre lui. Hélène, sa petite protégée. Le groupe Marsac s'était construit autour d'eux, qui s'étaient choisis dès le départ, sans aucune pensée parasite, Cassem les aurait charriés, il ne croyait pas en ce genre de relation limpide. Marsac avait aimé chez elle une fêlure qui attisait sans doute son besoin de protection. Elle l'avait accepté comme il était, sombre, blessé et insomniaque. Les autres avaient été cooptés par la suite.

— Ça va, Hélène ?

Tout en questionnant, il se demandait si le relâchement de la jeune femme était dû à des problèmes de couple. Il se chuchotait dans les couloirs que son mari aimait butiner en dehors du nid aussi souvent que possible alors qu'elle était folle de lui. Marsac ne critiquait pas, et jugeait encore moins. En général. Aimer, de surcroît d'un seul trait, s'avérait compliqué et lui-même n'en était capable qu'en pointillé. Mais tout de même. Dans ce cas particulier, il n'en démordait pas. L'homme d'Hélène ne la méritait pas.

— Oui. T'inquiète.

— Tu veux donner suite à l'agression ? Porter plainte ?

— Non, laisse tomber… Mais toi, que va-t-il se passer ? Lui risque de le faire, non ?

— On verra bien. Ça m'étonnerait… J'assumerai.

On entendait déjà les sirènes du Samu.

— … Tu me dis. Les résultats d'autopsie ?

— Traumatisme de l'extrémité céphalique, provoqué par le choc brutal de la tête sur le sol. Au point d'impact, on trouve des lésions de contusion. À l'opposé, des lésions de contrecoup. Le cerveau a tiré sur ses amarres, déchirant les veines unissant cortex et sinus veineux, d'où une hémorragie qui a fini par être fatale. Le reste a été commis post-mortem. Aucune violence sexuelle, pas de trace de drogue ni d'alcool dans son organisme.

— Et la chute, pourquoi ?

— Une gifle.

Il imagina la force requise pour faire tomber quelqu'un d'une gifle.

Silence.

— Des blessures défensives ? Sous les ongles, dans la bouche, n'importe où ? reprit-il

— Non. Soit elle le connaissait, soit il ne lui en a pas laissé le temps.

— L'enfant ?

— Six mois. Une petite fille effectivement. Tous les prélèvements possibles ont été faits, mais tu sais que le délai d'analyse est d'au moins trois jours.

— Il nous faut une comparaison ADN avec Pieaud. Sa valise. Il y aura bien un cheveu ou quelque chose d'exploitable sur un de ses vêtements, non ? Sur une brosse à dents, n'importe quoi. Il y aura bien des cellules buccales quelque part ?

— On peut toujours essayer. Je m'en occuperai tout à l'heure. Avec un peu de chance, on aura des prélèvements qui nous permettront de réaliser une empreinte génétique sur chacun d'eux…

— Et l'arme du crime ?

— Blanche, vraisemblablement de type machette comme on l'avait pressenti. C'était vraiment dégueu, tu sais. L'acte d'un vrai sadique. Il n'avait aucune raison de s'acharner ainsi sur cette femme. Il a fait ça par plaisir. C'est inhumain.

Nouveau silence. Il regardait Hélène, ses beaux yeux cernés d'épuisement rivés droit devant elle, et eut une folle envie de la voir sourire, qu'elle rentre chez elle nourrie d'autre chose que ces visions inhumaines, qu'elle oublie l'ombre.

— La température a fini par baisser, dit-elle, arrivée devant sa voiture. On respire enfin.

— Oui. Allez, file chez toi, verrouille ta porte et dors un peu.

Il s'éloigna. Quelques pas plus loin, il l'entendit revenir en courant vers lui.

— Qu'est-ce que tu lui as glissé au môme, dans la main ?

Marsac recula d'un pas. Pas envie d'en parler, d'expliquer qu'il ne supportait plus tous ces jeunes à l'abandon, ici, dans ce pays riche malgré la crise, un gamin sur cinq en souffrance, toutes causes confondues, et il ne parlait pas uniquement des tox, non. Il y avait forcément quelque chose à faire. Lorsqu'il laissait une de ses petites cartes de visite à ces mômes, comportant toutes les mêmes informations (coordonnées des principaux plannings familiaux et centres de toxicologie de Paris), c'était peu, c'était idiot, mais il voulait croire que chaque goutte d'eau versée dans leur désert relationnel irriguerait peu à peu leur désolation. Une graine pouvait germer.

— Je te raconterai un jour.

Un dernier regard, et la nuit, vorace, les absorba.

18

« Maintenant, il avait envie
de s'effondrer. De mourir ici. »

Mardi à l'aube, Belleville, XXe arrondissement, Paris, août 2010.

L'aube étincelait lorsque le Kid décrocha de nouveau son téléphone et, contre toute attente, réussit enfin à joindre Stéphane Bourgueil dont il était parvenu à obtenir le numéro de ligne directe. Éviter les standardistes à tout prix. Méfiant, le rédacteur en chef écouta attentivement les questions de cet inconnu qui appelait en numéro masqué et refusait de décliner son identité. Elles se concentraient sur un point unique : sur quel sujet Emma enquêtait-elle ces derniers temps ? Bourgueil nia en avoir la moindre idée et l'envoya valser vertement. Le colosse raccrocha passablement contrarié.

— Cet enfoiré n'a rien lâché.

— Laisse tomber, dit Pieaud, on s'en fout. On retourne là-bas. On va trouver.

Le Kid l'arrêta d'un bras.

— Là-bas ? Chez vous ? Mais t'espères quoi ? On a déjà tout fouillé !

— J'en sais rien mais j'y vais, répondit Pieaud en se dégageant. Avec ou sans toi. De toute façon il faut que j'y aille, une dernière fois. Tu comprends ?

Le Kid s'immobilisa. Retourner avenue Victoria était la pire des conneries, le truc à ne pas faire, mais il avait saisi le raisonnement de Jérôme. S'ils n'arrivaient pas à mettre la main sur le meurtrier d'Emma, Jérôme finirait en cavale le reste de sa vie. Parce que la Crim' ne lâchait aucune affaire et parce que Jérôme ne laisserait jamais les flics le harponner. Il abdiqua et héla ses chiens.

— Fais chier. Il fait déjà jour ! On y va, mais on se casse avant la relève des poulets.

Malgré l'urgence, le Kid conduisit de façon à ne pas attirer l'attention. Avenue Victoria, il se gara quelques mètres avant l'immeuble d'Emma, afin d'embrasser le spot d'un seul regard. Il chercha la présence de keufs en planque, de voitures banalisées mais qui puaient les flics à dix mètres, et ne trouva rien de suspect. Tout semblait *clean*. Hormis le guêpier dans lequel ils allaient se fourrer.

— C'est moi qui drive. Voilà ce qui va se passer. Je sors seul, je monte seul et je te phone une fois sur place si la voie est libre, sur ce tél (il lui en jeta un neuf) parce que j'espère que t'as balancé le tien comme convenu, hein ? Si tu n'as pas de news à 5, tu t'éjectes d'ici.

Et le Kid s'extirpa de la voiture. Deux minutes plus tard, le signal reçu, Pieaud traversait l'avenue à son tour. Lorsqu'il franchit le hall de la résidence, ses jambes flageolaient. Il s'immobilisa dans l'entrée – *avance, nom de Dieu* –, avant de se remettre en mouvement, délaissant l'ascenseur, qui ne laissait aucune échappatoire en cas de problème, pour emprunter les escaliers. L'effort lui sembla surhumain. Le seuil de l'appartement franchi, il repoussa délicatement la porte derrière lui. Maintenant, il avait envie de s'effondrer. De mourir ici. Au lieu de ça, il se remémora leur dernière fois, leurs dernières heures, leurs dernières minutes passées ensemble. L'ultime regard partagé. Ils avaient déjeuné côte à côte dans une brasserie du quartier. Ils étaient quatre à table, calmes et détendus, mais ne voyaient qu'eux deux, n'avaient d'yeux que l'un pour l'autre, en dépit des difficultés qu'ils rencontraient. Enfin, lui, c'était sûr. Emma, finalement, il n'en savait plus rien. Jamais démonstrative en public, Emma. Il avait cherché sa jambe sous la table et l'avait frôlée. Les frissons le submergeaient. Elle n'avait pas répondu à ses gamineries.

Sa gorge se noua. Il se leva sans savoir comment il y parvenait, en pilotage automatique, et parcourut l'appartement, à la recherche de traces de leur passé commun. Pas grand-chose. Deux photos sur le frigo, celles où ils s'embrassaient en riant. C'était le temps de l'insouciance, de la magie de la rencontre, celui où le réel n'avait pas encore effracté le rêve, celui où son job n'était pas devenu un problème. Un gouffre, pour elle, pour lui. Leurs deux mondes devaient rester hermétiquement clos, c'était compliqué, et pas uniquement parce qu'elle était journaliste, elle aurait été danseuse étoile que cela n'aurait rien changé. Le sceau du secret Défense qu'il avait, en s'engageant, promis de respecter. Il décrocha les clichés et les glissa délicatement dans sa poche. Que lui restait-il d'Emma ? Rien qui puisse évoquer un couple ordinaire, ses possessions, ses concessions, son histoire. Aucun meuble choisi et acheté ensemble, aucun objet de décoration. Était-il alors aussi présent dans sa vie qu'il se l'imaginait ? Et ses souvenirs qui lui échappaient… Submergé par l'émotion, il fixait ses mains. Elles avaient déjà ôté la vie. Mais pas celle d'Emma, n'est-ce pas ? Pas celle d'Emma ?

Le Kid, debout sur le seuil de la minuscule cuisine qu'il barrait de sa carrure de géant, observait Jérôme pétrifié devant le frigo, inopérant. Il lui fallait une fois encore gérer, seul. Il se détourna, attiré par le coin bureau d'Emma. Les keufs avaient semé un sacré bordel. Côté taf, Emma était organisée, rigoureuse. Lorsqu'ils se parlaient par Skype, l'endroit apparaissait toujours nickel. Il inspecta l'ensemble, papiers divers, journaux, courrier, carnets de notes, puis leva les yeux sur les dizaines de photos exposées au mur, face à son espace de travail. Ses parents, sur la plupart. Des femmes inconnues, aussi. Vraisemblablement des putains qu'elle rêvait de tirer de l'abîme. Et puis des gosses des rues avec leurs regards qui disaient « sauve-moi, si tu peux » ou « va te faire foutre », pas facile de lire dans leurs yeux, au milieu du béton ils apprenaient vite à se protéger. Quelques punaises fichées dans le Placo peint ne retenaient plus rien et il se demanda ce que les condés avaient pu choisir d'emporter. Il n'arrivait pas à réfléchir aussi correctement qu'il l'avait espéré et les bruits répétitifs d'à côté n'arrangeaient rien. Qu'est-ce que foutait Jérôme encore ? Au moment de se détourner pour aller lui demander s'il comptait rameuter tout l'immeuble, il fut harponné par un cliché, s'en saisit, l'empocha, et eut l'intuition qu'il tenait peut-être quelque chose. Il fallait lever le camp. Il retourna chercher Jérôme qui se cognait la tête contre un mur de la cuisine comme un taré, ânonnant des *Emma* à n'en plus finir. Il avait réussi à s'ouvrir une arcade sourcilière et il pissait le sang. Saloperie de gonzesses, servaient qu'à engendrer le mal.

« C'est bon, Jérôme, dit-il en le tirant par la manche, on décolle. Jérôme ! »

Au sol, sur le seuil de l'appartement, les scellés brisés signaient une intrusion.

Rien à foutre.

19

« Elsa n'avait répondu à aucun
de ses messages, ne lui renvoyant que
le silence, assourdissant. Et il était prié
d'appeler cela de l'amitié. »

Mardi matin, place Dauphine,
Ier arrondissement, Paris, août 2010.

De retour chez lui, après s'être longuement douché, moment à la fois privilégié et douloureux – rien ne le délassait autant que l'eau chaude qu'il laissait ruisseler longtemps sur son corps, mais il avait à chaque fois la sensation de frotter un être quasi mort –, Marsac, penché sur les chroniques d'Emma et le carnet du militaire, cherchait encore, les yeux brûlants de fatigue mais refusant de s'endormir. N'importe quoi, gardant en tête que le diable se cache dans les détails, souvent. Ses doigts pianotaient sur les deux tas d'informations, nerveux, d'autant qu'il sentait qu'un élément lui échappait. Dans son esprit, se télescopaient encore les images d'une gifle et d'une petite fille (quels prénoms avait-elle choisis ? comment l'avait-elle imaginée ?) qui ne verrait jamais le jour. Deux cafés serrés plus tard, il reprenait l'article en ébauche et le parcourait en diagonale pour la millième fois. Il allait finir par le connaître par cœur, se dit-il. Mais il y avait quelque chose là-dedans. Et il trouva. *Tahir*. Le seul prénom que la journaliste n'avait pas mentionné avoir changé. Cela ne signifiait peut-être rien puisque son papier n'était pas terminé, mais il devait vérifier. Il fouilla dans le compte rendu de Vigier et Narci, qui avaient exploré le matériel informatique d'Emma Loury, à la recherche de son nom. Cet homme n'apparaissait nulle part. Rageur, il dressa mentalement la liste des points noirs de cette affaire. Un, il leur fallait retrouver cette Bénédicte, femme de Xavier X, binôme du capitaine Pieaud. Ils semblaient proches, elle serait peut-être à même de leur parler de lui. Quel homme était-il, seul et avec Emma, où pouvait-il être allé ? Deux, dégoter Alessandro, Johanna et Clara. Trois, interroger Fabienne du collectif Unis contre la traite des êtres humains. Si cette dernière serait facile à retrouver, il se doutait déjà que, pour les autres, ce serait une autre paire de manches. Il regarda sa montre : trop tôt pour appeler cette femme. Pour tromper l'attente, il saisit la photo qui l'impressionnait davantage que les autres, sur la pile entreposée sur son lit. L'agrandissement du fœtus. Les résultats du labo n'allaient pas tarder à tomber, mais en attendant il cogitait. Emma le savait-elle seulement, qu'elle portait la vie ? Un détail le tourmentait. Dans son appartement, il n'avait rien trouvé pour l'indiquer. Aucun matériel de puériculture, aucun vêtement d'enfant. Mais peut-être n'était-ce pas une inquiète, peut-être s'était-elle dit qu'elle avait encore le temps ? Ou alors, elle souffrait d'un déni de grossesse ?

Mais si elle le savait, quasi sûr que cette option soit la bonne, si Pieaud était le père, pourquoi ne lui avait-elle rien dit alors qu'elle connaissait sa folle envie de paternité ? Perdu, il reprit le procès-verbal de la perquisition. Les techs avaient-ils mentionné un quelconque test de grossesse traînant dans l'appartement ? Non, rien de noté là-dessus. Mais elle l'avait peut-être jeté, même s'il n'y croyait pas. N'est-ce pas le genre de souvenir qu'une femme est capable de conserver toute sa vie ? Il réfléchit. La mère d'Emma devait savoir, elles paraissaient complices toutes les deux. Peut-être pourrait-elle parler, tout à l'heure, ne serait-ce que deux minutes ? Ou battre des paupières. Un coup pour oui, deux coups pour non. Il lui fallait des réponses. En dernier recours, il s'adresserait au père.

Le jour s'était levé sans qu'il s'en aperçoive, encore une nuit blanche, lorsqu'il vérifia ses portables pour la énième fois. Elsa n'avait répondu à aucun de ses messages, ne lui renvoyant que le silence, assourdissant. Et il était prié d'appeler cela de l'amitié. *De quoi te plains-tu ?* se dit-il, enfouissant son visage dans la douceur d'un tee-shirt d'Elsa, celui qu'il lui avait subtilisé cette nuit où ils avaient su fourrer l'abîme entre parenthèses, celui qui lui rappelait que tout restait possible. *Tout est de ta faute. Tout. Tu veux jouer dans la cour des grands, en t'affranchissant des règles, dont la première, il n'y a pas d'amour, il n'y a que des preuves, bouffé par les* ides. *Mais ici comme ailleurs, c'est marche ou crève.*

20

« La chaleur et la poussière, les cris de l'enfant, son sang absorbé par la terre aride, les yeux révulsés du père et leur silence horrifié à eux, sur le toit brûlant. »

Mardi matin, Belleville, XXe arrondissement, Paris, août 2010.

— Va falloir soigner ce bobo, dit le Kid. Ça saigne plus mais c'est moche et trop large pour se refermer tout seul. Si tu laisses comme ça, ça va s'infecter. Putain ! Tu y es pas allé de main morte.

— Tu as des *stripes* ?

— Non. Mais je peux aller t'en acheter.

— Pas la peine. Du fil résorbable ?

— Ouais, peut-être qu'il m'en reste quelque part, souvenir du bon vieux temps.

Pieaud entendit le Kid mettre à sac la salle de bains et réapparaître, presque souriant, éther, fil et aiguille tendus.

— M'en reste plein en fait. Ces crevures nous laissaient mourir de froid, mais du fil, ça oui, ils nous en balançaient sans compter.

— Merci. Donne-moi tout.

— Je vais le faire. Tu peux pas gérer seul.

— Ça va aller.

Et il fila se laver les mains avant de se planter devant le miroir de l'entrée. Le Kid le regarda opérer. Quelques minutes plus tard, l'affaire bouclée, *voilà*, Jérôme revenait s'asseoir sur le canapé défoncé.

— Nickel. T'as rien perdu. Bon, maintenant on passe aux choses sérieuses. Examine bien cette photo, dit le Kid.

Pieaud s'empara du cliché tendu. Un homme, de profil, et une jeune fille, brune, très court vêtue, sous une plaque signalétique *Boulevard Ney*. Il ne fallait pas être devin. Un mac et sa gagneuse. Elle baissait la tête, sa longue chevelure masquant la majeure partie de son visage, tandis qu'il semblait la mettre en garde, main droite levée vers elle. Entre eux deux, la tension était palpable.

— Et alors quoi ? Un souteneur et l'une de ses filles ?

Le Kid opina.

— Je l'ai trouvée dans l'appart.

Pieaud continua :

— Même si Emma bossait sur eux, comment tu veux qu'on leur mette la main dessus ? Les 105 kilomètres carrés de Paris, tu les oublies ?

— Laisse tomber la nana pour le moment. Vise ici, précisa-t-il, pointant son index sur une silhouette au second plan. Cet enfant de salaud fixe l'objectif. Il a vu Emma prendre cette photo et il a la tête de celui qui supporte très mal d'être fixé sur pellicule. Mate sa posture. Il était prêt à bondir.

— Tu veux dire que…

— Qu'elle s'est foutue dans la merde au moment où celui que tu vois, là, l'a repérée. Et qu'il y a peut-être un rapport avec… avec ce qui s'est passé.

— Ce mec l'aurait tuée pour une photo volée ? Tu plaisantes ?

— Laisse-moi finir. Regarde maintenant le cou du mac, et ses poignets. Il fait partie de la mafia albanaise. L'une des pires gangrènes que la Terre ait portées. Et pourtant, toi et moi, on sait qu'elle a toujours été généreuse sur ce plan. Crois-moi, entrer dans le peloton de tête est une performance. Et ils ont réussi.

— La mafia albanaise. Qu'est-ce que t'en sais ? Pourquoi pas kosovar, macédonienne, serbe ou je ne sais quoi ?

— Fais-moi confiance. Ce mec est ce que je dis. Ses tatouages sont sans équivoque. L'aigle bicéphale, là, qu'on aperçoit partiellement, c'est leur signature. On est dans la bouse parce qu'ils se sont pas hissés au sommet de la pyramide criminelle par hasard. Non. Ils sont extrêmement violents, organisés quasi militairement. Pour bien saisir le tableau, il faut imaginer une société secrète avec rites d'initiation dignes des meilleurs films d'épouvante, loi du silence inviolable, code d'honneur et tout le bazar à la sauce balkanique, œuvrant à l'international, des ramifications partout, visant haut et ne craignant rien. Ces pourritures dominent le marché de la coke, de l'héro et bien évidemment des putes issues du pays. Dans ce schéma, tu comprends pourquoi les photos souvenirs sont prohibées. J'en veux pour preuve, continua-t-il en ciblant de nouveau l'homme qui fixait l'objectif au second plan du cliché, et j'en mettrais ma main à couper, ce gars, pourtant un petit pion de merde, parce qu'il est *derrière*, qui n'a pas du tout apprécié de se retrouver fixé sur pellicule. Leurs enjeux financiers sont juste monumentaux et ces mecs s'épanouissent dans l'ombre, tu comprends ?

Pieaud se massait les tempes à pleines mains. S'épanouir dans l'ombre, oui, ça il comprenait mieux que quiconque. Les forces spéciales le lui avaient enseigné. Se tapir, se fondre dans l'obscurité. En revanche, que le Kid ait identifié cette mafia au premier coup d'œil, ça, ça ne passait pas.

— Comment peux-tu être aussi affirmatif s'ils se montrent si discrets ?

— Dans le temps, j'ai côtoyé un de leurs membres, un vrai dur, peu causant. Pourtant, un soir de beuverie, il s'est mis à jacasser comme une fillette. Très instructif.

Dans le temps. Pieaud décrypta sans peine. Celui de la Légion.

— Et si tu te plantais ?

— Et si j'avais raison, Jérôme ?

— Ce serait le pompon.

— Considère que ça l'est et qu'on a plus qu'à tirer dessus. On vient de gagner un tour de manège gratos, mon poto, avec petit voyage dans les bas-fonds de l'humanité. Le problème, c'est le ticket d'entrée.

Les yeux vides de Pieaud s'animèrent. L'adrénaline, qui le shootait en OPEX, resurgissait avec l'espoir de coincer le meurtrier d'Emma. Sa tête en oubliait de valser tel un bateau ivre et fou, ses vertiges s'évanouissaient.

— On infiltre ?

— Oublie ça. Pénétrer là-dedans, c'est mission impossible. Il faut avoir une histoire qu'on n'a pas, ni toi ni moi, être du sérail ou coopté par un des leurs, et, ça, c'est pas envisageable non plus. Jérôme, ils ont érigé un véritable bunker autour d'eux, ils dirigent des équipes de contre-surveillance qui traquent les moindres faits et gestes des flics, ils utilisent des langages codés pour leur échapper. Et ça marche. Alors nous ! Ils vont nous repérer avant même qu'on arrive sur leur territoire. La Pieuvre est partout, invisible et, en bons vrais paranos, ils contrôlent et verrouillent tout.

— Et par ton pote ?

— Il est tricard. Ou peut-être mort à l'heure qu'il est.

Pieaud ne se laissa pas démonter. Les plans B étaient faits pour servir.

— Si on ne peut pas tenter l'approche frontale, on va retrouver la fille sur la photo. Si Emma a eu des problèmes avec ces mecs elle doit le savoir, elle était là. Elle nous mènera à eux et on avisera une fois sur place.

— Tu ne comprends pas bien. La localiser, oui, ça va pouvoir se jouer. Mais elle parlera pas. Si elle a été *dressée* comme je le crois, elle n'ouvrira pas la bouche.

Faux, se dit Pieaud. Même les plus durs finissent par tout lâcher si l'on applique les bonnes méthodes. Il était bien placé pour le savoir. La sueur se mit à ruisseler le long de son dos. Il se souvint de la chaleur étouffante, du nuage de poussière, cette après-midi-là. Lui et ses hommes, après d'interminables conciliabules, avaient réussi à soutirer quelques informations à un chef de village sur la planque d'un dirigeant insurgé qui semait la terreur lors de chacun de ses passages dans la vallée. Le lendemain, *ils* étaient là, postés devant la petite maison en pierres, le fils cadet du vieil homme devant eux, ligoté à genoux sur le sol. *Avoue et je relâche ton fils*. Face au silence buté du vieillard, menotté à un poteau, à trois mètres de la scène, un homme avait sorti une perceuse et l'avait enfoncée dans la rotule de l'enfant sous les hurlements impuissants de son père. Pieaud ferma les yeux. Lui et ses hommes avaient observé l'horreur du haut d'une ruine. L'ordre reçu avait été de ne pas se manifester. Il en cauchemardait encore. Avoir laissé faire. Avoir été un monstre pour satisfaire des *exigences supérieures.* Il n'oublierait jamais cette matinée afghane. La chaleur et la poussière, les cris de l'enfant, son sang absorbé par la terre aride, les yeux révulsés du père et leur silence horrifié, à eux, sur le toit brûlant. Il frissonna. Ce jour-là, il avait encore basculé d'un cran, un pied définitivement planté dans l'obscurité.

— Elle parlera. Fais-moi confiance.

— Impossible. Ce qu'on leur enseigne en premier lieu, et tous les moyens sont bons, c'est la boucler, quoi qu'il arrive.

Pieaud darda le flou de son regard sur le Kid. L'impossible était une notion toute relative. Il regarda ses mains. Si c'était eux, il saurait enfin.

— Elles tapinent où, ces filles ?

Le guerrier qui somnolait en lui revenait à la vie. La Pieuvre ne s'était peut-être pas emparée du pouvoir dans la rue avec des confettis et des sucres d'orge, mais lui non plus n'aurait pas pu être qualifié d'angélique. Et il possédait un avantage. Il n'avait absolument plus rien à perdre. Il se redressa imperceptiblement. D'un soldat, on était en droit d'attendre des états de service, pas des états d'âme, et il allait leur montrer, à tous, qu'il n'était pas encore tout à fait mort. Ses mains ne tremblaient plus. Un espoir avait germé.

21

« Dans la rue couchée par le soleil,
Marsac marchait en se demandant […]
si c'était pour longtemps, lorsque
les femmes se taisaient. »

Mardi matin, 36 quai des Orfèvres,
Ier arrondissement, Paris, août 2010.

Une heure avant la réunion d'équipe, Marsac avait quitté son appartement pour se visser derrière son ordinateur du 36, guettant l'arrivée du dossier militaire de Pieaud promise pour ce matin-là. Lorsque la sonnerie aiguë d'un nouvel e-mail retentit, il serra un poing. Bingo. L'armée avait donc eu le bon goût de ne pas leur jouer la carte de la Grande Muette et de se manifester en temps et en heure. Restait à découvrir ce qu'elle avait bien voulu transmettre si rapidement. Il se jeta sur la lecture des documents en allumant une cigarette. Il fumait trop, il le savait. Il était en train de se tuer à petit feu. Alors il se fit une promesse, le moment en valait d'autres. Si Elsa revenait du silence, il arrêterait, il ne garderait que celles d'après l'amour, qu'il prévoyait de faire le plus souvent possible si elle le voulait bien. D'ici là, il cloperait, une addiction comme une autre pour tenir debout. Il secouait encore la tête à ses propres invraisemblances lorsque les bruits du groupe qui arrivait et prenait place dans la salle adjacente lancèrent le signal. Il ouvrit grand sa fenêtre, écrasa sa cigarette et les rejoignit, dossier imprimé à la main.

— J'ai plusieurs éléments à vous communiquer mais avant, nous allons nous pencher sur Pieaud. Les infos tombent à l'instant. Alors… Né sous X, de père et de mère inconnus, placé de la DDASS en famille d'accueil à deux ans. À sa majorité, il entre en Prépa au lycée militaire à Aix-en-Provence où il est interne pendant deux ans et suit la filière hypokhâgne-khâgne. Ensuite, direction la Bretagne et Saint-Cyr en 2000.

Cassem émit un sifflement ironique. Un khâgneux. Un Rambo lettré.

— Je continue, dit Marsac. Il y reste trois ans et en sort lieutenant. Il enchaîne avec une année d'*école d'application de l'infanterie*. Nous sommes alors en 2003, à Montpellier. Notre homme y suit, brillamment, le *cours des capitaines*. Fin 2004, il choisit le premier régiment de parachutistes d'infanterie de marine, 1er RPIMa, et part aux portes de l'Espagne, à Bayonne, au sein des forces spéciales.

Second sifflement amusé de Cassem. Les forces spéciales, rien que ça. Avec la totale ? Permis de tuer, etc. ? Ce n'était plus Rambo qu'ils cherchaient à serrer mais carrément James Bond, d'autant que le militaire, sur les photos dont ils disposaient, avait vraiment ce qu'il convenait d'appeler une belle gueule. Brugguer, qui avait apprécié l'ironie de Cassem, l'appuya d'un clin d'œil. L'armée et elle, ça faisait deux. Le manège n'échappa pas à Marsac qui se demanda comment ne jamais manifester aucune empathie envers qui ou quoi que ce soit. Une question le taraudait depuis le premier jour : avait-il affaire à une opposante de principe ? Auquel cas, serait-elle ou non un élément perturbateur pour son équipe ? Raimbauld l'avait rassuré, il sentait un réel potentiel chez Lise Brugguer, l'armure défensive forgée pendant ses années zombie aux Stups s'assouplirait peu à peu. Sûr. Il suffisait d'être patient. Il n'imaginait pas les vertus salvatrices d'une vraie *patience*. La face du monde changerait peut-être si les gens en avaient davantage. Pour Marsac, qui ne savait pas attendre, le temps s'étirait et il lui semblait que cette brindille taiseuse lui avait été livrée avec un mode d'emploi en moldave. Et cela l'inquiétait, de ne pas la comprendre. Le problème de Brugguer était simple, comme le sont souvent les problèmes lorsqu'on prend le temps de les analyser calmement : n'ayant pas été protégée, elle ne savait rassurer. Mais ça, Marsac l'ignorait. De son côté, Cassem jubilait. Le contact avec elle s'établissait de mieux en mieux. Des portes semblaient même s'entrebâiller.

— Je termine, poursuivit Marsac. Il y passe quatre ans et en sort capitaine en 2005, date de sa première opération extérieure, avec Djibouti pour point de chute. En 2006, il part en RCI et, en 2007, en Afghanistan. En 2009-2010, il est dans les Alpes, à Chambéry, comme capitaine du 13e bataillon de chasseurs alpins. Il a vingt-sept ans. En 2010, il décolle pour la deuxième fois vers l'Afghanistan. À son retour, il est muté à Paris, à l'état-major de l'armée de terre, où il prépare un dernier concours, celui de l'École de guerre, je cite, le *pôle d'excellence de l'enseignement militaire supérieur français qui forme le futur corps de direction des armées*... Il a trente ans... Et c'est aujourd'hui, enfin façon de parler. Vos impressions ?

Marsac posa ses feuillets sur la table.

— Atypique, réagit immédiatement Raimbauld, car issu de la DDASS, donc ne correspondant pas au tableau classique du militaire lambda. Intelligent, il a de l'ambition et visiblement les moyens d'accéder à son rêve, des nerfs d'acier, apte à survivre, voire à tuer, en milieu hostile ; notre canicule parisienne doit le faire doucement rigoler. Si l'on ajoute à cela le paramètre forces spéciales, notre problème s'accentue. Ces hommes-là passent une partie de leur vie dans l'ombre, discrets, quasi invisibles. Par ailleurs, ils ont bénéficié d'un entraînement de pointe, on leur a enseigné à se sortir de tous les mauvais pas, à se créer une bulle de sécurité. Un problème, une solution, il faut réagir vite et s'adapter, riposter, aller au bout de soi-même sans s'effondrer. Pour conclure, je m'en voudrais d'être pessimiste, mais la partie ne va pas être évidente.

— T'en parles comme d'un héros, Marc, mais c'est qu'un mec en cavale, lui opposa Brugguer. Et tout le monde a un talon d'Achille.

— Je soulignais juste qu'il va s'agir de ne pas le sous-estimer. Une dernière chose. J'ignore comment s'opère la sélection dans les forces spéciales, mais je suppose que l'armée cherche également à ce qu'il existe une certaine forme de violence chez leurs recrues, ou tout au moins une capacité à, parce que je ne pense pas que l'on puisse survivre longtemps aux quatre coins les plus explosifs du globe sans être prêt à beaucoup. Arrêtez-moi si je me trompe.

Il revint à tous que Pieaud avait effectivement méchamment tabassé celui qu'ils n'appelaient plus que le « con du premier ». Comme s'il lisait dans leurs pensées, Narci continua.

— C'est vrai que Pieaud a dégommé ce con qui tournait autour de sa copine comme une mouche à merde. Mais à sa place j'aurais fait pareil et, pour moi, ça ne signe aucune propension à la violence. Juste une certaine idée de la défense de son territoire.

Marsac resta dubitatif.

— Si on devait se mettre à cogner tous les prédateurs qui rôdent autour de nos conjoints et considérer comme territoire exclusif ce qui ne nous appartient finalement pas, le monde serait à feu et à sang.

— Mais il l'est ! s'exclama Vigier. Et pour en revenir à Pieaud, s'il s'est laissé déborder une fois…

Weber acquiesçait. Qui frappe un jour recommence presque à coup sûr. C'était un triste constat, mais il ne servait à rien de le nier. Évidemment, frapper ne signifiait pas assassiner.

— Pour rebondir au sujet des forces spéciales, continua Raimbauld, ce régiment est formé pour intervenir dans toutes les zones dites d'insécurité et ne compte que des militaires triés sur le volet. J'insiste là-dessus. Ce sont des unités capables de mener à effectif réduit des missions, de façon autonome, dans des contextes hautement hostiles. Outre des nerfs d'acier, il leur faut une condition physique à toute épreuve et un cerveau en parfait état de marche, axé sur l'autodiscipline. Une élite en quelque sorte, et effectivement rompue à toutes formes de violence.

— OK, acquiesça Narci. Des nerfs d'acier. Et Pieaud partirait en live comme ça, jusqu'à dégommer sa nana de cette façon ? Il lui ouvrirait le ventre pour en sortir ce qui était peut-être son gosse, et lui crèverait les yeux ? Je n'y crois pas. À mon avis ce ne sont pas des hommes qui agissent sur un coup de tête, par impulsion. Et son mobile ? Ce serait quoi ? Une crise de jalousie portée à son paroxysme dans un moment de délire ? Mouais…

— Je n'en sais rien non plus. Mais cette nuit, j'ai lu son journal de bord, tenu en OPEX. Lisez-le et vous verrez, dit Marsac. Lorsqu'il est rentré, là, dernièrement, il était un autre homme. Psychologiquement détruit. Ce n'est pas moi qui l'affirme, c'est lui. Il prétend quand même être revenu de l'enfer et je n'en doute pas une seconde. Bilan : la piste du dérapage incontrôlé ne peut être écartée.

— L'enfer ! s'exclama Brugguer. Tout de suite ! Et nous ?! Mais qu'est-ce qu'ils sont allés se perdre en Afghanistan ? Tout le monde s'en fout, de l'Afghanistan.

— Je vais faire simple et on tournera la page histoire, ou géopolitique, reprit Marsac. Je pense que c'est la guerre qui a emporté ces hommes et ces femmes là-bas, lorsque, avec l'explosion des Tours jumelles le 11 septembre 2001, nous avons redécouvert ce pays, dont tout le monde se fichait éperdument, et dont beaucoup continuent effectivement à se balancer. Quand nous avons appris qu'il se confondait avec le sanctuaire des terroristes qui attaquaient nos alliés, nous nous sommes engagés aux côtés des Américains afin de lutter contre la barbarie et l'obscurantisme. Voilà ce qu'ils sont allés faire en Afghanistan. Voilà ce qu'ils y font encore. Et c'est peut-être aussi pour éviter que ça n'explose chez nous, non ? Allez, parenthèse refermée. On cesse de piétiner et on se bouge avec un petit brainstorming. Il faut agir vite, pendant que Pieaud échafaude encore sa fuite. Parce que c'est là, ici et maintenant, dans ce shoot d'adrénaline, qu'il risque de commettre une erreur et qu'il est le plus vulnérable. Pendant que ses repères sont floutés, parce qu'ils le sont. Où est-il ?

— Son signalement a été diffusé sur l'ensemble du territoire, il ne parviendra pas à le quitter facilement, dit Raimbauld, sauf bien sûr s'il bénéficie de complicités intérieures et/ou extérieures, ce qui semble probable. Je ne suis pas expert concernant les militaires, mais je suis certain d'un fait : frères d'armes, c'est pour la vie. Alors j'espère qu'il sera encore là lorsque le maillage sera totalement opérationnel.

— N'importe où mais sur le qui-vive et déjà en mode survie, continua Weber. A priori trop intelligent pour entrer en contact avec ses potes, ce qui nous arrange bien parce que nous ignorons encore tout d'eux, le patron du *Zinc* excepté. Mais a priori seulement, car vous soulignez qu'il est déboussolé. Donc, ne pas négliger quand même de lever tous ceux qui, de près ou de loin, peuvent avoir été en contact avec lui depuis disons une dizaine d'années. Il faut aussi le chercher là où il n'imagine pas qu'on pense qu'il va se trouver, c'est-à-dire dans ses lieux repaires. Ce ne serait pas le premier à courir se planquer dans la gueule du loup. Ce n'est effectivement qu'un homme.

Marsac décapuchonna un feutre rouge et s'approcha de l'immense carte de France qu'il avait punaisée au mur. Une nouvelle. Et il commença par entourer.

— OK. Paris, puisqu'il est d'ici. Aix-en-Provence, Guer, Montpellier et Bayonne, ses villes d'étude. On va prendre contact avec les flics de ce pentagone-là et leur demander avec insistance d'être hyper-vigilants, et mobiles. Le but sera de créer chez lui, s'il s'y trouve, un sentiment de panique afin qu'il commette un faux pas et que nous le remontions.

Il se retourna face à son groupe.

— Dernières précisions avant que tout le monde retourne sur le pont. Un, le compte rendu d'autopsie. Emma Loury est décédée des suites d'une monumentale gifle ayant entraîné sa chute. C'est le choc de sa tête sur le sol qui a été mortel, toutes les horreurs subies l'ont été post-mortem. Aucune trace d'agression sexuelle, de drogue ou alcool. Le fœtus, une petite fille, était âgé de six mois. Pieaud pouvant en être le père, il nous faut son ADN. Weber s'en occupe dès la fin de la réu. Deux, l'arme utilisée est effectivement de type machette. Je ne sais pas ce que vous visualisez lorsque vous prononcez ce mot mais, moi, j'y vois une arme de barbare, de dégénéré, totalement primaire et plutôt masculine.

Des dégénérés primaires. L'équipe échangea un regard qui en disait long. Trop vague. Il fallait affiner leurs critères de recherche. Ils se tournèrent vers Raimbauld, qui s'exécuta.

— Arme qui possède quelques avantages sur ses consœurs : aisément trouvable, facile à dissimuler, d'une utilisation discrète et silencieuse. Susceptible en outre, ce qui est bon pour nous, de laisser des traces sur la scène de crime car nécessitant un quasi-corps à corps avec la victime. Compte tenu des… outrages, je ne sais pas comment appeler ça autrement, subis par Emma Loury, j'y ajoute le qualificatif de sadique.

— Oui. Weber a employé le même, et c'est le bon. On garde tout cela à l'esprit, conclut Marsac. Le mieux serait évidemment de la retrouver rapidement. Les égoutiers sont sur le coup mais 2 600 kilomètres d'égouts à explorer, ça va prendre du temps…

Il distribua ensuite à chacun les articles d'Emma, où il avait souligné ce qui nécessitait d'être approfondi. Monsieur Jean, Tahir, Clara, Johanna, Alessandro, Fabienne du collectif anti-truc, et Bénédicte, la compagne de Xavier X, le frère d'armes de Pieaud décédé en Afghanistan. Le soir venu, il apprendrait que Fabienne n'avait rien eu à ajouter, que Bénédicte et son enfant avaient quitté la France sans laisser d'adresse, et que les anonymes allaient le rester encore longtemps. Emma Loury avait bien fait son job. Impossible de remonter ses sources. Mais cela, Marsac l'ignorait encore. Il ajouta :

— N'oubliez pas. Il nous faut rentrer dans sa tête. Pour ça, dit-il en tapotant de l'index le carnet du militaire posé devant lui, la clé est peut-être là-dedans… Ultime question : une trace d'Emma Loury quelque part sur les réseaux sociaux ?

Narci et Vigier secouèrent la tête. Aucune présence nulle part.

— Eh merde, lâcha Marsac. Au boulot, moi je file à la dernière adresse connue de Raphaël Imbert.

Dans la rue couchée par le soleil, Marsac marchait en se demandant quel genre d'homme pouvait tuer une jeune femme enceinte à la machette, si les soldats des forces spéciales s'équipaient vraiment de minuscules capsules de cyanure cachées au sein de molaires creuses lorsqu'ils partaient en mission, s'ils les gardaient en rentrant, et aussi si c'était pour longtemps, lorsque les femmes se taisaient.

22

« ... seule sur ton canapé le soir,
tu voyais gicler de ton écran de télé
les morts de Kaboul et de Kapisa... »

Mardi, 12 h 30, Ier arrondissement,
Paris, août 2010.

De retour au 36, Marsac et Raimbauld ressassaient les propos recueillis.

Deux couples de locataires plus celui du gardiennage s'étaient parfaitement souvenus d'Imbert. Un fils à papa, un fumeur de shit, un branleur, devenu dingue le jour où la petite Emma l'avait fichu à la porte. Il s'était pointé à nouveau le lendemain et avait escaladé les quatre étages jusqu'à leur appartement, à mains nues, côté cour, avant de tambouriner comme un forcené aux carreaux. Elle avait bien été obligée de lui ouvrir. Ensuite, police, pompiers, ça avait été le bordel total, l'homme, couteau à la main, menaçant de se foutre en l'air, par la fenêtre, à la moindre tentative d'approche. Pour les deux flics, ces témoignages corroboraient tristement les propos du père d'Emma : Imbert avait un sérieux problème, et ils auraient beaucoup aimé avoir une discussion avec lui. Hélas, hormis une vague piste, l'homme avait toujours prétendu qu'il se tirerait un jour en Islande, rapport à sa passion pour la pêche, personne ne savait où trouver l'énergumène. Marsac reprit en main la petite photo de mariage déchirée. Oui, Raphaël Imbert devait aussi être pris en compte.

Concentré, Marsac ignorait son portable qui vibrait sur la table. Raimbauld s'en approcha jusqu'à lire le nom du contact qui appelait. Bourgueil. Il le poussa vers lui.

— Vous ne répondez pas ?

À l'autre bout du fil, le rédacteur en chef avait la voix des mauvais jours.

— Donne-moi quelque chose. Des news de Pieaud ?

— Salut Stéphane. Oui, bien sûr, et aussi l'endroit où le serrer.

— Moi, j'en ai. Il m'a appelé aux aurores, en doublette avec un type. En numéro masqué, sans décliner son identité.

— Tu as enregistré ?

— Non. J'avance au ralenti, je macère dans un brouillard total, j'ai plus aucun réflexe. Ce que j'entends quand même, c'est ce qu'on raconte, que vous auriez déterré un loup. Est-ce vrai ?

— De quoi tu me parles ?

— De l'cx d'Emma. Raphaël Imbert. Un prétendu cinglé.

Marsac jeta un regard à Raimbauld qui touillait son café froid. Quelqu'un, ici, balançait des infos hors leurs murs. L'affaire résolue, il se promettait de traquer cette taupe et de lui faire regagner ses tunnels terreux à grands coups de trucs qui ressembleraient à tout sauf à des demandes en mariage.

— Qui te rencarde ?

— T'occupe. Tu t'énerveras plus tard, je te fais confiance. Imbert. Tu sais où le loger ?

— Non. Il a disparu de la circulation. Pieaud, qu'est-ce qu'il te voulait ?

— Savoir sur quoi la petite travaillait ces derniers temps.

— Qu'est-ce que tu lui as dit ?

— Rien.

— Il avait l'air comment ?

— Je ne l'ai eu que quelques secondes. Ensuite, un autre a pris le relais, avec une putain de voix d'outre-tombe.

— J'aurais aimé un enregistrement.

— Ouais, et moi que ces dernières quarante-huit heures n'aient jamais fait partie de ma vie… Vous en êtes où ?

— On cherche.

— Et Imbert apparaît. Un fou, alors ? Mais il a quoi comme folie, exactement ? Parce que si vous n'avez que son pétage de plombs lorsqu'elle l'a fichu dehors, c'est mince. Un homme amoureux fou peut vite perdre les pédales dès que sa femme parle divorce ou rupture, tu en sais quelque chose, non ?

— Merci de me rappeler les bons souvenirs… Mais moi, je ne tue personne, quitté ou pas, fou ou pas.

— Qui sait ? Le meilleur reste peut-être à venir.

— Je crois comprendre ce qui te rend agressif, Steph. Tu lui en veux, à Emma, de ne t'avoir rien dit pour Imbert.

— N'importe quoi. Je me demande seulement pourquoi elle avait épousé ce gus alors qu'elle aurait pu avoir n'importe quel homme.

— Même toi ?

— Arrête de déconner.

— Toi aussi. Réfléchis. Elle avait vingt ans à l'époque, ceci explique sans doute cela. Et il se peut parfaitement qu'après elle ait eu envie non pas de tourner une page mais de changer d'histoire. Ce qui n'enlève rien à votre relation ni à l'amitié qui vous liait.

Dans le silence, on enterrait souvent le plus douloureux, l'indicible, c'était comme ça, et tous les deux le savaient. Pour se protéger. Ce n'était pas *contre* l'autre que l'on se taisait, mais *pour* soi.

— Merci pour la leçon abrégée de *Philo pour les Nuls*. Tu as peut-être raison, mais quand même. Cette capacité au silence ce n'est pas rien.

— Des secrets, nous en avons tous.

— Mais ils ne nous font pas crever comme ça, dans ce déferlement de barbarie. J'ai appris la façon dont on l'a massacrée.

— Tu as une idée, je le sens, alors vas-y.

— On dirait de la vengeance au degré ultime. Mais contre quoi ?

— On va bientôt le savoir. Une dernière chose, Steph. Comment tu sais que c'était Pieaud, au téléphone, s'il n'a pas décliné son identité ? Tu l'avais déjà entendu, tu connaissais sa voix ?

— Non, jamais entendu auparavant. Mais c'était lui, fais-moi confiance. Qui d'autre s'intéresserait autant à Emma, hein ?

— OK. Merci.

Il raccrocha. Raimbauld l'avait écouté, hors de lui. Comment se pouvait-il que Bourgueil soit déjà au courant pour Imbert ? Qui était la balance ?

— Alors ? demanda-t-il bien qu'il eût à peu près reconstitué la conversation.

— Pieaud a déniché de l'aide et cherche à savoir sur quoi la petite Loury travaillait en ce moment. Il a fait appeler Bourgueil… Donc, ils sont deux maintenant. Sans compter qu'une taupe rampe quelque part dans nos couloirs.

— On la trouvera. En attendant, j'ai une idée qui vient de germer et pourrait faire sortir notre loup du bois. Nous allons y mettre le feu, au bois.

— On partait sur une méduse.

— On va bifurquer sur le loup, pour aujourd'hui, si vous n'y voyez pas d'inconvénient. Voilà. Imaginons qu'Emma Loury lui ait caché à lui aussi, à Pieaud, son éphémère union avec Imbert. Imaginons que nous le lui révélions, qu'il tienne alors le même raisonnement que nous et attribue trente secondes la mort de la femme de sa vie à cet ex. Précisons adroitement qu'il s'agit d'un *fou*. Que ferait-il ? Il se lancerait sur sa trace. Et puisque nous y sommes aussi, nos chemins se croiseraient enfin. Je vais lui laisser un message, anonyme. C'est vil, mais je ne vois rien d'autre.

— Ça m'étonnerait qu'il fasse la connerie de consulter sa messagerie !

Raimbauld balaya la remarque d'un revers de main.

— Il est en fuite, il n'a plus rien. Seul son téléphone lui rappelle sans doute qui il est.

— Mais il n'a plus quinze ans. D'ailleurs, son portable n'a pas été localisé.

— Il faut tenter. Je le sens bien.

— OK. Et s'il le chope avant nous ?

— Alors nous serons mal. Mais ça ne se produira pas parce que nous avons un avantage sur lui.

— Ah, oui ?

— Oui. Nos réflexes sont intacts et opérationnels. Nous ne sommes pas traumatisés, nous.

Dès la fin de sa phrase, Raimbauld jeta un coup d'œil à Marsac, qui cillait comme un rescapé, puis considéra la petite cuillère qui ne quittait plus sa poche, ses mains étant devenues impuissantes à le soulager de ses infernales démangeaisons, et douta de ses propres propos. Nos pensées muettes, une fois formulées à haute voix, prennent parfois d'étranges résonances.

Mais Marsac ne releva pas. Il soliloquait, face à deux photos sorties de ses poches, celles de Pieaud et d'Imbert, qu'il venait de poser devant lui.

Dans quel bourbier t'es-tu perdue, Emma ? Qu'est-ce qui t'a valu ça ? Qui dérangeais-tu à ce point ? Celui de vouloir te sortir ton enfant du ventre ? De te crever les yeux ? Lui ? Lui ? Un proche, avec qui tu bavardais, le soir, autour d'un verre à une terrasse de café ? Un ami qui te faisait oublier les absences du militaire et la peur que tu devais ressentir lorsque, seule sur ton canapé le soir, tu voyais gicler de ton écran de télé les morts de Kaboul et de Kapisa en te demandant si Jérôme était l'un de ceux-là ? Un collègue de travail ? Un inconnu croisé dans le métro que tu as vaguement regardé deux secondes et qui s'est fait un film ? Qui t'a suivie ? Qui est venu frapper à ta porte ? Tu l'as reconnu derrière ton judas, tu l'as brièvement remis et, sans bien savoir pourquoi, tu lui as ouvert ta porte, enlevant la chaîne de sécurité ? Il a pris ta main, un grand sourire placardé sur ses lèvres, l'a placée sur son cœur et t'a sorti quelque chose comme Voyez comme vous faites battre mon cœur ? Oui. Dans quel bourbier t'es-tu perdue, Emma ?

Raimbauld stoppa le monologue. Pas ça, pas le tutoiement. Gardez de la distance, s'il vous plaît, n'allez pas encore tout vous prendre en pleine gueule.

— Vous m'expliquez comment vous avez fait ? Pour la photo et la clé USB.

— Ah oui. L'hémisphère droit, c'est lui qui m'a lancé sur la bonne voie. Vous aviez raison, Raimbauld, parfois, c'est magique. Et pour être tout à fait honnête, j'ai aussi cherché comme j'ai imaginé Brugguer le faire.

Le capitaine haussa les sourcils.

— Mais si vous lui dites ça, reprit Marsac, je suis mort, grillé. Et je veux lui laisser la pression encore un peu. Voir de quoi elle est vraiment capable, ici.

Quand on parlait du loup… Brugguer entra sans s'annoncer, ses éternels écouteurs autour du cou.

— Vous ne frappez jamais aux portes, vous ?

— Non. Elle était ouverte, comme d'habitude, et de toute façon je finis toujours par entrer. Mais c'est pour la bonne cause, j'ai ça, dit-elle en lançant deux photos sur le bureau de Marsac. L'agrandissement d'une partie d'un tatouage, portant la mention *Tahir* au dos, plus le visuel d'un mac et d'une de ses poules.

— Ça sort d'où ?

— Appartement de la victime, punaisé au mur, derrière d'autres photos. J'y suis retournée, comme ça. Mais j'ai remis les scellés. D'ailleurs, soit dit en passant, ils étaient brisés.

— Soit dit en passant ? Mais merde ! Il faut renvoyer une équipe, tout de suite.

Il décrocha son téléphone. Elle continua.

— Je les aurais trouvées avant si vous m'aviez laissé le champ libre. Commissaire, je vous ai déjà demandé de m'affecter aux résidences des victimes mais vous préférez à chaque fois me coller ces enquêtes de voisinage qui me saoulent parce que personne n'a jamais rien vu ni entendu.

Bref échange de regards entre Marsac et Raimbauld. Oui, exact. Parce qu'elle avait le don d'endosser sans peine le rôle du méchant flic, sans même s'en apercevoir. Et comme elle était une femme, que le monde était machiste plus souvent qu'à son tour, certains suspects masculins interrogés devenaient rapidement teigneux, se laissant aller à quelques confidences provocatrices, voire aux aveux parfois, juste pour le plaisir de la narguer, pour voir jusqu'où elle irait, avec son flingue plus lourd qu'elle. Il le lui expliquerait, plus tard, quand il en aurait le temps, nom de Dieu. Il s'empara des clichés, et Raimbauld se pencha pour voir.

— Ça vous dit quelque chose ? Quelqu'un s'y connaît en tatouages ? reprit-il.

Dénégations muettes des deux flics.

— Je vais appeler Mermun.

Brugguer avait déjà tourné les talons. Marsac bascula sur la messagerie du flic, qui devait être en planque et en mode off, et laissa un message.

« Le coup de l'hémisphère droit reste à peaufiner, du coup », lâcha Raimbauld.

Marsac entendit à peine la remarque de son capitaine, déjà ailleurs. L'homme est ce qu'il cache. Cette sentence dont il avait oublié la provenance lui parlait une fois de plus. Emma Loury n'avait pas dissimulé cette clé USB et ces photos pour rien. Il se mit à fouiller son bureau, une idée en tête. « Tahir… J'ai déjà vu passer un Tahir, dans un des articles de la petite Loury. Là ! dit-il en extirpant la chronique en question, celui en ébauche sur les filles de l'Est. J'en suis sûr. Oui voilà c'est ici. Mais on le trouve où, ce type ? » Il recommença sa lecture, du début. « Ça y est, porte Saint-Martin. »

— Raimbauld, ce prénom, Tahir. Il vient d'apparaître pour la deuxième fois dans les papiers de la petite journaliste. Et vous savez ce que je pense du hasard. Ça sent la méduse. Et son cloaque.

« Cloaque. » Du latin cloaca, pensa Raimbauld. *« Égout. »* Espace souterrain peuplé de parasites indésirables. Oui, ça pouvait matcher.

23

« Ce soir, ils iraient porte Saint-Martin.
Le soleil heurta son visage sans faire
fleurir aucun espoir. »

Journée du mardi, Belleville,
XXe arrondissement, Paris, août 2010.

Pour Jérôme Pieaud, la journée sembla s'étirer et durer mille ans. Le Kid ayant exigé qu'ils restent à l'intérieur de cette putain de baraque jusqu'au soir, il s'était vautré devant un DVD qui avait éructé en boucle des images de désastre. *Apocalypse Now*. Toute sa vie défilait, transcendée par la voix hypnotique de Jim Morrison. L'ambiance de fin du monde qui saisit à la gorge, le bal infernal des hélicos à ras le sol, le vacarme étourdissant, les flammes dans les nuits d'encre, le regard exorbité des soldats couchés à terre dans la poussière, la progression, lente, en milieu hostile, les pauses, genoux au sol, visages creusés contre les Famas, l'ennemi invisible, les verres de whisky qui n'effacent jamais rien suffisamment longtemps, les paquets de clopes qui s'enchaînent, les flingues froids sous les draps. Les Walkyries de Wagner enfoncèrent le clou sans rencontrer de résistance. Le Kid disparu il ne savait où, Pieaud se laissa aller, emporté par un tsunami qui ourdissait depuis un bail. *This is the End.* L'identification fonctionnait trop bien, sa tête épousait le rythme de la musique. Cent fois, il avait cru mourir là-bas. Tout lui revenait de plein fouet. Il ferma les yeux, il ne le voulait pas, mais il le fit.

3 heures du matin. L'aube bleue et le départ pour la mission de reconnaissance. Il s'agit de jauger le terrain. Un Caracal les dépose sur un sommet. Périlleux. Ils surveillent la vallée tandis qu'en contrebas le reste de l'équipe guette le trafic des véhicules. Tout semble calme. Tout lui semble trop calme. Et puis c'est un déluge de feu, et la lumière blanche d'un mortier explose parmi eux. Rien vu venir malgré les jumelles thermiques. *Ils* ont dû, dans le froid glacial, se couvrir de couvertures mouillées qui les rendent indétectables. Ça défouraille dans tous les angles. Leur infirmier s'écroule, sa jambe est arrachée, elle ne tient plus que par un lambeau de chair calcinée. Et puis quelqu'un hurle soudainement à côté de lui ; Xavier, touché au thorax, s'effondre à son tour. Bordel. Il a baissé les yeux un quart de seconde vers l'infirmier qui gueulait à en couvrir le bruit des explosions. Il était là. Il ne l'a pas quitté, il n'a rien vu venir, pas un seul mouvement. Un sniper embusqué. Lorsqu'il a reconnu le bruit du Dragonov c'était trop tard. Il se précipite sur Xavier, qui vit encore. Écouter le toubib qui le guide de la base par radio, « injecter la totalité, je dis bien la to-ta-li-té, de la seringue de morphine », dans le vacarme des détonations, la peur, et cette gueule de charbon qui les

avale. Respirer. Injecter. Le toubib ne le lâche pas, ne se départ pas de son calme. « Maintenant, comprimez le thorax. » *Allonger Xavier*. « Eh mon pote, ça va aller, tiens bon. Regarde-moi. Tu m'entends ? T'endors pas, hein. Je suis là. T'inquiète. On va être exfiltrés en moins de deux. » Le sang de Xavier dégouline sur lui, une mare, il s'en fiche, c'est juste qu'il n'ose pas appuyer trop fort, peur de lui faire mal. En face, ils les martèlent toujours. Plus tard, six hélicos déchirent enfin le ciel et tout s'embraye. Des Tigres tirent sur l'ennemi, d'autres se posent en même temps sur un espace grand comme un mouchoir de poche et les récupèrent en moins de cinq minutes. Exfiltration retardée mais réussie. Plonger son regard dans celui de Xavier, *tiens bon, mon pote*, qui murmure quelque chose qu'il ne comprend pas, sa voix est trop basse. Il se penche davantage vers lui. Il lui semble entendre « Bénédicte, Maxime ». Sa femme, son fils. « Je comprime, t'inquiète. » Ils restent les yeux dans les yeux jusqu'à ce que ceux de Xavier prennent la couleur de ces ciels d'hiver, après la neige, lorsque le soleil cherche à se frayer un passage. Et puis, plus rien. Black-out.

Tout avait pris fin sous ces cieux qui ne voulaient pas d'eux mais où on les avait envoyés « gagner les cœurs et les esprits ». Depuis, Jérôme évoluait dans le noir, seul au monde. Lorsqu'il aurait trouvé le salopard qui avait massacré Emma et son enfant – et si c'était moi ? – il le tuerait comme personne n'avait jamais tué jusqu'alors. Ensuite, rien ne le rattacherait à cette Terre. Il regarda ses mains, pour la énième fois, comme si elles ne lui appartenaient pas. « Sa voiture », murmura-t-il pour lui-même.

— Qu'est-ce que tu dis ?

Pieaud sursauta au son de la voix rauque, considérant cette montagne de chair humaine qu'il n'avait pas entendu approcher dans son dos.

— Mon carnet. Il a dû le laisser dans sa voiture.

Le Kid mit trente secondes à comprendre.

— Ah. Ouais. Possible. Mais c'est blindé de cam au 36 et, à mon avis, ils se baladent tous avec ton signalement. Ça va être très compliqué de checker leurs véhicules un par un sans se faire repérer.

— Pas grave. On va trouver la sienne, perso. C'est bien le genre à y laisser du job pour le ramener à la maison.

— Et t'as capté ça pendant les trois minutes où tu l'as vu ?

— Oui. Même moi qui ne vois plus rien, ça, je l'ai perçu. Ce flic est rongé par le taf, complètement accro. Il vit au bureau, sur le terrain et dans sa caisse. Personne ne l'attend le soir, ça se sent. Alors il faut juste la localiser.

— Ben voyons.

Quelques manipulations sur son clavier plus tard, le Kid pointait un doigt sur l'écran.

— Il habite là. Avec un peu de chance, sa bagnole y sera ce soir. Mais ton truc, il a très bien pu l'emporter chez lui.

— D'abord la voiture. L'appartement ensuite, si nécessaire.

— Et si on vérifiait d'abord dans son bureau du 36, hein ?

— Tu peux faire ça ?

Le Kid ne voyait pas le problème. Il hésita deux secondes sur l'ordi à utiliser pour sa manip, en choisit un vieux, un dinosaure sur lequel était connectée une webcam, bien sûr, mais externe. Facile à obstruer d'un simple Post-it. Pour le son, sur celui-là, il laissait en permanence une prise jack sur l'entrée du micro externe. Rudimentaire mais suffisant pour arrêter un hacker de base. Les autres étaient ses *amis*, il ne craignait rien d'eux. Il se prépara à s'amuser derrière son écran et invita son pote à le rejoindre près de lui. Jérôme ayant eu l'excellente idée de conserver la carte de visite du flic, le Kid avait son adresse e-mail en main. Il commença à œuvrer tout en piochant dans un paquet de biscuits éventré. Ses doigts libres effleuraient le clavier. Pieaud restait derrière lui, debout, les yeux rivés sur l'écran.

— Mets-toi à côté de moi, tu me stresses à rester dans mon dos.

Pieaud tira une chaise à lui et s'exécuta. L'écran d'accueil de ce Marsac n'était protégé par aucun mot de passe et, cerise sur le gâteau, il affichait la petite icône signalant l'installation sur l'ordi d'une webcam intégrée. *Trop facile*, se dit le Kid pour qui la mise en route à distance fut un jeu d'enfant.

— Bingo ! (Pieaud sursauta une nouvelle fois.) Du calme, Jérôme.

Il manœuvra la cam de façon à avoir une vue correcte sur la pièce. Le son était coupé, restait l'image. Un beau bordel. Des murs tapissés de photos en noir et blanc d'une mer sans palmiers, sans touristes, et de plages sauvages battues par les vents. Des lieux déserts, sans soleil, qui ne devaient faire rêver que lui. Bizarre, le poulet. Face à un bureau encombré sur lequel il zooma sans jamais apercevoir ce putain de journal de bord, un immense panneau en liège cerclé de bois clair où se trouvaient épinglées les informations liées aux affaires en cours. Ça valait le coup de s'y concentrer. Le visage d'Emma, punaisé au sommet, leur fit d'abord détourner le regard. Ils se reprirent. Sous sa photo, une carte de France avec cinq villes grassement cerclées de rouge. Nouveau zoom. OK. Jérôme était recherché un peu partout où il avait un jour posé un pied un peu trop longtemps, Paris compris. Logique. Mais avant qu'ils ne leur mettent la main dessus, ici, il restait du chemin. Non seulement la capitale demeurait le meilleur des refuges pour qui savait s'y prendre mais, en plus, peu connaissaient sa véritable identité, à lui. L'avantage de la Légion. Alors d'ici à ce qu'ils établissent un lien entre eux deux et les logent, de l'eau allait couler sous les ponts. Le Kid fit quelques captures d'écran et éteignit la webcam avant que Marsac n'entre et ne remarque le petit voyant qui avait dû s'allumer sur son ordi. *Ces flics... Infoutus de se protéger eux-mêmes.*

— Sa voiture, cette nuit, répéta Pieaud.

Le Kid acquiesça.

À midi, il leur prépara des steaks. Au premier grésillement du beurre fondu dans la poêle, il enclencha la hotte qui démarra dans un bruit d'aéroport. Pieaud tressaillit encore, et le mouvement n'échappa pas au colosse. Jérôme était à fleur de peau, en permanence. Il l'avait entendu, cette nuit, taper des poings contre un mur jusqu'à s'en briser les os, et chez Emma aussi. Il décida qu'il était temps pour Jérôme d'ouvrir les vannes. Il s'apprêtait à lui dire « allez viens là, ça suffit maintenant, déballe tout », lorsqu'il se ravisa. Il savait ce que Jérôme endurait. Lui aussi avait connu ça. Ça allait passer. Comme tout. Les steaks étaient prêts. Il posa sa tête contre la baie vitrée, attendant Jérôme qui clopait dehors, près du grillage.

Les chiens, apathiques, s'étaient couchés à l'ombre, agglutinés les uns contre les autres, ignorant momentanément Pieaud. Une longue après-midi caniculaire en perspective. Ce soir, ils iraient porte Saint-Martin. Le soleil heurta son visage sans faire fleurir aucun espoir.

24

« Mon vide et moi, on retourne
se noyer dans la nuit. »

Mardi, 20 heures, 36 quai des Orfèvres,
Ier arrondissement, Paris, août 2010.

La journée s'était étirée sous une chape de chaleur qui ne faiblissait pas, ponctuée de recherches plus ou moins fructueuses. Weber enrageait. L'ADN de Pieaud n'avait pu être récolté nulle part. Soit c'était un maniaque de l'hygiène, pour lui, ses effets personnels, et les lieux qu'il fréquentait, soit il avait fait le ménage avant de fuir. Quelle que fût la bonne réponse, à ce stade, impossible d'attribuer au militaire la paternité du fœtus. Quant au psy, il avait transmis un message. Dépêché sur une affaire brûlante, il se libérerait *au plus tôt*. Marsac râlait. « Ben voyons. Et nous ça n'urge pas ? » Pour couronner l'ensemble, Mermun ne rappelait pas. Le groupe s'agitait, accusant manifestement fatigue et frustrations. Marsac les observa un à un, brièvement. Des êtres humains épuisés, grevés par des années de manque de sommeil et d'abus de caféine. Ça allait mal, cette affaire venue se greffer dès la fin d'une autre les hantait. Tous avaient gravé dans leur mémoire l'image de ce ventre qui portait la vie, déchiré. Tous rêvaient de serrer l'auteur de cette boucherie, et tous éprouvaient finalement le sentiment très désagréable de faire du surplace. Le climat était tendu lorsqu'ils s'installèrent bruyamment autour de la table de réunion pour conclure. Cassem arriva en retard.

— Cassem, vous deviez gérer de nouveau le contact avec l'armée. Avez-vous du neuf ?

— Contre toute attente, oui. Après avoir été baladé de correspondant en correspondant, j'ai eu à l'instant le bon interlocuteur, un lieutenant-colonel plutôt coopératif et bavard, d'où ces quelques minutes passées sans moi, désolé. François Lafargue. Expert psy, par ailleurs.

— Et ? Il connaît Pieaud ?

— Lui, et tous les militaires du territoire qui rentrent d'OPEX. C'est le chef du groupe de soutien du sas de décompression de Chypre, qu'il a contribué à créer, et ils passent tous par lui.

Les regards interrogatifs se succédèrent.

— Parce que je suppose que ça ne vous parle pas plus à vous maintenant que ça ne me parlait à moi il n'y a pas cinq minutes, je vais éclairer vos lanternes, reprit-il. Ce sas est une structure créée l'année dernière, à Paphos, Chypre donc, pour accueillir les militaires de retour d'Afghanistan. Parce que 3 % d'entre eux souffriraient de stress post-traumatique, dit SPT. Ce qui fait quand même une bonne centaine d'individus par an. Si le fait a longtemps été tabou, il ne l'est plus, et l'armée essaye vraiment de soigner ses gars. Bref, ils y restent trois jours, avec, pour l'état-major, un double objectif.

Leur apprendre à décompresser dans un quotidien de paix, c'est-à-dire à désactiver leurs mécanismes de combat, et détecter ceux ou celles en difficulté. C'est là que ça devient intéressant pour nous. Lafargue m'a assuré que Pieaud était clean. *Stressé*, mais *clean.* Aucune pathologie quelconque décelée.

— Avis fiable ?

— Je ne vois pas pourquoi il m'aurait entubé.

— Pour protéger un homme qui appartient, par exemple, au même clan que lui. L'armée. L'esprit de corps. Ça te dit rien ?

Tout en lâchant sa sentence, Brugguer lui lança un regard explicite. *Ouvre les yeux*. Elle enchaîna :

— *Clean ?* Tu as lu son journal ?

— Elle n'a peut-être pas tort, dit Narci. Moi, je l'ai lu et « clean » me paraît à moi aussi inapproprié. « Traumatisé » serait plus juste. Ce qui peut se comprendre. Pour aller plus loin que ce que racontait Pieaud, j'ai fouillé le Net. Ces hommes-là ont vécu des périodes de six mois sur le terrain, à côtoyer la mort nuit et jour, où leur quotidien, chaque matin, pour l'écrasante majorité, était d'aller en mission, avec le risque de se faire tirer dessus, enlever ou de sauter sur une mine. Si on y ajoute les longues phases d'entraînement entre les OPEX et qu'on secoue tout ça bien fort, faut pas s'étonner d'obtenir quelques problèmes à l'allumage. Qui tiendrait longtemps à ce rythme ? Regardez, ajouta-t-il en leur tendant son portable. Ce que vous voyez là, sur YouTube, c'est un reportage en Centrafrique, où des militaires repêchent quotidiennement dans un fleuve, depuis des mois, des têtes sans corps et des cadavres calcinés, hommes, femmes, enfants confondus, le long des routes. Un vrai carnage. J'ai failli gerber…

Vigier, dont les sources d'information étaient identiques et qui avait visionné les mêmes vidéos, acquiesçait. On ne pouvait pas s'en sortir comme ça, juste parce qu'on était de retour au pays. Il devait falloir du temps pour refaire surface. Et le psy s'était mis le doigt dans l'œil jusqu'au coude, ou alors, effectivement, il les baladait.

— La guerre est forcément quelque chose d'insupportable, coupa Brugguer. Elle engendre des morts, ils le savent tous avant de s'engager. S'ils ne se montrent pas capables de tenir psychologiquement, peut-être feraient-ils mieux de ne pas signer. Ou alors, c'est la sélection qui doit être revue et corrigée.

— Ils le savent, oui, bien sûr, mais là, tempéra Raimbauld, ils le vivent, et au plus près encore. J'ai cherché aussi de mon côté, cette après-midi. Dans ces OPEX, ils affrontent un ennemi mal identifié, incertain, flou, doublé d'une menace complexe qui peut surgir n'importe où, n'importe quand. Imaginez les nuits sans sommeil qui se succèdent sur des mois voire des années, les morts qui s'enchaînent, et le sceau du secret Défense qui doit parfois peser lourd sur leurs épaules. Que certains finissent à bout, même les plus résistants et les plus équilibrés, me semble tellement logique. Que certains déraillent ne m'étonne pas. Et n'oublions pas que Pieaud a aussi perdu son binôme, là-bas. Il l'a vu mourir dans ses bras. Ce n'est pas rien, ça… Mettez-vous à sa place. Il y a de quoi perdre les pédales, non ? Et ne pas être très clean, en dépit du discours du psy.

Brugguer se raidit. Les pédales, elle aurait pu les perdre depuis longtemps. Elle avait grandi dans le tumulte, avait vu s'éteindre celui qu'elle devait épouser, et, pour finir, portait seule un secret qui avait le visage d'une étrange petite fille dont personne ici ne connaissait l'existence. Sa fille. Liv. Pourtant, elle prenait sur elle.

— Considérons qu'elle lui ait fait un petit dans le dos, dit-elle. Qu'il l'ait appris. Qu'il souffrait effectivement d'un bon gros stress post-truc non décelé pour une raison X ou Y. Vous dites que cette merde peut engendrer de la violence. OK, et je le crois sans peine. D'ailleurs, il a allumé Dauverchin, ça on le sait. Un con, d'accord, mais bon. Maintenant, ajoutez-y la picole, parce qu'il descend quand même un max, et saupoudrez de cavale lorsqu'il voit deux flics se pointer. Alors ?

Raimbauld détourna les yeux. Lui aussi buvait. Et il était certain de ne jamais se muer en méduse pour autant. Cet argument-là semblait léger.

— J'aimerais vraiment que Carrier daigne faire son apparition pour éclairer nos flaques d'ombre, conclut Marsac. On tourne en rond.

Lorsque la porte de la salle de réunion s'ouvrit à ce moment-là et que le psy entra, Marsac pensa *Alléluia*. La cinquantaine souriante, les yeux de celui qui a beaucoup vu et entendu mais qui n'en dira rien, la voix posée dans les basses, qui vous happait et vous enveloppait. Pas *beau* selon les canons esthétiques en vigueur mais les femmes l'aimaient, les hommes aussi d'ailleurs. Il maniait les relations humaines avec bienveillance. Une denrée rare. Même Brugguer, pas plus branchée psys que militaires, esquissa un sourire tandis qu'il s'asseyait parmi eux, s'excusant de son retard.

— Désolé, mais la journée a été chargée.

— Alors ? demanda Marsac. Avez-vous eu le temps de lire le journal de bord de Pieaud ? Je suppose que vous savez déjà qu'il est maintenant en cavale ? Quel est votre sentiment ? Son profil ? Qu'est-ce qu'il a ? Nous, à le lire, il nous a semblé à vif et plutôt parano. Alors concernant le meurtre de sa petite amie peut-on envisager un accès de fureur suite à un éventuel adultère par lui découvert ?

— Parano ? Vous n'allez pas aimer ma réponse, répondit Carrier, mais j'ai l'habitude. D'abord, petit focus sur cette notion employée à tort et à travers. De nos jours, on considère qu'il existe un continuum allant de la normalité à la paranoïa. C'est-à-dire que n'importe qui peut présenter, à un moment donné de sa vie, des symptômes paranoïaques, mais ce ne seront que de simples réponses face à une angoisse précise et ponctuelle, et jamais une vraie psychose paranoïaque.

— Vous avez raison. On n'aime pas parce qu'on ne comprend pas. Soyez cool. Pas de charabia, pria Marsac.

L'extrême fatigue venait de faire zapper au psy qu'avec les flics il fallait aller droit au but et oublier les circonvolutions. Il se reprit.

— OK. Imaginons par exemple que vous veniez d'être cambriolés. Les jours suivants, vous allez sursauter au moindre bruit, vérifier vingt fois que votre porte d'entrée est bien fermée à clé, et même, peut-être, soupçonner vos charmants voisins qui étaient, selon vous, les seuls à connaître par cœur votre emploi du temps. Vous présenterez ainsi tous les symptômes qualifiés de paranoïaques, mais sans l'être pour autant. Ce ne seront là que de simples réactions, passagères et normales, après ce que vous venez de vivre, plus ou moins rapidement résorbables par une psyché en bonne santé. Le pathologique, lui, diffère totalement. On ne va pas entrer dans les détails, mais il s'agit le plus souvent de délires développés sur des postulats fondamentalement faux. Là, la rupture totale d'avec la réalité n'échappe à personne et on sent d'emblée que quelque chose cloche. Pour ceux qui souhaitent approfondir, je vous ai concocté une petite fiche, j'ai appris à anticiper vos questions, sinon nous risquons d'y passer des heures.

Il posa au centre de la table la lecture en question, heureusement dactylographiée parce qu'il écrivait comme un chat, et poursuivit. Les mains se tendirent toutes. Les mémos du psy étaient autant de petites bouées de sauvetage auxquelles ils pouvaient s'accrocher en cas de nécessité. Comprendre pour mieux cerner les profils psychologiques de leurs suspects. Un credo.

— Pour conclure et répondre à votre question, selon moi Jérôme Pieaud, dont j'ai également lu et relu le journal de bord, n'est pas paranoïaque. En revanche, l'existence d'un stress post-traumatique est indéniable. Tout y est. L'arsenal au complet. Situation de stress cumulé, instabilité émotionnelle, irritabilité, cauchemars à répétition, hypervigilance, flashs diurnes, etc. Un cas d'école, avec des comportements, acquis durant ses missions, qui lui permettaient de rester en vie face à l'ennemi, devenus inadaptés au retour, mais qui perdurent. Quant à une crise de jalousie qui aurait dégénéré, l'hypothèse reste envisageable. J'ai vu d'autres gifles, assénées sans intention de donner la mort, entraîner des chutes fatales. Ceci précisé, l'éventration et les yeux crevés, ça me pose problème. C'est trop, hors cadre.

— Donc, intervint Brugguer, Pieaud est un mec *normal* qui a juste pété un câble mais n'a pas tué sa petite copine ?

Carrier sourit. *Normal ?* Qu'est-ce que c'était ?

— Je le pense, oui, confirma-t-il de sa voix qui jouait au marchand de sable (camomille et aubépine). Et rien dans son anamnèse ne laisse penser qu'il souffrirait d'une pathologie associée qui compliquerait le profil. Mais… poursuivit-il.

Il songeait à l'histoire que lui avait un jour racontée un confrère. Il s'agissait d'un ancien de *là-bas*, qui avait agressé un homme dont la seule erreur avait été de lui tapoter l'épaule, un samedi matin, dans un hypermarché bondé. Le militaire, surpris de dos, avait agi par réflexe. Il s'était retourné brusquement, avait saisi l'intrus à la gorge avant de le plaquer contre les rayonnages de conserves qui s'étaient écroulés sous l'impact. Lorsqu'il avait pris conscience de son geste le mal était fait. Un attroupement de curieux l'observait, tandis que son pote qui lui avait tapé dans le dos, heureux de le retrouver, s'était volatilisé. Et les exemples de ce genre abondaient. Lui-même avait reçu un patient, un jeune officier, dont les cheveux avaient blanchi en une nuit, après un assaut particulièrement éprouvant durant lequel il avait vu tomber beaucoup de ses camarades. Un autre s'était mis à détester l'été, sursautant au moindre bourdonnement d'insecte. Les situations de combat dans lesquelles ils avaient été immergés avaient fait exploser leur seuil de tolérance psychique. Ils s'étaient vus morts plusieurs fois ou avaient vu leurs proches mourir. Ils saturaient.

— Mais, précisa-t-il, la possibilité de passages à l'acte violents ne peut être exclue. De toute façon, l'est-elle jamais ? demanda-t-il en haussant les sourcils. L'être humain est finalement imprévisible. Nous bataillons pour le formater dès sa naissance et l'étiqueter une bonne fois pour toutes, *normal, anormal*, mais il n'est pas un produit à code barre immuable, et les surprises sont toujours possibles. Bonnes ou mauvaises.

— Peut-on cerner son état d'esprit actuel ? s'enquit Marsac.

— Oui. Coupable ou non, votre homme est en réelle souffrance, en deuil et en colère. Ajoutez à cela un effondrement du *Moi*.

Il soupira.

— Si ce n'est pas votre meurtrier, alors il va vouloir le trouver avant vous. Quitte à s'exposer. Ce sera sa faiblesse, et vous avez donc une chance de le retrouver. Oui. Il va très probablement se mettre en danger. Pour se sentir vivant, pour valider son existence à laquelle il ne donne plus aucun sens. Il va jouer avec la mort, prendre des risques, et finalement flirter avec ce que nous appelons l'ordalie, dans notre jargon.

— Est-ce tout ? demanda Marsac.

— Non, encore une chose. J'ajoute qu'à mon sens, lorsque son binôme est mort, la capacité de résilience du capitaine Pieaud a été débordée. Cet homme est devenu une bombe.

— Mais il est passé entre les mains d'un psy, à Chypre, dès son retour, qui n'a rien vu, pointa Vigier.

— Normal. La période de latence est cliniquement silencieuse, Pieaud a pu paraître clean sur le moment. De plus, n'oublions pas que ces militaires ont des réticences à exposer leurs faiblesses. Mais ça, c'est un autre problème.

— Est-il fichu ?

— Je l'ignore, Marsac. Mais si ce n'est pas votre tueur, alors il a besoin de poser ses valises, de s'extirper de l'atmosphère de déréalisation dans laquelle il a vécu, de mettre du sens là où il n'y avait que de l'absurde. Entouré de gens formés qui lui expliqueraient ceci. Si l'oubli d'éléments traumatisants semble impossible, on peut toujours tenter de vivre avec.

Marsac cillait à la vitesse de la lumière, regard rivé sur le portrait de Pieaud. Carrier l'observait à la dérobée. Il aurait aimé lui toucher deux mots de son tic palpébral ; un maelström de clignements de paupières qui survenait à intervalles réguliers. Quand était-il apparu ? Était-il accompagné d'une sensation de malaise ? Pouvait-on le débarrasser de son contexte anxieux ? Mais, face au visage habité du flic, le psy choisit de se taire. On causerait destin subi ou assumé et clonie palpébrale plus tard, en tête à tête. Il était tard. 22 heures. Il les quitta. Lui aussi avait une vie, et aucune intention de passer à côté. Il avait appris à ne pas mettre tous ses œufs dans un même panier et tenait à conserver un semblant de vie privée. Sa fille aînée, par exemple, aurait besoin de lui, ce soir. Étudiante en deuxième année de médecine, elle avait eu à subir aujourd'hui son premier *TP cadavre*. Il voulait la voir, s'assurer qu'elle allait bien, et, surtout, la serrer contre son cœur et l'embrasser. Être là. Malgré tout, sur la route, il repensa à ce que lui avait un jour confié Marsac, avec qui il déjeunait.

« Je ne sais pas si elle est... morte, si les vagues l'ont emportée, si un fou l'a ramassée... alors je la cherche, constamment... Depuis, dans la famille, chacun a déraillé à sa façon. Mon père d'abord, qui est mort peu de temps après. Il a voulu la suivre, je le sais. Ma mère ensuite, qui s'est mise à faire semblant, tout le temps, d'aller bien, pour nous sauver, nous, les deux garçons qui lui restaient. Mais ses yeux rougis ne mentaient pas, et elle n'a plus jamais eu le même sourire... Un jour, j'ai voulu savoir quand est-ce qu'elle se laissait aller, j'ai séché les cours de fin d'après-midi, je suis rentré avant l'heure et j'ai collé l'oreille contre notre porte d'entrée... Jamais, je n'oublierai ce jour-là. Un requiem hurlait et les pleurs de ma mère filtraient malgré tout... Je sais que mes parents sont retournés, sur cette plage, régulièrement. Ils n'en disaient rien, mais les lendemains leurs visages ressemblaient à des puzzles assemblés par un enfant de deux ans. Quant à mon frère, je ne sais pas. Il s'est éloigné de nous. Je crois qu'il a choisi d'oublier. Je sais que c'est son droit. On s'aime, on se déteste... Voilà l'histoire de ma vie... »

Bruits de chaises, de pas d'hommes et de femmes fatigués et affamés qui s'éloignent peu à peu dans les couloirs, avides de retrouver l'extérieur où sévissait pourtant un bel orage. Raimbauld qui s'attarde, puis un vacarme qui s'approche. Mermun, une cavalerie à lui seul. Il salua les deux hommes, lâcha son blouson de cuir sur le dossier d'une chaise et posa un sachet en Kraft sur la table.

— Je nous ai pris des burgers.

Marsac lui claqua l'épaule. Mermun, enfin, fidèle parmi les fidèles. Avant d'œuvrer à la BRB, la Brigade de répression du banditisme, Mermun était passé par la BRP, la Brigade de répression du proxénétisme. L'ancienne Mondaine, mythique et sulfureuse, elle-même ancêtre de la Police des Mœurs qui avait vécu de grandes heures avec des histoires comme l'affaire de Madame Claude. L'année dernière encore, il dirigeait le groupe qui avait serré une grosse poignée de proxénètes slaves qui réduisaient de très jeunes filles à l'esclavage sur les trottoirs des Maréchaux. Sur ce coup d'éclat, il avait demandé sa mutation à la BRB. Dix ans à la BRP suffisaient… Le monde de la nuit, on devait s'en échapper avant qu'il ne soit trop tard. Mermun rendit son accolade à son ami de toujours. De la même promotion, ils avaient tissé des liens étroits dès le départ et, depuis, étaient toujours là l'un pour l'autre, dans les bons et les mauvais moments même s'il fallait reconnaître que, depuis le premier jour, les mauvais l'emportaient sur les bons. Après quelques banalités d'usage qui leur permirent à chacun de prendre la température de l'autre, Marsac le briefa rapidement. Mermun se pencha sur la photo des tatouages et la décrypta au premier coup d'œil. Et pour cause. Il avait aussi eu affaire aux membres de ce clan. Un très mauvais souvenir dans une existence qui en comptait déjà beaucoup.

— Mafia albanaise, dite la Pieuvre.

On cherchait une méduse, et on tombait sur une pieuvre. Pas bien loin, tout de même, se dit Raimbauld. On restait dans le visqueux.

— Tu es sûr ?

— Affirmatif. Ça, dit-il en posant son index sur un aigle bicéphale tatoué sur l'épaule de l'homme sans sourire, c'est une de leurs marques, et ça, au-dessus, c'est la représentation de la couronne – ou du casque – de Skanderbeg, un héros national pour eux. Ce mec est un chef de clan. Il doit sans doute porter le même sur l'autre bras. Et cette fille en skaï sous le soleil, c'est une de ses poules. Aucun doute possible.

— Imagine que je veuille pénétrer le milieu. Je fais comment ?

— Tu bétonnes tes arrières et tu ne te pointes pas en solo. Ces gars-là sont les meneurs du gang, des ultra-violents, de vrais paranos prêts à tout pour protéger leur business. Ils ont érigé une forteresse invisible autour d'eux, faite de codes et d'échanges en dialectes dont on peine à dénicher des traducteurs. Ajoute à ça qu'on ne pénètre le cercle que sous certaines conditions draconiennes. Les approcher va être compliqué. Et si tu y parviens malgré tout, il s'agira encore d'en sortir debout.

— Et pourtant, il va falloir. Les approcher.

— L'affaire Emma Loury?

— Oui.

— Sale histoire, dit-il en secouant la tête. La petite a été massacrée à la machette, c'est bien ça?

Marsac acquiesça. Mermun continua.

— Bizarre comme mode opératoire. D'habitude, ils préfèrent les flingues.

— Peut-être ont-ils changé de signature ? dit Raimbauld. Peut-être ont-ils coopté un nouveau membre ? Un qui aime en rajouter. Un pour qui la mort ne suffit pas. Un qui s'épanouit dans l'inutile, le superflu. L'éventration, l'énucléation. C'est vrai ! Il aurait *simplement* pu l'assassiner d'une balle. Mais il a choisi l'option premium, l'*overkill*, et il l'a mise en scène, allant jusqu'à la recroqueviller dans une malle, son enfant jeté sur son ventre. Pour asseoir sa domination. L'arme blanche utilisée post-mortem irait dans ce sens, elle crée un lien fort avec la victime, un corps à corps pervers puisque les dés ont déjà été jetés…

— Possible, approuva Mermun. Les sadiques ne manquent pas dans ce panier de crabes.

— Bon alors ? Je m'y prends comment ?

— Je ne vois qu'une seule option, Amaury. Et encore.

— L'approcher, elle, dit Marsac en posant un doigt sur la jeune fille aux cheveux noirs.

— Mais dis-toi bien qu'il y a très peu de chances pour qu'elle se montre coopérative. Ces femmes sont dressées pour faire le taf et la boucler sous peine de représailles sanglantes. Elles ont été domptées, il n'y a pas d'autre mot, pour ça. Je t'épargne les détails, mais même si tu imagines le pire, tu seras en deçà de la réalité. Lorsqu'elles arrivent sur nos trottoirs, elles sont blindées, extrêmement dociles et silencieuses. Crois-moi.

— Ce porteur du tatouage, il s'appelle vraisemblablement Tahir, c'est ce que la petite a en tout cas noté au dos de la photo. Ça t'évoque quelque chose ?

— Ouais, j'ai déjà vu passer ce prénom. Son patronyme m'échappe mais je te retrouverai ça. Si c'est bien le bonhomme auquel je pense, on l'a soupçonné d'être impliqué dans plusieurs magouilles de mac mais on n'a jamais réussi à en avoir un début de preuve. Autre problème, toujours si mes souvenirs sont bons, on n'a jamais pu le loger. On n'a même pas sa photo.

Marsac lui repassa le second cliché, celui d'un proxénète avec l'une de ses filles.

— Du coup, tu ne peux pas dire si c'est lui ?

— Non, désolé.

— T'inquiète. Ils opèrent où, le plus souvent ?

— Quartier Saint-Martin essentiellement. Ils en ont fait leur fief. Bon, faut que je file. Je vous laisse la bouffe. Rappelle-moi au besoin.

Mermun parti, Raimbauld se tourna vers Marsac déjà debout. Ce Tahir, Amaury le voulait. En tête à tête pour commencer.

— N'y comptez pas. Je viens avec vous.

La méduse avait peut-être enfin un visage et une identité. Il était hors de question que Marsac aille au front sans lui.

— Ça va aller, opposa Marsac. Rentrez chez vous, vous avez une tête à faire peur.

— Vous voulez que j'aille retrouver mon exhausteur de convivialité, vraiment ?

— Pardon ?

— Vous me livrez aux loups… La seule chose qui m'éloigne de l'alcool, c'est le boulot, et vous le savez.

Marsac tilta.

— Je comprends. Vraiment. Mais ce soir, j'ai besoin d'être seul, et vous, de vous reposer. Depuis quand n'avez-vous pas dormi ? Regardez-vous ! Dans cet état, vous ne me servirez à rien. Rentrez, informez les autres de nos avancées, et couchez-vous sans passer par la case vodka qui vous salope vos couchers de soleil. Vous pouvez faire ça ? Ce soir, Raimbauld, je ne peux rien pour personne. Ce soir, je suis une peau de vache. Je suppose que ce n'est pas pour rien que les femmes me quittent.

Il se retint d'ajouter « Mon vide et moi, on retourne se noyer dans la nuit ».

25

« … le bouquet final : poser des filles du pays sur les trottoirs. »

Nuit de mardi, quartier Saint-Martin,
X^e^ arrondissement, Paris, août 2010.

L'agitation constante du quartier de la porte Saint-Martin, quadrilatère cosmopolite anxiogène pour certains, voire *no-go-zone* pour d'autres plus frileux, avait facilité l'implantation de la mafia albanaise puis son développement. Le plan avait été soigneusement paramétré. Un, introduire ses ressortissants et obtenir au moins pour certains d'entre eux des papiers en règle, ce qui ne fut finalement pas très compliqué. Deux, séduire des femmes esseulées et naïves qui vivaient dans l'angoisse de leur horloge biologique, leur psalmodier des mots d'amour, leur promettre monts et merveilles, et surtout le Graal : le mariage. Trois, la nationalité française ainsi acquise, élargir leur prise de contrôle du périmètre à conquérir, balayer les obstacles rencontrés par l'usage d'une méthode séculaire, l'intimidation, et racheter les petits commerces, notamment les bars où tout se réglait en liquide. Quatre, le bouquet final : poser des filles sur les trottoirs. Rien ne s'avérait plus rentable, aussi vite, que ce marché. Ils les chassèrent au pays, leur chantant les mêmes chansons d'amour, mêlées aux promesses d'une vie meilleure. Parce qu'elles le valaient bien. D'une redoutable efficacité d'autant que la crise économique leur traçait un boulevard démesuré : après cinq décennies de régime autoritaire, la démocratie enfin retrouvée en Albanie ne laissait souffler aucun vent nouveau et le peuple crevait toujours de faim. Les candidates à l'exode se bousculèrent. Sitôt dans leurs filets, elles découvraient rapidement, mais trop tard, la vie qui serait désormais la leur, via de véritables villages bordels. Leurs bienfaiteurs achevaient de les briser en détaillant les menaces qui planaient sur leurs familles si jamais elles se rebellaient. Ce qu'elles ne faisaient pas.

Boulevard de Magenta, deux frères régnaient en maîtres absolus, chefs du noyau criminel de la porte Saint-Martin. Tahir et Ardian. Deux as qui avaient su mieux que personne promettre la lune à des jeunes filles quasi analphabètes, deux petites frappes désormais à la tête d'un véritable réseau appelé à devenir empire. Au-dessus d'eux, un homme tirait les ficelles dans l'ombre, une voix au téléphone qui donnait ses instructions. Ardian n'en avait jamais entendu parler. Ce secret-là, Tahir l'avait gardé pour lui seul. L'homme, dont il finissait certains jours par douter de l'existence, les rémunérait grassement et leur laissait une grande marge de manœuvre. Tous dans le milieu auraient juré que Tahir était le chef de clan, et ça, c'était le plus important pour son ego, qu'il appelait « réputation ». Le sujet était sensible, on ne plaisantait pas avec.

Non loin d'une nouvelle brasserie – baies vitrées de style industriel, mobilier chiné, tables en bois, velours aux murs, béton ciré au sol – dessinée pour les bobos désireux de s'encanailler dans ce quartier populaire, Tahir et Ardian étaient assis côte à côte à une minuscule terrasse de bar à l'ancienne, souriants, un café frappé dans une main et leur portable dans l'autre. Ils regardaient déambuler la foule hétéroclite à travers leurs Ray-Ban fumées. Et surveillaient leurs filles. Assouplis par la moiteur estivale et les affaires qui roulaient au-delà de leurs espérances, ils ne remarquèrent pas le passage de deux hommes qui avaient appris à se fondre dans la masse. La montagne humaine muette postée derrière eux ne les repéra pas davantage.

Pieaud et le Kid, en revanche, avaient vu et reconnu les deux hommes attablés. Les mecs de la photo, chez Emma. Le colosse avait senti l'imperceptible ralentissement de Pieaud qui s'était raidi. Il murmura, tête baissée :

— Déconne pas, Jérôme, on avance.

Cent mètres plus loin, Pieaud ne se contint plus et stoppa leur progression.

— Ils sont là ! On peut leur tomber dessus !

Le Kid le saisit par le bras.

— Ah ouais ? Pour leur dire quoi ? Et se faire trucider ? Pas question. Maintenant qu'on les a logés, on va les choper, mais pas comme ça, au cœur de leur territoire, avec tout le clan qui y traîne. Je sais pas si t'as vu le bestiau, derrière eux ? Et j'imagine qu'il y a toute une cavalerie prête à bondir, à côté ! Mais fais-moi confiance, le plus dur est fait. La pute de la photo doit pas être loin. On va la trouver. C'est plus qu'une question de temps.

Pieaud se dégagea de l'emprise du Kid, dont le contact lui était brûlure, et s'éloigna. Les pourritures qui lui avaient peut-être pris Emma souriaient à quelques mètres de lui, et il n'avait qu'une envie : les faire parler, leur sauter à la gorge et les dépecer de ses propres mains. Le Kid revint le tirer par la manche.

— Allez, on décolle maintenant.

— Lâche-moi ! Ne me touche plus, putain ! Il faut que je te le dise comment ?!

Sur les berges du canal Saint-Martin, les platanes et les marronniers centenaires se reflétaient dans les eaux calmes, indifférents au visage ravagé du capitaine Pieaud qui ferma les yeux, se boucha les oreilles et se mit à hurler sans un son.

26

« Pour Pieaud, ce fut une rafale
d'AK47 qui déchira le silence.
Ses mains tremblaient et luttaient
pour ne pas se boucher les oreilles
comme un cinglé. *3 heures du matin.*
Centre-ville de Kaboul.
Détonation sur le sud-est. »

Nuit de mardi, place Dauphine,
Ier arrondissement, Paris, août 2010.

Pieaud, muni d'un sac à dos contenant tout le matériel qu'il avait estimé nécessaire, avait convaincu son ami d'enchaîner avec la voiture du flic. Le colosse, qui n'avait plus l'habitude de vivre à deux, des demandes incessantes, des concessions successives, et de fréquenter autant le monde extérieur, avait capitulé, impatient d'avoir la paix. « À une condition. En rentrant, tu changes de DVD. J'en peux plus d'*Apocalypse Now.* »

La place Dauphine sommeillait, belle, douce et paisible. Ils firent le tour des voitures qui y étaient stationnées jusqu'à ce que Pieaud repère enfin son carnet, posé sur le siège passager d'une vieille Golf noire aux vitres teintées, datant des années 2000. Il avait vu juste. Ce flic trimballait du taf partout. Restait à le sortir de là. Le problème avec ces citadines était leur système de verrouillage dissocié, couplé à l'impossibilité d'espérer tirer un loquet (par un joint de vitre vite écarté) qui déverrouillerait la bagnole : il n'existait tout simplement pas de tels systèmes sur ces reliques allemandes. Deux solutions s'offraient à Pieaud. Fracturer la portière et prendre le risque de déclencher un éventuel système d'alarme, ou se montrer plus rusé. Il choisit la seconde option, demanda au Kid de monter la garde, et se mit au boulot. De son sac à dos, il sortit une cale en bois, un pied-de-biche, un chiffon et un fil de fer rigide. Son carnet à spirale était pourvu d'un anneau à une extrémité, installé par ses soins, afin qu'il puisse l'accrocher n'importe où, sur lui ou ailleurs. Ce serait sa bénédiction. S'il parvenait à écarter suffisamment la portière pour y glisser son fil et l'insérer dans l'anneau, il n'aurait plus qu'à tirer son carnet vers lui. Il y parvint en sept minutes. La portière fut désolidarisée du reste de sa carcasse sans une éraflure, tenue entrouverte grâce au tasseau, et le fil de fer introduit sans peine. Une vraie pêche aux canards. « On s'arrache. »

Le Kid, négligemment adossé contre un mur de l'autre côté de la rue, en face du véhicule, fumant une clope, émit un léger sifflement d'admiration. Jérôme restait dans le circuit. Leur satisfaction fut de courte durée. Un simple bruit de pétard la fit voler en éclats. Un simple bruit, inoffensif, sauf pour Pieaud pour qui ce fut une rafale d'AK47 qui déchira le silence. Ses mains tremblaient et luttaient pour ne pas se boucher les oreilles comme un cinglé. Le bourdonnement d'un insecte, l'explosion d'un mortier ou celui d'un pétard, c'était devenu pareil pour lui.

3 heures du matin. Centre-ville de Kaboul. Détonation sur le sud-est. Une flamme rougeâtre avait éclairé le ciel et s'était abattue en diagonale. Un halo blafard avait illuminé la ville endormie puis l'explosion avait inondé Kaboul de lumière et de poussière, laissant derrière elle des morceaux d'asphalte encore un peu plus déchiquetés. « Ils » savent semer la mort mieux que quiconque.

Le Kid pensa au génie qui avait un jour sorti que les gens n'avaient de charme que par leur folie. À son avis, l'homme et lui ne devaient pas avoir fréquenté les mêmes personnes. La folie, ça en faisait rêver. On fantasmait sur le chaos, mais personne n'en supporterait les ténèbres. La guerre, aussi, que certains trouvaient *romantique*, bordel, quand même, alors qu'elle n'était qu'une tueuse. Il savait de quoi il parlait. Il en revenait.

Un dernier coup d'œil à Jérôme lui souffla qu'il était temps de rentrer à la maison. Maintenant qu'il avait retrouvé son putain de carnet.

27

« La rue est une arène, partout.
Elle use jusqu'à la moelle. »

Nuit de mardi, quartier Saint-Martin,
X^e^ arrondissement, Paris, août 2010.

Marsac s'avançait dans la nuit, toujours en costume mais chemise déboutonnée et cravate dans une poche, regard cillant, vigilant. Il étouffait, comme à chaque fois qu'il se retrouvait au milieu d'une foule compacte. Ce quartier, bordé par la porte Saint-Denis d'un côté et par le canal Saint-Martin et la place de la République de l'autre, semblait ne jamais connaître le repos. Agglomérat de pègres, bars survoltés, trottoirs avalés par les passants, manque d'air, et stakhanovistes du sexe sous toutes ses formes et dans tous ses états, partout. À croire que ces rues leur appartenaient.

Nulle part il ne trouva la jeune prostituée de la photo. Il stoppa sa marche, s'adossa à un arbre, à l'écart de la foule, et alluma une cigarette. Un bus en stationnement, Le Lotus Bleu, attira son attention. Des femmes s'y pressaient en file indienne. Une antenne de Médecins du

Monde pour les prostituées asiatiques, Marsac le savait. Habituellement, il stationnait à Belleville, fief des cartels chinois. Qu'importe. Peut-être ces humanitaires avaient-ils vu Emma, peut-être s'en souviendraient-ils ? Et Tahir, peut-être le connaîtraient-ils et sauraient-ils où le trouver ? Cette fille aussi ? Un océan d'incertitudes et des archipels de doutes. Il s'approcha et patienta à distance raisonnable jusqu'à ce que la file se tarisse, s'imaginant mal s'immiscer parmi ces femmes, consultant par à-coups ses messageries muettes, se laissant distraire par le manège d'un type, la trentaine, en jean usé et tee-shirt gris, qui guettait le retour d'une blonde montée peu avant avec un client. Compte tenu de son impatience presque palpable, il était clair qu'il allait s'offrir un fantasme, un coup rapide, sans passer par la case séduction qui devait tant l'emmerder. Encore un que les motivations des filles sur le trottoir n'intéressaient pas. Marsac cligna des yeux. « Seuls les survivants clignent des yeux, répétait Nathalie du temps de leur mariage. Mais à quoi donc as-tu survécu ? » Elle connaissait fort bien la réponse mais n'aimait pas en entendre parler. Pour elle, il fallait avancer, arrêter de regarder dans les rétroviseurs. Pour Marsac, c'était impossible. Avancer, oui, mais pas en occultant le passé, ce tuteur. Là, s'était enracinée leur première divergence.

Lorsqu'il s'extirpa de ses souvenirs, l'homme au tee-shirt gris abordait la jeune blonde. Plus personne n'attendait devant la camionnette et Marsac put enfin y entrer à son tour. Un homme, Steven selon son badge, lui jeta un regard las sans cesser de ranger son matériel, de petits pochons blancs remplis de préservatifs et de lubrifiant. Quoi encore ? Une jeune femme, ligne de danseuse, jean et tee-shirt blanc, sortie de derrière une minuscule pièce aux vitres sans tain, se plaça à ses côtés, ébouriffant son carré cendré. Ses yeux bleus étirés de sommeil se posèrent sur Marsac puis sur la photo qu'il leur montra, tout en déclinant son identité. Les deux bénévoles se décrispèrent. Elle lui tendit la main.

— Amandine, infirmière bénévole ici, deux soirs par semaine. Pourquoi la cherchez-vous ? Il lui est arrivé quelque chose ?

La poignée de main était franche, la voix douce.

— On peut dire ça comme ça, oui. Elle a été assassinée, chez elle. Elle était journaliste, précisa Marsac, et enquêtait sur les filles de l'Est, notamment dans ce quartier. Elle s'appelait Emma Loury. Cela vous parle ?

Les deux humanitaires se regardèrent. Oui, bien sûr, ils avaient eu vent de l'histoire. L'horreur de cette jeune femme éventrée alors qu'elle attendait un enfant... Alors c'était elle. Non, ils ne l'avaient jamais vue, mais ils pouvaient faire une chose. Alerter leur réseau. Faire circuler la photo d'Emma. Amandine effleura son ventre d'une caresse discrète. Cela ne se voyait pas encore trop, mais sous peu elle ne pourrait plus le cacher. Steven la couvait du regard.

— On va vous aider, reprit Steven. On va faire passer la photo de cette journaliste à nos contacts, sur le terrain. Nous avons des ramifications, et des connaissances, partout à Paris... Vous êtes sûr qu'elle est venue ici ?

— Merci. Oui, certain. Nous avons retrouvé une photo, chez elle, d'une prostituée et de son souteneur, un certain Tahir, prise dans ce quartier.

Il la leur montra, elle n'évoqua rien ni à l'un ni à l'autre. L'endroit oui, forcément, mais ces gens, non.

— Il y en a tellement, s'excusa Amandine, une main toujours posée sur son ventre, l'autre autour d'un thé brûlant qu'elle buvait à petites gorgées. Vous voulez vous asseoir un moment avec nous ?

— Pas longtemps alors, vous alliez fermer.

— Oh, cinq minutes de plus ou de moins. Et puis si ce sont les filles de l'Est qui vous intéressent, vous êtes au bon endroit, poursuivit-elle. Elles sont partout, ces pauvres gamines. À l'âge où certaines sont encore surprotégées par leurs familles, elles, elles évoluent dans un milieu impitoyable. Peut-être le pire de tous.

— Pourquoi ? s'enquit Marsac. Pourquoi le pire ?

— Prenons l'exemple des Albanais. Ce sont eux les plus nombreux ici. Ceux qui viennent en France, quittant un pays extrêmement rude, où misère et abandon de l'État s'enchâssent, sont prêts à tout, je dis bien à tout, pour y rester. Leur détermination est sans faille, et leurs techniques multiples. Ça va du classique trafic de faux passeports, lituaniens ou autres, à l'inoculation volontaire du virus de l'hépatite C... Alors prostituer des jeunes filles une fois leur sésame en poche, vous pensez bien que cela ne leur pose aucun souci. J'ai travaillé dans ce quartier, dans le temps. Je connais bien. Alors, peut-être le milieu le plus dur, oui.

— J'ai mal entendu ? demanda Marsac. Ils s'inoculent volontairement le virus de l'hépatite C ?

— Oui. Les étrangers en situation irrégulière atteints de maladies graves bénéficient d'un droit de séjour pour être soignés, et c'est encore heureux, mais ils le savent et usent et abusent du système, quitte à s'injecter cette saloperie. Ça montre la force de leur volonté.

— Elle a raison, intervint Steven. Ces gens vivent une telle misère chez eux qu'une fois enfin installés ici ils deviennent intraitables et le ghetto qu'ils ont construit, ils le défendent sans pitié. Regardez-les évoluer. Nous, ils nous tolèrent, ils ont fini par intégrer que nous sommes là pour des actions préventives ou aidantes vis-à-vis de ce qu'ils considèrent être leur cheptel… Nous ne représentons plus un réel danger pour eux, même s'ils nous gardent à l'œil, il ne faut pas se leurrer. Mais les journalistes… c'est une autre histoire. Et une femme de surcroît…

Amandine poussa un long soupir.

— La rue est une arène, partout. Elle use jusqu'à la moelle. Steven et moi avons tenu dix ans. Il est temps de laisser nos places à d'autres, au moins momentanément. Ça n'a pas été simple de prendre cette décision, mais il le fallait. Nous allons nous tourner vers autre chose de moins épuisant. La rue, nous la voulions, au début. À vingt ans, quand on travaille dans l'humanitaire, on désire souvent exercer au creux de la misère. Mais à trente, on envisage les lisières.

Oui. Se ressourcer quelque temps loin du bruit et de la fureur, avant qu'il ne soit trop tard, avant le dérapage qui ne pardonnerait pas. L'autre soir, un jeune toxicomane du quartier s'était rué dans le bus, renversant tout sur son passage, à la recherche de méthadone, de sirop à la codéine, de Rohypnol, de n'importe quoi à même de pallier le manque. Seule dans ce bus, Amandine avait tenté de le calmer, lui expliquant qu'ils ne détenaient rien de tel ici. Il s'apprêtait à la frapper lorsque des filles de l'extérieur s'étaient interposées. Elle leur devait son salut, et celui de son bébé. Sa grossesse l'avait paralysée, pourtant elle n'était pas peureuse. Elle n'avait pensé qu'à protéger son ventre. Si personne n'était intervenu, que serait-il advenu ? Elle poursuivit.

— Ici, l'ultra-violence gouverne. Il y a trop d'argent en jeu. La prostitution génère des milliards d'euros de bénéfice, en France. Et je ne vous parle même pas de l'échelle mondiale.

— Ça aide à comprendre pourquoi les hyènes sont toujours plus affamées, dit Marsac en se levant. Il ajouta, après avoir griffonné son numéro personnel sur sa carte de visite, merci, merci beaucoup. Et n'hésitez pas, je suis joignable jour et nuit. Prenez soin de vous, conclut-il en refermant la porte derrière lui.

Dehors, il alluma une cigarette et exhala longtemps la fumée, immobile. Était-il toujours judicieux de révéler au militaire, via son portable, au cas où il le consulte, l'existence de Raphaël Imbert, tueur potentiel de la fougueuse Emma ? Afin de le faire sortir du bois, ainsi que l'avait soufflé Raimbauld ? Pieaud ne pouvait-il encore demeurer dans l'ignorance un moment d'autant que sa culpabilité, malgré sa fuite, ne semblait plus si évidente à Amaury ? Ces Albanais sentaient le sang. Il différa l'envoi du SMS.

Lorsqu'il pénétra dans son appartement, il envoya valser ses chaussures dans l'entrée, s'affala sur son lit et se laissa happer par un sommeil âpre, ses téléphones au creux de la main.

Ailleurs, les gens faisaient des rêves qui pouvaient être heureux. Lui, lorsqu'il fermait les yeux, se devinait prêt à sombrer *de l'autre côté*.

28

> « Elles ne criaient pas, non, elles ne le quittaient pas du regard, et il se réveillait en sursaut, une balle tirée en plein cœur. »

Mercredi matin, 36 quai des Orfèvres,
Ier arrondissement, Paris, août 2010.

Sa nuit avait été agitée et son sommeil nullement réparateur, ponctué de cauchemars dans lesquels Solène, au bord d'un précipice, lui tendait une main qu'il ne parvenait jamais à saisir. Amaury assistait à la chute, impuissant, les yeux noirs de sa mère et de sa sœur fixés sur lui. Elles ne criaient pas, non, elles ne le quittaient pas du regard, et il se réveillait en sursaut, une balle tirée en plein cœur. Ça devenait une sale habitude.

Il mit quelques secondes à comprendre d'où venait le bourdonnement qui lui vrillait les tympans. Son portable vibrait sous les draps trempés de sueur. Il le chercha à tâtons. Lorsqu'il décrocha, la messagerie s'était enclenchée. L'écran affichait *Maman*. Il rappela, en vain. *Eh merde ! Qu'est-ce qu'elle fout encore ?* Ces temps-ci, il la trouvait plus qu'étrange. Sa dernière lubie en date avait été d'acheter une petite chèvre à un vendeur ambulant sur un marché bio près de chez elle. Elle avait eu le choix. Bonbons au miel, nougats, calissons. Elle avait voulu la chèvre, qui appâtait les enfants, et l'avait obtenue. Marsac avait découvert Alice, la bête, un matin où il avait pris le temps d'aller petit-déjeuner chez sa mère. Il lui avait fallu longuement batailler pour lui faire admettre l'inévitable : ramener Alice d'où elle venait, une chèvre en appartement en plein Paris, c'était du grand n'importe quoi, elle le réalisait, n'est-ce pas ? Elle avait abdiqué mais il avait dû promettre d'échanger Alice contre un chat… Agacé et inquiet, il se demanda si sa mère n'était pas en train de perdre la tête. Et cette pensée de folie creusa le nid d'une infernale migraine. Son regard s'échappa par-delà la fenêtre entrouverte. Des nuages blancs, qui ressemblaient à de petits galets polis par le flux et le reflux des marées, pommelaient le ciel. Changement de temps imminent. Une averse sourdait. Tant mieux. Cette chaleur, vorace dès l'aube, l'exténuait. Il se leva et fila sous la douche, se promettant de commencer sa journée par une visite à sa mère.

Dehors, une mauvaise surprise l'attendait. Le carnet de Pieaud, posé la veille dans sa voiture, avait disparu. Il sortit de sa Golf, en fit le tour. Aucune trace d'effraction, et rien d'autre ne manquait. Un coup du militaire. Pour un fugitif, recherché par tous les flics de France, il avait eu le cran de se pointer en bas de chez lui. Sans compter qu'il avait réussi à obtenir son adresse perso. Le volant récolta le fruit de sa colère. L'équipe allait apprécier. Heureusement qu'il avait pris le temps d'en demander des photocopies. Lorsque Marsac parvint au bureau, après le détour prévu chez sa mère, qui se portait très bien et qui n'avait tout simplement pas entendu son téléphone sonner, qui n'avait besoin de rien, non, qui appelait juste comme ça, son groupe se rassemblait déjà dans le couloir, devant la machine à café qui venait de rendre son ultime soupir. Il se fit alors la réflexion que certains matins étaient plus dommageables pour sa santé mentale que d'autres. Une saignée infinie.

29

« Là où vont les pères, les enfants
rêvent, parfois. Et Marsac,
s'il avait des défauts, savait faire ça.
Leur donner envie de le suivre. »

Mercredi, 36 quai des Orfèvres,
Ier arrondissement, Paris, août 2010.

— On n'arrive toujours pas à joindre les parents de Pieaud, déplora Vigier. En croisière et sans portable, pour décompresser. C'est la nouvelle mode, le jeûne numérique, la déconnexion, et tout le monde veut surfer sur la vague. L'humanité presque entière se croit victime du *Fomo.* À chaque époque son mal.

— C'est quoi, ça ? demanda Hélène.

— La peur de louper une info essentielle malgré une hyper-connexion quasi permanente.

Il jeta un œil amusé au portable d'Hélène, sur la table de réunion. Une antiquité. Il doutait même qu'elle puisse avoir, avec cette relique, une connexion Internet.

— Mais ça ne risque pas de t'arriver, à toi !

— Moi, j'ai un portable qui me sert à téléphoner.

— Exotique ! Enfin bref, j'ai eu l'agence de voyages et ils m'ont juré qu'ils avaient transmis notre requête à la compagnie maritime organisatrice du truc. Plus qu'à attendre.

— Harcelez-les, demanda Marsac qui commençait à être saturé des *digital detox*. Il nous faut quelqu'un pour nous parler de Pieaud. Dites-moi qu'on a plus de chances avec ses amis.

— Il n'a pas d'amis. Je ne trouve rien.

— Et le patron du bar ? Vous y êtes retournés ?

— Hier en début de soirée, avec Narci, dit Brugguer. Il n'a toujours pas la moindre idée de l'endroit où pourrait se planquer Pieaud. Enfin c'est ce qu'il nous raconte, mais je sens qu'il nous balade. Je cherche un moyen de le percer, mais il a le cuir épais.

— OK, dit Marsac. On récapitule. Une victime, Emma Loury, journaliste free-lance aimant les sujets casse-gueule, vivant en couple depuis on ne sait quand avec un capitaine de l'armée de terre légèrement à l'ouest et aujourd'hui en fuite. Mariée dans le passé à un fou furieux dont on ne trouve plus aucune trace. Pas d'arme, pas de mobile. On exclut la piste du vol, rien ne semble avoir disparu. Alors on s'astreint encore et encore à reconstituer avec précision sa dernière journée. Qui a-t-elle vu ? À qui a-t-elle parlé ? Etc. On se focalise aussi sur la récupération de toutes les données possibles. Pour le téléphone et l'ordi, c'est fait, mais on doit passer aux comptes bancaires, je vous rappelle que je veux savoir si elle a effectué des virements au nom d'un certain E.L., et aux cartes de membre trouvées dans son portefeuille. Tout doit être exploité. Y compris la piste d'un règlement de comptes venant d'une quelconque mafia qu'elle aurait approchée de trop près. Hier soir, j'ai cherché quartier Saint-Martin cette jeune prostituée et son mac figurant sur la photo rapportée par Brugguer. Sans succès. Possible, vous le savez, qu'il s'appelle Tahir et fasse partie de la Pieuvre albanaise. On avance, on continue à chercher.

L'équipe dispersée, de mauvaise humeur sans sa dose de caféine, Marsac balaya du regard les Post-it multicolores amoncelés sur son bureau. *Retrouver les mômes cités dans les articles d'Emma. Téléphoner gynéco Emma. Trouver meilleure amie Emma. Trouver Elliot. Père Emma arrivé Paris ? Prendre news Loury mère. Tél Elsa.*

À 14 heures, il se leva de sa chaise, un léger sourire aux lèvres. Il avait enfin eu le médecin d'Emma au téléphone. La mort violente annoncée après quelques circonvolutions, l'homme avait accepté sans problème de répondre à ses questions. Bien sûr que sa patiente se savait enceinte. Elle était même folle de joie.

— Pourquoi, alors, sa grossesse ne se voyait-elle pas, à six mois ?

— Certaines femmes prennent très peu de poids.

— Connaissez-vous l'identité du père de l'enfant ?

— Non. Je ne l'ai jamais vu, ni en rendez-vous ni aux échographies. Mais il me semble qu'elle m'avait parlé d'un militaire.

— Existe-t-il un antidote au cyanure ?

Son interlocuteur marqua un silence.

— L'hydroxocobalamine, me semble-t-il.

— Quel est le mode d'administration ?

— Tout dépend de celui d'absorption.

— Ingestion.

— Alors en intraveineuse, longue. Mais vérifiez. Tout cela est bien loin pour moi. Pourquoi ?

— Pour rien. Je vous remercie.

Il avait raccroché, pensif. Emma Loury se savait enceinte et n'avait rien dit à son capitaine, le père. Le toubib n'aurait jamais pu inventer un détail pareil. Cela le tourmentait. Il se mettait à la place de Pieaud et sentait qu'il aurait détesté être le dernier averti. Il évita de penser à quel point lui aussi désirait un enfant. Pourquoi s'était-elle tue ? Mystérieuse Emma. Il sortit de son bureau pour gagner celui de Weber.

— Si tu étais enceinte, Hélène, qu'est-ce qui te retiendrait d'annoncer la nouvelle au père de l'enfant ?

— Tu veux dire si je m'appelais Emma et que Pieaud était le père de mon bébé ? Je crois que je me tairais, moi aussi.

— Mais pourquoi ?

— Pour le protéger, Amaury. Lui laisser le temps de guérir en paix.

— C'est idiot. Il le voulait, cet enfant.

— Peut-être. Mais il était en vrac.

— Ça aurait pu lui sortir la tête de l'eau, non ?

— Ou le fragiliser davantage. Qui sait ?

— Je n'y crois pas. Imagine plutôt qu'elle ait voulu le quitter ? Ça aussi, ce serait une bonne raison de se taire, non ?

— Tu refuses de croire qu'elle l'aimait encore, n'est-ce pas ? À cause du journal de Pieaud qui relate leurs accrochages et des textos de cet Elliot ? Parce que tu te mets à la place de Pieaud, que tu détestes les disputes et que tu te sens nul en ce moment, comme lui, et que tu te convaincs qu'une belle petite ne pourrait jamais vous aimer, lui ou toi, dans l'état où *vous* êtes ? Mais c'est faux. Et tu le sais. Qu'est-ce qui se passe ?

— Selon le gynéco, un militaire serait le père du bébé. Tu vois où ça nous mène. Passe l'info aux autres tu veux.

Il la laissa sans un mot de plus. Il fallait qu'il sorte, prendre un café, marcher, faire le point, ici c'était plus bruyant qu'à l'extérieur.

Lorsqu'il rejoignit le 36 à 17 heures, pour le dernier brief du jour, l'équipe affichait une mine réjouie. Ça, c'était une surprise. Longtemps qu'il ne les avait pas vus aussi souriants. Il en oublia sa mauvaise humeur de l'après-midi.

— Du nouveau avenue Victoria. Brugguer et moi sommes retournés y faire un petit tour. Bingo ! Un locataire, Arnaud Moreira, avait planqué une caméra de surveillance miniature dans le hall de l'immeuble, sous prétexte qu'il en avait ras-le-bol de se faire piquer sa revue hebdomadaire et qu'il voulait savoir quel *enfoiré* en était responsable. Il l'a donc centrée sur les boîtes aux lettres, forcément, mais on a quand même un visuel du jour J. Un mec, de profil, tête baissée, passe devant, à minuit et 3 secondes. On a de la chance, les bandes d'enregistrement sont à code temporel. Dates et heures clignotent donc en bas de l'écran.

Cassem s'arrêta. Beau joueur, il laissa à Brugguer l'annonce de la suite.

— Et, tenez-vous bien, dit-elle, notre visiteur du soir arbore des tatouages à la base du cou. On ne voit pas son visage parce que cette enflure regarde par terre et porte en plus une capuche, mais eux, on les distingue. Or, Pieaud n'en possède pas.

Les sept visages se tournèrent simultanément vers les photos du militaire punaisées au mur. Brugguer enchaîna.

— Ça ne me réjouit pas, mais du coup, nous nous sommes peut-être lancés sur une mauvaise piste. Oui, expliqua-t-elle. Comme c'est une bande à code temporel intégré, si on fait une coupure, ça se voit immédiatement. Il n'y en a pas eu. Seul ce mec entre et sort de l'immeuble cette nuit-là. Donc c'est vraisemblablement lui, notre meurtrier. Petit bémol à notre joie, même si la résolution de l'image est correcte, en zoomant, on perd en netteté. Mais Narci et Vigier qui y ont déjà jeté un œil vont bosser dessus et nous promettent du mieux.

Ils acquiescèrent. Rien d'informatique ne leur résistait. Ils étaient nés pour exploiter l'inexploitable, l'explosé, le calciné et le flou. Ils vivaient 2.0, voire 3.0. Parfois, ils se disaient que c'était du langage binaire qui coulait dans leurs veines, et rien que du langage binaire. Simple, logique et efficace. Oui, non. Zéro, un.

— En attendant, on a imprimé quelques photos de ce gus qu'on a montrées aux habitants de l'immeuble et du pâté de maisons. Hélas, personne n'a tilté.

Elle fit circuler un jeu d'une dizaine de clichés, en noir et blanc. Effectivement, ce n'était pas Pieaud qui était entré ce soir-là, à minuit et 3 secondes. Marsac cligna des yeux. Raimbauld se gratta un coude. Au mot *tatouage*, ils étaient passés en alerte rouge. Ils attendaient que les photos parviennent jusqu'à eux.

— Une caméra au-dessus des boîtes aux lettres, soupira Raimbauld. Ce monde est malade. Et pourquoi ne se réveille-t-il que maintenant celui-là ? Il rentre juste de vacances, c'est ça ?

— Ce matin, approuva Cassem. On a du bol.

— Payer une fortune pour sauver son *Télérama*, continua Raimbauld. On vit au milieu de paranoïaques, vraiment.

Vigier le détrompa.

— Aujourd'hui tu trouves du matos discret et efficace pour pas grand-chose. Illégal, mais les sites qui commercialisent ce genre de gadgets se couvrent en mentionnant, en gras et en capitales, que l'utilisation doit être restreinte dans un cadre *privé ou consenti.* Évidemment, ils savent pertinemment que l'usage sera détourné au moins une fois sur deux.

— Si je comprends bien, dit Raimbauld, cet homme visionnait le soir en rentrant chez lui le film de la journée ?

— Non. Ça fonctionne sur le principe du *point to point.* Étant donné que sa cam disposait d'un émetteur Wifi, il pouvait visionner en direct sur son téléphone ce qui se passait dans le hall.

En direct. De mieux en mieux, pensa Raimbauld.

— Elle est munie d'un micro ? s'enquit Marsac.

— Oui, intégré, mais rien à tirer de ce côté-là. On entend la porte du hall s'ouvrir et se fermer. Rien de plus.

Marsac poursuivit.

— A-t-il posé la main sur quelque chose, en entrant ? Dites-moi oui.

— Non, on a visionné trois fois. Il n'a touché à rien… De toute façon, il portait des gants.

— Merde et merde ! s'exclama Marsac. Ce cou, là, dit-il en brandissant la photo, je veux qu'on me le passe à la moulinette de tous nos fichiers. FAED, OSIRIS, ELOI, FIJAIS, FPR, Canonge, Stic, tout !

Agitation dans le groupe. Un cou à scanner... Marsac ne se rendait pas compte ! N'importe quoi. Et ils n'avaient pas la moindre idée de la façon dont ils pourraient procéder. Ça allait prendre un temps fou.

— Je n'avais pas terminé, poursuivit Vigier. Il n'a touché à rien mais ce salopard a mollardé par terre, dans l'entrée. Faudra voir avec les GSI.

Weber afficha une moue songeuse.

— Ça ne me dit rien, mais je vais vérifier. Si négatif chez nous, on peut éventuellement retourner sur place faire un prélèvement en croisant les doigts pour qu'aucun nettoyage du hall n'ait été fait. Ce dont je doute.

Elle se tourna vers Brugguer.

— Et il a pu voir qui lui piquait sa revue ?

— Ouais. La jolie petite mamie du rez-de-chaussée qui en pinçait pour Pieaud.

Sourire général.

— Le scénario évolue, dit Marsac. Si Pieaud semble maintenant hors sujet, quelles sont les hypothèses envisageables ? Qui mettons-nous sur le devant de la scène ? Cet Elliot, qu'on n'arrive ni à joindre ni à localiser ? Imbert ? Un fou, c'est toujours pratique, dans les histoires de flics. Un amant ? Pieaud de retour, elle le vire ? Le gars n'apprécie pas l'éviction, et revient... ? Autre ?

— Et si on voyait ça demain, hein ?

Narci avait parlé en désignant l'horloge murale.

22 heures. Le groupe était HS. Marsac abdiqua. Il chercha sur quoi conclure, quelque chose de positif, et trouva.

— Dernier point avant de vous libérer. Hier soir, j'ai rencontré deux bénévoles du Lotus Bleu, ce bus qui vient en aide aux prostituées asiatiques. Ils ont promis de nous donner un coup de main en faisant circuler la photo d'Emma Loury et de ce Tahir, dans leur réseau. Le bouche-à-oreille devrait fonctionner. J'en suis sûr.

Les flics haussèrent les sourcils. Dans leur job, on n'était jamais certain de grand-chose, à part du pire, toujours hautement probable. Mais ils avaient envie d'y croire, là, gangrenés de fatigue, usés par cette chaleur vorace. Après un dernier regard vers Marsac, ils choisirent de faire semblant et se dispersèrent.

Là où vont les pères, les enfants rêvent, parfois. Et Marsac, s'il avait des défauts, savait faire ça. Leur donner envie de le suivre. Tout le monde parti, il prit les photos qui lui revenaient. Un pressentiment. Ce cou tatoué, celui de leur méduse, qui passait devant la caméra de surveillance, était-il lié à ce Tahir, apparu deux fois, et pas n'importe où ? La première dans le témoignage de Clara, cette jeune prostituée albanaise, la seconde avec la découverte de Brugguer via cette photo de tatouage annotée, au dos, du même prénom. Ça commençait à faire beaucoup, pour un malencontreux hasard.

La nuit était tombée. Les loups allaient s'éveiller, sortir du bois.

« Raimbauld, vous venez ? »

30

« Le shooter ou pas ? Ce n'est
qu'un gosse, merde ! »

Mercredi, 23 h 30, quartier Saint-Martin,
X^{e} arrondissement, Paris, août 2010.

Leur plan avait la simplicité de ceux qui pouvaient fonctionner. Sur le papier. Ils avaient consacré leur journée à le mettre au point, à le polir, à graver le visage de la fille en similicuir dans leurs mémoires. Élancée, fine, visage enfantin, longs cheveux noirs, regard assorti. Ils avaient décidé de l'approcher en jouant au client lambda. Se fondre dans la masse, toujours. Puis, dans l'intimité poisseuse de la chambre de passe, hors de vue de son souteneur, ils pourraient la cuisiner, enfin celui qui jouerait avec elle, ils ne pouvaient pas y aller à deux. Le plus épineux avait été de se mettre d'accord sur qui allait monter avec elle tandis que l'autre assurerait leurs arrières au cas où. Le Kid voulait y aller. Pieaud aussi. Ils tirèrent au sort.

La foule grouillait, fiévreuse et dense, mais Pieaud savait mieux que quiconque trouver l'aiguille dans la meule de foin et la localisation de la fille fut plutôt rapide. Il avait cherché du statique parmi le mouvant. Sans un regard pour le Kid, il s'avança vers elle, laissant le colosse s'attabler à un bar surpeuplé en face de la cage d'escalier. Moquette cloquée de trouées de cigarettes, odeur nauséabonde tissée de chaleur moite et de sécrétions, Pieaud ne vit rien, ne sentit rien, n'ayant d'yeux que pour cette femme enfin là, debout devant lui. Le client harponné et monté, son sourire avait fui. Elle tendit une main, « on paye d'avance », et fit disparaître le billet dans son push-up élimé, commençant à se dévêtir. Il l'interrompit très vite. *Arrête*. Elle suspendit ses gestes et s'allongea sur le lit. « Non. Assieds-toi », dit-il. À peine fut-elle redressée qu'il lui colla une photo sous les yeux.

— Tu la connais ?

Elle secoua la tête.

— Moi pas parler français.

Évidemment. Il n'avait ni le temps ni l'envie de jouer à ce petit jeu, ni à aucun autre. Alors, malgré sa répulsion au contact, il la souleva facilement – elle était tellement légère –, la plaqua contre un mur qui suintait la crasse, et ses doigts resserrèrent leur emprise autour de la gorge fine. Ce serait si facile. Il pourrait la tuer à mains nues, juste en comprimant suffisamment longtemps, au bon endroit. Écraser les carotides, priver le cerveau d'oxygénation, guetter l'ischémie cérébrale, la perte de conscience, et la mort. On le lui avait appris. Il savait faire. Il fit craquer ses doigts libres, dans l'air, comme un avertissement. Les yeux de la fille reflétèrent sa terreur. Une consœur avait été assassinée un mois plus tôt. Une Asiate. Les journaux disaient que les flics n'avaient toujours aucune piste, mais ce qui circulait, dans le milieu, était que le clan lui-même l'avait massacrée parce que la Chinoise avait voulu les baiser en mettant du fric à l'ombre. Mais… Et si c'était lui ? Les tueurs de putes, ça existait. D'ailleurs, il avait un regard de dingue, exorbité et luisant. Elle s'apprêtait à hurler lorsqu'il lui écrasa la bouche d'un index.

— Tu cries, je te broie. Je n'en ai pas envie, mais je le ferais sans hésitation. Comprends-tu cela ?

Elle hocha la tête, visiblement le français n'était plus son plus gros problème, et il desserra a minima son étreinte, restant prudent, ne décollant que peu à peu le doigt de sa bouche. Il avait vu des femmes capables du pire. Des enfants aussi. Que l'on croyait morts et qui se relevaient comme des fantômes, kalache à la main, prêts à ouvrir le feu. Oui, les AK-47 pesaient si peu que même des mômes dénutris pouvaient les manier sans difficulté. Il suffisait d'appuyer sur la détente pour obtenir des tirs en rafale. Et nul besoin de viser précisément, le jet continu, qui pouvait atteindre les 600 coups/minute, atteignait toujours sa cible.

Il se mit à trembler. Une image resurgissait et Pieaud savait qu'elle le hanterait à jamais. Ils avaient été victimes d'une embuscade, un de ses hommes y était resté. Un gamin, six ou sept ans, avait alors surgi dans un nuage de poussière, bondissant dans le dédale de ruelles désertées, sa kalache pointée sur lui. Tout autour, des champs d'opium. Le temps d'une hésitation – *le shooter ou pas ? Ce n'est qu'un gosse, merde !* –, d'un échange de regards, le môme s'était envolé dans son labyrinthe. Il avait failli devenir un assassin d'enfant. Comment pouvait-on en arriver là ? Le soir, sa foi avait disparu.

Apostat, lui. Qui aurait pu le prévoir ? La guerre change les hommes qui la font, parce qu'elle floute les repères, redéfinit le Bien, et le Mal.

De son bras libre, il essuya la sueur qui gouttait sur son front. Pourquoi ces souvenirs de merde refaisaient-ils surface ? Allait-il pouvoir un jour s'en débarrasser ? Il frissonna. La fille se crispa un peu plus. Ce mec était frappé. L'expérience lui ayant appris qu'avec les dingues toute résistance était vaine et vouée à l'échec car elle attisait leur violence, elle s'immobilisa totalement. Phasme. Pierre sur un mur de pierres.

— Pense bien à ce que je viens de te dire avant de me répondre. On l'a tuée, et c'était ma fée. Ta photo était chez elle. Elle était journaliste, elle s'appelait Emma. Alors. Quand l'as-tu vue pour la dernière fois ? Que voulait-elle ? Comment s'appelle ton mac, le tatoué ?

Les forces spéciales délivraient plusieurs enseignements, dont celui qui consistait à décrypter l'infraverbal, et Pieaud sentit le rythme cardiaque de la fille s'emballer. Lorsqu'on invente un souvenir, c'est l'hémisphère gauche qui travaille, et le regard s'oriente alors invariablement à droite. Celui de la fille, qui était droitière puisqu'elle avait placé sa main droite sur les siennes, à lui, afin qu'il desserrât son emprise, s'orienta du mauvais côté. Cette garce s'imaginait qu'elle allait pouvoir le baiser. Elle n'avait pas bien compris la leçon. De sa main libre, il l'amena à le regarder en face.

— Réponds correctement, et je disparais de ta vie. Tais-toi ou mens comme tu t'apprêtais à le faire, et c'en est fini pour toi. Tu m'entends ? Je n'ai plus rien à perdre.

Il se souvint des 180 000 tracts largués, de nuit, à 300 kilomètres à l'heure et à 300 mètres d'altitude, sur une zone de 10 kilomètres carrés, une nuit de 24 décembre. *Si tu fais le bon choix, tes rêves se réalisent.*

— Fais le bon choix. Ils disent que je suis devenu fou, et je commence à me poser la question, moi aussi. Réfléchis à ça si tu veux rester en vie. Je te donne cinq secondes, et si tu savais ce que j'ai vu, ce que j'ai fait, tu n'hésiterais pas. Crois-moi. Les tournantes au fond des caves ne seront qu'un pâle souvenir en comparaison de ce que tu pourrais vivre avec moi, juste sous mes doigts.

Elle hocha la tête aussi vivement que le lui permettait la douleur qui l'étreignait, cherchant à se coller davantage encore contre le mur dégueulasse. N'importe quoi pour dénouer cet étau sur sa gorge. Elle commençait à avoir du mal à déglutir. Oui, elle avait reconnu la meuf de la photo, et alors ? Elle ne l'avait pas vue depuis des siècles, et elle s'en foutait. Encore une idéaliste qui lui avait promis de l'aider si elle lui livrait des informations sur son mac, afin que le réseau soit démantelé, que les femmes comme elles retrouvent leur liberté et leur dignité, et qui, la salope, avait disparu une fois qu'elle avait obtenu ce qu'elle voulait. Oui. Elle avait cru cette fille aux yeux gris qui lui avait parlé d'une voix douce, comme si elle était quelqu'un de bien, comme si ce qu'elle avait à raconter avait de la valeur, et elle avait fini par lui lâcher un prénom, Tahir, en se rongeant un ongle jusqu'au sang, convaincue que c'était une monumentale connerie. La fille avait promis de revenir, vite. Mais que dalle. Et là, elle apprenait que cette connasse s'était fait descendre, l'abandonnant, elle, avec sa vie de merde et ces promesses envolées, priant pour que

Tahir et les autres n'apprennent jamais qu'elle avait, à un moment où elle n'en pouvait plus, révélé un prénom à cette fouineuse. Alors, maintenant, elle voulait juste que ce type s'en aille. Machinalement, elle chercha à caresser la médaille en or pendue autour de son cou, sous les mains arides de ce mec au regard de fou. La semaine de dressage à Velešta lui avait ouvert les yeux. Le monde était pourri. Ou alors elle était née au mauvais endroit. Ou peut-être bien que c'était les deux à la fois. En attendant, il lui fallait finir sa nuit de travail. Ce mec lui vendait son enfer comme le pire de tous, mais elle fréquentait celui de Tahir depuis longtemps. Rien ne le surpasserait, même pas la mort que ce gars lui promettait. Tahir ne plaisantait pas lorsqu'il passait en fin de service. Si elle n'avait pas ses putains de 3 000 balles à lui donner, elle allait le payer très cher, si cher que cet homme en face d'elle ne pouvait même pas l'imaginer malgré ce qu'il racontait. Il existe toujours pire que le pire. Velešta le lui avait aussi appris. Il fallait en finir avec ce barjot et retourner à sa place, sur le trottoir. De toute façon, le quart d'heure allait prendre fin, et Tahir monterait au pas de course si elle n'était pas redescendue dans les cinq minutes. C'était sa façon à lui de lui montrer à quel point il tenait à elle. Il en avait d'autres. Les coups aveugles, les cordes mouillées sur son corps. À croire qu'il avait vécu plusieurs vies, Tahir. Sinon, comment connaîtrait-il autant de supplices, si jeune ?

Elle cracha au visage de Pieaud.

31

« Une onde balaya l'écran. Siri *réfléchissait*.
— Je ne pourrais même pas imaginer ne serait-ce que l'ombre d'une réponse à cette question. »

Nuit de mercredi à jeudi, Belleville, XXe arrondissement, Paris, août 2010.

Au retour, l'ambiance s'électrisa. Le Kid vira ses chiens du salon et les poussa à l'extérieur. « Allez les filles, allez prendre l'air. » Jérôme, qui levait vers lui ses yeux rougis et boursouflés en dépit de l'eau glacée dont il s'était aspergé le visage, avait tout fait foirer.

— T'as carrément pété les plombs ! J'espère que tu nous as pas grillés avec tes conneries !

— Arrête de psychoser. S'ils nous avaient repérés et si la fille était surveillée ils nous seraient tombés dessus.

— Arrête de psychoser ?! Mais l'hôpital se fout de la charité ! Très bien. Si tu le penses. Maintenant il n'y a plus qu'à souhaiter qu'elle s'abstienne de leur raconter ta petite visite.

Et le Kid laissa s'installer un silence inconfortable, histoire de bien lui faire comprendre à quel point Jérôme avait merdé. Remuer le couteau dans la plaie ne pouvait pas faire de mal de temps en temps.

— Sans déconner, reprit-il en se tournant vers Pieaud. Tu nous as cramés. On n'a plus qu'une seule solution. Aller voir *certains* gars, ceux qui s'éveillent au crépuscule pour s'endormir à l'aube, dans *certains* quartiers. Et je doute que ce soit une partie de plaisir. Eh ! Tu m'écoutes ? J'essaye de nous sortir de la merde, là. Alors voilà le programme. Le dernier métro. La dernière séance. On reste tranquilles ici jusqu'à demain, le temps que je m'organise. Ensuite, on se pointera là-bas. J'y ai quelques connaissances, d'anciennes relations. Des pourritures, mais toujours au courant de tout et surtout du pire. En attendant, je vais te montrer deux ou trois trucs qui pourront t'être utiles. Des images que tu oublieras dès que je refermerai cet ordi.

Le Kid dégagea un espace devant ses bécanes, tira une seconde chaise qu'il installa à côté de la sienne sans attendre que Pieaud acquiesce, parce qu'il n'avait aucune envie de l'avoir dans son dos, et ouvrit une page Facebook.

La nuit nous appartient.

Un bruit, vers la porte d'entrée. Pieaud se leva d'un bond du canapé où il était encore. Le Kid l'invectiva et l'attrapa au passage.

— Oh, Jérôme, calme-toi. Cool. Ici, tu crains rien.

— Lâche-moi.

Le Kid maintint sa pression.

— Eh, mon poto, ça va aller. C'est rien. C'est des chiens ou des chats qui jouent pas loin. Viens, viens t'asseoir.

Pieaud se dégagea, jeta un coup d'œil dehors à travers la baie vitrée du salon, et se laissa retomber sur le cuir tiède. Il tendit une main vers son verre de whisky et le but d'un trait avant de s'en resservir un autre. Longtemps qu'il ne les comptait plus. Beaucoup, mais jamais assez pour apporter l'oubli, alors il continuait. Il y aurait bien un jour une douleur qui annihilerait enfin toutes les autres. Et il se mit à murmurer, les yeux humides rivés sur le Kid.

— Je l'ai vue, tout à l'heure, dans cet hôtel de passe, comme dans un rêve. Perdue au milieu d'un désert, elle était assise sur une chaise. Une caméra tournait autour d'elle et le vent soulevait ses vêtements, un à un. Elle susurrait des mots que je n'ai pas compris. Je me suis approché, j'ai caressé son visage. Et elle a disparu.

Pieaud sortit son portable d'une poche – il venait juste d'y réintroduire carte SIM et batterie – et mit en route Siri.

— Oh ! C'est quoi ce tél, t'es dingue ?! On avait dit pas de ça, Jérôme !

— T'inquiète, il est tout neuf. C'est juste le même que l'autre.

Faux. Mais c'était le sien, et il y tenait comme à la prunelle de ses yeux. Sa vie d'avant gisait là-dedans. Rien à foutre des flics, aucun ne serait assez rapide pour le stopper. Il touchait au but.

— Où est Emma, s'il vous plaît ?

Le Kid le regarda faire, atterré. Jérôme parlait à son portable, putain !

— Je cherche Emma, répondit Siri… Désolé, la liste d'application *Localiser mes amis* est vide.

Pieaud déglutit.

— Pourquoi Emma est-elle *morte* ?

Une onde balaya l'écran. Siri *réfléchissait.*

— Je ne pourrais même pas imaginer ne serait-ce que l'ombre d'une réponse à cette question.

Le regard de Pieaud se perdit. Il avait connu la douleur et la mort, mais rien ne supplantait le vide. L'absence d'Emma. Il n'avait plus rien à perdre, ni à gagner. Le molosse, bras ballants, dévisageait son ami. Jérôme perdait les pédales, devant son énième verre.

— À quoi tu gamberges, Jérôme ?

— Regarde-nous… On a tout donné, on a tout perdu… Et il y en a des centaines comme nous, déchirés à l'intérieur, qui ont implosé, seuls comme des chiens. Tout ça au nom de la liberté.

Le Kid fit crisser son fauteuil.

— La liberté, ça existe pas. On le sait tous les deux. Un vague concept qu'on agite parfois pour réveiller les consciences, un jeu de l'esprit pour nantis.

— C'est pas ce que tu prétendais avant.

— J'ai pataugé dans la merde trop longtemps. J'ai changé.

Le Kid n'en dit pas davantage. Consoler, il ne savait pas. Personne ne le lui avait jamais appris. Il avait tout surmonté, seul. Il tapota sur l'écran de son ordinateur.

— Bon, on se recentre.

32

« Mais une aube allait le recracher, ils
le savaient. Et ils seraient là. »

Nuit de mercredi à jeudi, quartier Saint-Martin,
X^e arrondissement, Paris, août 2010.

Ce soir, Paris ne sentait ni la cire des appartements haussmanniens, ni l'odeur charnelle des usagers du métro, ni même la mort du quai de la Râpée. Non. Il avait plu sans discontinuer une heure durant, enfin, et la ville exhalait le parfum minéral des pavés détrempés après un orage. Les molécules dispersées par le vent tiède et la pluie s'étaient mélangées tandis que l'humidité tombée sur le sol faisait remonter et s'envoler les composés chimiques. Un aréopage de senteurs troublantes. Presque le même qu'à Lille après les ondées d'été, sous *son* pont. Marsac aima ça, aspirant de grandes bouffées d'air, Raimbauld moins, cette moiteur l'étouffait voire l'écœurait d'autant que la foule estivale, volatilisée pendant l'averse, réapparaissait peu à peu, encombrant de nouveau les trottoirs.

Visuel saturé et atmosphère chargée, les filles de la rue, aux regards fardés, braqués sur la nuit et ses mensonges à facettes, reprenaient place sur le bitume luisant. Marsac et Raimbauld, en jean et tee-shirt plus adaptés au lieu que leurs costumes, avançaient côte à côte, en binôme, à la recherche de ce Tahir et de cette fille sur la photo. Le quartier était grand, leur tomber dessus serait un monumental coup de chance, mais ils voulaient tenter. Marsac alluma une cigarette. La faute d'Elsa. Ils progressaient en silence, attentifs sans en avoir l'air, cherchant à repérer Tahir, une ordure de plus dans un monde déjà bien pourvu, réputée prête à tout pour pérenniser son empire et asseoir sa domination, le dieu dollar pour religion. Il ne devait pas être loin, à surveiller son cheptel. Raimbauld observait à la dérobée ces femmes que l'on obligeait à vendre leur corps – la même histoire depuis la nuit des temps, toujours, jamais en sens inverse, ou si peu en comparaison (avait-il existé des peuplades où les femmes avaient un jour mené la ronde ? Les Amazones, peut-être, se dit-il, mais elles avaient vécu entre elles, ne choisissant de s'unir aux hommes qu'une fois l'an, pour la reproduction). Il en oubliait la fumée de cigarette qu'il détestait tant, concentré sur un postulat philosophique devenu une réplique culte. *L'homme est un loup pour l'homme, mais surtout pour la femme.* Il y avait au moins eu ça à prendre dans *Dirty Dancing* que Françoise lui infligeait à intervalles réguliers.

Tout à coup, Marsac cligna des yeux de façon répétitive et accélérée. Stress. Il lâcha à voix basse « Cible en vue à 2 heures ». Raimbauld suivit son regard. Pas de doute. Tahir, flanqué de ses gorilles. Ils se redressèrent imperceptiblement. Le truand, pantalon noir, chemise rouge, veste sombre, cheveux gominés, entouré d'un duo de mines patibulaires en marcel blanc et jean défraîchi, toqua au rideau de fer d'un bar fermé, sans nom, avant d'être avalé par l'obscurité. Ils eurent tout juste le temps de distinguer l'énorme masse humaine qui leur avait ouvert, véritable cerbère des enfers.

— Je ne sais pas si c'est notre cou, mais c'est Tahir. Il faut entrer là-dedans, dit Marsac.

Raimbauld secoua sa grosse tête de nounours mélancolique.

— Pas question. On a une adresse, maintenant, on va chercher la fille, dans ce périmètre. C'est le moment. Sans son souteneur aux alentours, on pourra l'interroger. Ici, on n'entrera jamais. Ou alors pour en ressortir les pieds devant.

Ils zonèrent jusqu'à point d'heure sans jamais localiser la jeune fille, Tahir ne réapparut pas. Un appel les força à quitter les lieux. Un nouvel *ide*. Mais une aube allait le recracher, ils le savaient. Et ils seraient là.

33

« Il y avait un loup. Qui vient de se faire bouffer par une méduse. »

Jeudi, 4 heures du matin, rue Saint-Martin, IVe arrondissement, Paris, août 2010.

Une mare visqueuse, sombre et luisante sur le bitume, à peine figée, presque vivante. Au milieu, un jeune homme gisait, yeux entrouverts. Allez savoir pourquoi, la mort provoquait souvent l'ouverture, au moins partielle, des yeux, comme s'il s'agissait de voir le monde une dernière fois. Jusque-là rien d'anormal. Les lacérations sur le corps et les globes oculaires explosés, avec l'humeur cristalline, collante et glaireuse, qui dessinait deux petites flaques troubles, l'étaient davantage. À l'heure du petit déjeuner, il y avait plus idyllique et Cassem s'était déjà éloigné. Raimbauld se grattait frénétiquement coudes et tibias. Trop, c'était trop. Ses enfants grandissaient dans ce monde-là ? Après s'être ganté de latex, il se pencha vers le corps.

— Le quartier est extrêmement touristique, très passant. Impossible qu'il soit là depuis longtemps. On nous aurait prévenus. Et il est encore chaud, souple, sans lividités.

Il plongea sa main dans la poche intérieure du blouson de la victime avec l'espoir d'y trouver des papiers d'identité, qui s'y trouvaient. Les autres l'entouraient, formant un cercle quasi protecteur autour de lui.

— Elliot Leroy, trente ans, domicilié au 123 de cette même rue. On peut imaginer qu'il rentrait chez lui. En tout cas il est dans la bonne direction.

Raimbauld reprit sa respiration et exhiba les quelques billets pliés dans le portefeuille.

— Le vol ne semble pas être le mobile, mais ça, on s'en doutait déjà à la simple vision des blessures. On ne dégomme pas quelqu'un à coups de machette – parce que j'imagine qu'il s'agissait d'une arme de ce type – pour lui piquer son portable, son portefeuille ou sa montre.

— OK, dit Marsac. Vous vérifiez s'il a une carte de presse, et on remet nos mains dans nos poches.

Raimbauld s'exécuta.

— Rien, mais il peut l'avoir laissée chez lui.

— On va vite le savoir. On y va. Weber et les techs, vous prenez le relais, avant la levée du jour et des touristes.

Hélène acquiesça, photographiant déjà mentalement l'entièreté de la scène de crime, de la position du corps aux mégots de cigarettes et autres détritus qui parsemaient l'espace immédiat.

— Cassem, Brugguer, Narci et Vigier, vous commencez l'enquête de voisinage, en binôme, en douceur et avec le sourire, poursuivit Marsac. Je vous rappelle que beaucoup de ces appartements ici, l'été, sont loués à des touristes. Raimbauld et moi, on file chez la victime dès qu'on en aura fini avec les éboueurs qui ont découvert le corps. On se retrouve au bureau à 9 heures pour un premier débrief.

Marsac et Raimbauld rejoignirent de suite les trois agents de propreté, confinés dans leur véhicule. Encore sous le choc, ils étaient livides, et vraisemblablement hors de cause, juste de passage au mauvais endroit, au mauvais moment. Marsac leur précisa qu'ils allaient être conduits au 36 afin que l'on puisse prendre leurs dépositions et qu'ensuite ils seraient libres.

— Allez, on y va maintenant, glissa-t-il à Raimbauld.

— On est au 89, à l'endroit même où Victor Hugo a fait mourir Gavroche, il y a presque deux siècles. De là à penser que ce bout de rue est maudit.

Marsac, pourtant toujours prêt à entendre le superflu, ne releva pas. L'heure n'était pas à la littérature. À en croire sa carte d'identité, Elliot Leroy habitait juste au-dessus du centre culturel de Serbie. « Nous ne sommes qu'à quelques mètres de chez lui », dit-il. Ils marchèrent rapidement, se demandant qui ils allaient trouver là-bas. À qui allaient-ils devoir annoncer la mort ? Toujours cette même angoisse qui les étreignait. Combien de mondes s'étaient écroulés sous leurs yeux ? Parvenus en deux trop courtes minutes au 123, ils inspectèrent les boîtes aux lettres. *E. Leroy et S. Barratier.* Troisième étage. Ils grimpèrent les escaliers, l'un derrière l'autre, et Marsac sonna. Le jeune homme qui leur ouvrit quelques secondes plus tard avait visiblement été tiré de son sommeil, sa joue droite portait les traces d'un oreiller. Les mots des policiers ruisselèrent sur lui, il ne comprit rien. Lorsqu'il percuta enfin, il s'effondra sur le canapé du salon. Elliot, son colocataire, était un mec sans histoires qui travaillait dans une boîte américaine, XL Medical, comme lui d'ailleurs, en tant qu'ingénieur. Pas loin d'ici. Il raconta leur soirée passée ensemble chez une bande de potes, à jouer à *Lol*. Lui était rentré vers 1 heure du matin. Le lendemain, ils avaient une réunion importante avec les Anglais qui venaient de racheter l'entreprise, la première officielle, tout le gratin serait présent. Le genre de truc où il valait mieux assurer… Elliot, lui, était resté. Jamais stressé, Elliot.

— Lui connaissiez-vous des ennemis ?

— Non, on n'est pas dans un film, merde. On est des mecs normaux. Tranquilles.

— Votre colocataire avait-il des problèmes d'argent ? Des dettes ?

Il secoua encore la tête.

— Une petite amie ?

L'homme hoqueta entre ses mains comme si cela suffisait, comme s'il ne pouvait plus rien entendre.

— Pas que je sache, se reprit-il. Enfin pas vraiment.

— Désolé d'insister, nous comprenons votre douleur, mais pouvez-vous préciser, s'il vous plaît ? Tout peut nous être utile.

Un murmure.

— Sa chambre… Au bout du couloir à droite.

Étrange sensation que celle d'être face au reflet d'une douce folie. Des photos d'Emma Loury, prises aux quatre coins de Paris, tapissaient les murs. Emma courant dans une rue, sous la pluie, abritée d'une revue tenue haut la main, souriant à l'objectif, Emma assise à une terrasse de bistrot, se mordillant le pouce gauche, absorbée par des feuillets posés devant elle, Emma assise sur des marches d'église, à côté d'un SDF qui la contemplait comme s'il n'avait rien vu d'aussi beau depuis longtemps… Le tout façon Doisneau. L'ensemble révélait une véritable obsession et leur évoquait le propre bureau de Marsac, envahi de clichés de mer du Nord. Marsac chassa les images de Solène qui en profitaient pour entrer par effraction. Raimbauld lui adressa un regard sidéré. Ils rejoignirent Simon Barratier, qui n'avait pas bougé d'un iota.

— Monsieur Barratier, demanda Raimbauld, avez-vous entendu parler d'Emma Loury ?

— Bien sûr, oui. C'est elle, sur les photos. Comment le savez-vous ?

— Est-elle déjà venue ici ? éluda Marsac.

— Évidemment. Ils se connaissent, enfin se connaissaient, depuis toujours. Elliot adorait l'accompagner sur le terrain. Elle est journaliste. Il lui fait, enfin merde, faisait les photos de ses articles. Mais pourquoi ?

— Ça arrivait souvent ? esquiva Raimbauld.

— Assez, oui.

Il regarda les deux flics restés debout face à lui.

— Elliot avait deux passions.

Le jeune homme enfouit de nouveau sa tête dans ses mains.

— Emma Loury et la photo ?

— Oui.

— …

— Un truc de folie. Il en était raide dingue, d'Emma. Pour elle, il s'était même procuré un appareil identique à celui de Doisneau. Un Leica 24 X 36. Il ne l'a pas dit comme ça mais ça crevait les yeux… et notre salle de bains, il l'a transformée en labo, pour développer tout seul… ça pue, mais j'ai laissé faire.

— Je vois, dit Marsac en jetant un regard à Raimbauld, muet.

Un regard qui signifiait « est-ce que vous aussi ça vous bouleverse ? ». Il reprit après quelques secondes, le temps que ce jeune homme sèche ses larmes dans sa manche.

— Elliot vous aurait-il parlé de l'enquête actuelle d'Emma Loury ?

La réponse fusa.

— Les filles de l'Est, porte Saint-Martin. Il semblait inquiet, il disait que là-bas ça craignait un max, alors il l'accompagnait, de nuit, en moto, à chaque fois qu'elle voulait bien l'attendre. Le reste du temps, au boulot, il se faisait un sang d'encre.

— Entretenaient-ils une relation ?

— Quel genre de relation voulez-vous dire ?

— Le genre qui se noue entre un homme et une femme.

— J'en sais rien... Elle était avec un autre, de toute façon. Et ces derniers temps ça n'allait plus vraiment. Je crois qu'elle lui avait demandé de ne plus l'appeler pendant un moment. Elle avait des problèmes à gérer avec son mec. Alors il ne prenait même plus son portable. Il le laissait dans sa chambre.

— Son mec ? Le capitaine Jérôme Pieaud ?

— Aucune idée. Elliot disait « il ». Juste « il ».

— « Il » quoi, par exemple ?

— *Il* ne la mérite pas, *il* n'est jamais là, *il* ne devrait pas accepter qu'elle aille traîner dans ces endroits de merde... Des trucs comme ça. Des trucs qui viennent quand on est jaloux.

— Vous avait-il parlé de l'enfant qu'Emma Loury portait ?

Le jeune homme écarquilla les yeux en signe de dénégation.

— Pourquoi portait ?

— Vous ne savez pas ?

Simon Barratier secoua la tête, pressentant qu'il allait entendre quelque chose qu'il aurait préféré ignorer.

— Elle est morte, dit Marsac. Désolé, vraiment. Une dernière question et nous vous laissons tranquille. Vous vous connaissiez depuis quand, vous et Elliot Leroy ?

Le jeune homme s'enfonça un peu plus dans son canapé. Sa tête dodelinait comme un pendule mal réglé. Est-ce qu'il cauchemardait ?

— Monsieur ? reprit Marsac face au silence.

Le regard de Simon Barratier sortit des brumes. Il l'accrocha à celui du flic qui réitérait sa question.

— Vous vous connaissiez depuis quand, vous et Elliot Leroy ?

— Trois ans. Quand il a emménagé ici, il a cherché un coloc. On travaillait dans la même boîte. Moi, je voulais partir de là où j'étais, trop bruyant. Et voilà.

Après avoir remercié le jeune homme dévasté, pris le portable d'Elliot Leroy effectivement abandonné, déchargé, au pied de son lit, Marsac et Raimbauld retrouvèrent la rue comme on reprend sa respiration après une trop longue apnée. Avisant la terrasse du petit bar qui jouxtait le centre culturel de Serbie toujours fermé et estimant qu'ils méritaient une pause, ils s'y installèrent. Chacun remua son café en silence. Ça y est, ils tenaient l'identité de celui qui avait illustré chaque article d'Emma. E.L. Elliot Leroy. Raimbauld leva les yeux de sa tasse.

— Il n'y a pas à chercher plus loin. Outre les photos sous les articles de la petite, les SMS, c'est lui aussi… Beaucoup de tendresse dans ces clichés aux murs, non ?

Le portable de Marsac vibra sur la petite table en verre. Encore Vigne. Le 36, engourdi dans sa canicule mortuaire, se réveillait brusquement. Deux homicides avec un tel *modus operandi* ça coinçait. Le patron s'enflammait. Un fou était en liberté, et tuait, au hasard. La police allait être sommée de faire enfin son job correctement, le contribuable allait exiger des résultats, et un coupable. Vigne ne relâcherait plus la pression, le grand n'importe quoi se profilait. Là, il demandait à Marsac d'organiser une *réunion* préparatoire à une *réunion* de crise. Et ce n'était que le début. Amaury rempocha son téléphone, les yeux rivés sur celui d'Elliot Leroy.

— Si on appelle les choses par leur nom, Raimbauld, alors plus que de tendresse, il faut parler d'amour. Cassem avait raison. On ne peut plus l'ignorer. Il y avait un loup. Qui vient de se faire bouffer par une méduse.

34

« Avec eux, faudra oublier les salades
de primeurs au soja et les tartares
de truite aux canneberges. »

Nuit de mercredi à jeudi, Belleville,
XXe arrondissement, Paris, août 2010.

La nuit leur appartient. Groupe secret. Deux cents membres. Photo de couverture : deux paires de gants de boxe ensanglantés suspendues face à face dans le vide. Image de profil : George Washington sur une mer verte. Le message avait le mérite d'être explicite. Le Kid pointa alternativement son index sur les deux clichés.

— Sans fric, t'es rien. Quand tu viens de nulle part, que tu es personne et que tu veux du blé et arriver à quelque chose dans la vie, soit tu piques le sac des petites vieilles dans le métro mais alors t'iras jamais bien loin, soit tu vois grand, et là, la rue peut te propulser. Tu commences par fréquenter le bon milieu, tu t'immisces, tu joues l'homme de main fidèle et docile, et tu gravis les échelons un par un. Jusqu'au sommet de la pyramide si tu ne lâches jamais rien. Cette dernière règle est la seule valable dans ce monde, sinon tu te fais bouffer tout cru sans avoir eu le temps d'embrasser ta mère une dernière fois. Le mec que tu vas rencontrer ce soir est de cet acabit. Il est parti de peanuts et s'est hissé aujourd'hui tout en haut. Enfin presque. Mais rien de ce qui se passe dans les rues mal éclairées ne lui échappe. Une vraie saloperie sur pattes qui sait tout, toujours, dans les meilleurs délais. Il ignore seulement que je suis son ombre. Mais ça, c'est une autre histoire. Bref, son domaine, c'est le *free fight*, clandestin forcément. La loi est simple : l'un des deux doit mourir, tous les coups sont permis. Et ça rapporte, d'autant que ce petit malin encaisse deux fois. La première à l'entrée, la deuxième avec les vidéos des combats qu'il fait vendre, au black.

— Comment tu le connais ? Qu'est-ce que tu fous avec ce guignol ?

Le Kid lui lança un regard peu amène qui signifiait *juge toujours tu m'intéresses.*

— Après la Légion, il a bien fallu bouffer. J'ai cherché autre chose mais quand t'es grand, gros, métissé, ex-légionnaire, à part devenir videur, t'as pas trop le choix. J'errais, il m'a repéré et j'ai combattu pour lui. C'était ça ou pire, et j'ai pris ça. Un vrai fumier. Mais j'ai gardé des liens avec eux. Faut toujours garder des liens avec ses potes. Pas vrai ?

Pieaud le dévisagea un instant. C'était faux. Le Kid avait eu le choix, et ils le savaient tous les deux. Ses compétences en informatique, par exemple, auraient pu lui ouvrir d'autres portes. La preuve, il travaillait bien pour une start-up maintenant, non ? L'explication du Kid ne tenait pas.

— Cherche pas plus loin et revenons à nos préoccupations. Demain soir, il y a un combat, il y sera. Et tu vas faire sa connaissance. S'il existe une piste pour remonter celui qui a dégommé Emma, lui seul peut nous rencarder. Il appartient à une sphère qui magouille avec tous les voyous influents de la capitale. Les affaires, ça reste un microcosme, tout le monde se connaît plus ou moins.

Les yeux du Kid luisaient d'excitation.

— Dans pas longtemps, ça va être chaud brûlant, Jérôme. Avec eux, faudra oublier les salades de primeurs au soja et les tartares de truite aux canneberges. On va passer à la bidoche saignante. Alors si la dernière fois on a suivi tes règles, là on va appliquer les miennes.

Il se releva, la perspective de cette soirée avait aiguisé sa soif, et revint se poser devant son bureau, deux bières à la main.

— Bon, on se les fait, ces vidéos ? Je vais te présenter les gus un par un, au fur et à mesure. Mémorise et n'oublie rien. Demain, si un de ces mecs te palpe tu mouftes pas. En revanche, si c'est un visage qui n'est pas sur ces bandes, tu l'allumes direct. Sinon c'est lui qui le fera. Parfois, là-bas, c'est la guerre. La guerre comme on l'a connue.

Une heure plus tard, le Kid éteignait son PC, « dors, je laisse allumé », rappelait sa horde et l'emmenait dans sa chambre. Demain, il confisquerait le phone de Jérôme, mine de rien. Un *nouveau* ! Fallait pas le prendre pour un con.

Enfin seul, Pieaud passa une main énervée sur le cuir sombre parsemé de boules de poils humides, eut un haut-le-cœur, il ne s'y habituait pas, c'était dégueulasse ici, et fila se rincer les mains. Il n'avait pas le temps de se choper des staphylocoques. Puis il s'allongea, ferma les yeux, l'oreille collée à son téléphone et se repassa en boucle un message vocal d'Emma qu'il avait sauvegardé lors de sa dernière OPEX. Le seul en sa possession ; *ils* adoraient couper l'antenne relais installée sur les montagnes. Une poignée d'abrutis, 200, contrôlait 70 000 habitants et les infrastructures du pays. Politique de la terreur, de l'arbitraire, du racket. Tous les moyens étaient bons. *Salut amour ! Je t'ai préparé un colis et je le fais partir demain. J'y ai glissé Apollinaire. Si tu lis attentivement, tu verras que j'ai pris la liberté de souligner quelques vers. Tu devras me les déclamer à ton retour, sur le tarmac. Tu m'avais demandé de choisir un deal, le voilà ! Alors, s'il te plaît, reste en vie. Je t'aime.* Des larmes coulaient qu'il ne cherchait pas à chasser. Il aurait voulu s'y noyer, toucher le fond, ne jamais refaire surface.

Lorsqu'il s'endormit, par terre, le soleil griffait déjà à travers la baie vitrée. Le Kid le trouva là. Un rayon de soleil frappait son visage défait et l'éclairait, à la manière des spots fichés au-dessus des tableaux, dans les musées ou les galeries d'art. Ici l'art était abstrait, parce que Jérôme avait vraiment la gueule de travers. Mais bordel. C'était peut-être pas étonnant qu'Emma l'ait préféré à lui.

35

« … les femmes sont ensanglantées… »

Jeudi, 9 heures, 36 quai des Orfèvres,
Ier arrondissement, Paris, août 2010.

Le groupe se réunit comme convenu pour le premier brief de la journée. Il était fondamental pour eux de s'y tenir autant que possible. Les nouvelles se révélaient médiocres. Elliot Leroy était inconnu de leurs fichiers. On avançait, on tenait l'auteur des SMS et des photographies qui illustraient les articles d'Emma Loury, mais il manquait l'essentiel. Les mobiles des meurtres, très vraisemblablement commis par la même personne compte tenu du mode opératoire identique. Par ailleurs, Marsac avait reçu un appel de Hong Kong. Le père d'Emma Loury ne viendrait pas, hospitalisé pour AVC, et on ne pouvait pas lui parler, non, pas encore.

Marsac prit le mobile de Leroy, qui n'avait effacé aucun SMS, ni ceux qu'il envoyait à Emma ni ceux qu'il recevait en réponse, et put ainsi combler le vide et lire entre les lignes. Rien de compromettant dans les mots qui s'acharnaient à ne jamais trahir la pensée du jeune homme, mais cette constance révélait ce qu'il taisait. La vie est ainsi faite. Marsac se demanda si Emma Loury avait pu être aveugle et sourde. Si, au contraire, elle avait compris le message et, doucement, détourné son regard. Si elle avait joué avec le feu, et s'y était brûlée. Si elle avait cédé aux avances muettes du jeune homme. Si Pieaud avait pu, un jour, tomber sur cette correspondance. S'il était allé le cogner, ce mec, comme il l'avait fait pour le con du premier. Si, si, si. Cassem, qui s'était lui aussi penché sur cette lecture, réagit immédiatement.

— À la place de Pieaud, j'aurais pas laissé passer ! Trop, c'est trop. Non ?

— L'auriez-vous découpé à la machette ? lui renvoya calmement Marsac. Lui auriez-vous crevé les yeux ?

— Non, quand même pas. Mais je serais allé l'allumer. Pas vous ?

— Si, bien sûr que si. Mais encore aurait-il fallu que j'aie eu vent de l'histoire.

— Mais c'est une croqueuse d'hommes, notre petite Emma ! s'exclama Brugguer lorsqu'elle eut terminé à son tour sa lecture.

Raimbauld réclama le portable. Quelques secondes plus tard, il ne nourrissait plus aucun doute. Plus mordu que Leroy, il ne voyait pas. Ses démangeaisons redoublèrent, et il tenta de se montrer discret, ses grattages intempestifs finissaient par sérieusement manquer de tenue et sa carapace, lisse et irréprochable, était son dernier bastion. Si l'intérieur prenait l'eau, cela ne regardait que lui. *The show must go on.* La sentence de Brugguer résonnait. *Une croqueuse d'hommes.* Sa femme avait été sculptée du même bois, elle rendait les hommes fous. Lui, le premier.

— Allez savoir…, dit Marsac. Peut-être était-elle seulement solaire, rayonnante, impactant tous ceux qu'elle croisait. Il y a des êtres comme ça, qui laissent une trace en vous, une empreinte, sans même le vouloir.

Les yeux se levèrent au ciel, les bouches esquissèrent des moues d'incertitude. Mais Marsac demeurait convaincu. Emma avait été une jeune femme solaire.

Cassem se tut, se balançant sur sa chaise. Peut-être n'avait-il pas encore digéré la vision d'horreur de cette nuit. Deux en soixante-douze heures, ça commençait à faire beaucoup. Il finit par lâcher, pour changer de sujet, que ce qu'avaient pu récolter les GSI sur la scène de crime était parti au labo.

— Mais, en plein mois d'août, les effectifs sont réduits et tout tourne au ralenti.

Marsac lança son stylo sur la table.

— Pendant qu'un fou furieux erre dans Paris et dégomme la population à coups de machette ? Mais mettez-leur les doigts dans une prise ! On a besoin de résultats !

Cassem opina.

— C'est comme si c'était fait.

— Vite, Cassem.

— Pieaud, les interrompit Brugguer. On ne sait pas s'il connaissait ou pas la grossesse d'Emma. Imaginons qu'il était au courant, qu'il avait même calculé que l'enfant ne pouvait pas être de lui en dépit de ce que suppute le gynéco. Imaginons encore qu'il ait découvert les SMS reçus par sa belle. S'il a suspecté une trahison, tout devient possible. Ce ne serait pas la première fois qu'un mec tuerait sa femme et l'amant de sa femme. Parce que Leroy, il devait se l'envoyer, Miss Loury. Et je reste polie.

— Peut-être, mais, un, vous oubliez que ce n'est pas lui dont nous avons le visage sur la bande de vidéo-surveillance fournie par Moreira, et deux, nous ignorons s'il se passait quelque chose entre Leroy et Emma Loury, coupa Marsac qui, tout en parlant, revoyait la chambre d'Eliott Leroy, tapissée de photos d'Emma.

Cassem cessa son balancement, prit un portrait de chaque victime dans la main, les contempla longuement, les lui montra avant de lui jeter un regard qui en disait long sur ce qu'il pensait de l'amitié hommes-femmes. Il précisa toutefois sa pensée.

— Je suis d'accord avec Brugguer. Ils traînaient très souvent ensemble. Trop. Ils correspondaient beaucoup. Et tant qu'un mec a des balloches, je vois mal comment il pourrait s'abstenir d'avoir envie d'une fille pareille. C'est mécanique, c'est comme ça. Et s'ils se sont envoyés en l'air, ils se sont gardés d'aller le crier sur les toits. Alors ça reste à vérifier.

Tous acquiesçaient tandis que le portable de Marsac vibra à la réception d'un SMS, dans sa poche. Hélène, toujours à l'IML, lui transmettait les résultats d'autopsie. La légiste s'était montrée ultra-rapide.

— C'est Weber. Je vous lis tel quel : 1. Nuque pulvérisée avec bris de la colonne au niveau C1-C2. 2. S'en est suivi un arrêt cardiaque. 3. Le reste est post-mortem. 4. Alcoolémie correspondant à l'absorption de deux bières. Donc, ajouta-t-il en relevant les yeux de son téléphone, la machette est venue après. Pour le plaisir. Maintenant, essayons de visualiser la scène. Leroy marchait, il était tard, il devait être fatigué, comme tout le monde après une journée de travail, et il avait bu deux demis dans la soirée. C'est pas mal ce cocktail fatigue et alcool, mais insuffisant selon moi pour qu'il n'ait pas eu le réflexe protecteur de rentrer le cou dans les épaules. Pourquoi ne l'a-t-il pas eu ? Quant à briser une nuque, ça ne s'improvise pas. Alors ? Et cette rue reste passante, même de nuit, mais le meurtrier ne s'en est pas soucié. Pourquoi ?

— Parce qu'il savait exactement comment opérer et qu'il n'a laissé aucune chance à Leroy, les éclaira Narci qui fréquentait les tatamis depuis son enfance. On peut imaginer qu'il le suivait depuis un moment, à guetter l'endroit propice, puis qu'il l'a sonné, par-derrière et par surprise. Pour un adepte des sports de combat, par exemple, c'est simple comme bonjour. Terriblement rapide et efficace. La nuque s'est immédiatement relâchée, avant même que l'instinct ne fonctionne.

Cassem s'immisça dans l'échange.

— Ou pour un ancien des forces spéciales. Ils sont formés à ce genre de méthodes, non, puisque cet arsenal de techniques létales a été créé pour la guerre ? Pieaud n'a aucun tatouage sur le cou, ce qui le dédouane provisoirement du premier meurtre, OK, mais pour Leroy, si on envisage comme mobile la jalousie ? Parce que si ça se trouve, il s'agit d'affaires différentes, non liées, de deux meurtriers, qui auraient par hasard les mêmes méthodes opératoires. Ou d'un binôme.

— Peu plausible, intervint Marsac. D'abord, le hasard, vous savez ce que j'en pense. Ensuite, Emma Loury enquêtait sur les filles de l'Est. Les tatouages que nous avons en photo sont ceux arborés par les chefs mafieux albanais. La petite, dans l'article sur la prostitution au pays des Aigles, parle d'un certain Tahir, dont on retrouve le prénom là, au dos de cette photo. Ça fait beaucoup de coïncidences. Non. Nos deux meurtres sont liés, je le sens.

— Et cette pègre dégommerait à coups de machette ? demanda Vigier.

— Habituellement non. Mais les dégénérés ont mille cordes à leur arc, la perversion humaine est sans limite, et ce clan albanais ultra-violent. Il nous faut l'identité complète de ce Tahir. Mermun se rencarde mais ça ne nous dispense pas de fouiller de notre côté. Des questions ? Non ? Alors chacun continue ce qu'il a à faire, c'est-à-dire établir l'anamnèse exhaustive d'Elliot Leroy et dresser une cartographie lisible de cette mafia, avec organigramme, mode de fonctionnement, us et coutumes, etc. On se retrouve ici à 13 heures. Ah. Et dénichez-moi, s'il vous plaît, le maximum de photos de ces hommes, si elles existent. Ça fait beaucoup, je sais, mais je compte sur vous. Faites votre possible. En cas de problème vous savez où me trouver. N'hésitez pas.

Le groupe se dispersa. C'était un attelage hétéroclite mais qui puisait sa cohésion, et sa force, dans le caractère de Marsac. Tantôt à l'ouest, parfois à l'est, mais toujours là pour eux, H 24. Ils seraient là pour lui. Marsac se retint d'ajouter un dernier avertissement. « Restez concentrés. On se prépare tous pour une nouvelle plongée dans la lie de l'humanité. » La lie de l'humanité. Longtemps qu'ils y effectuaient des descentes. Marsac se souvint de sa première affaire à la Crim', qui avait donné le *la*. Par une belle journée d'été, un homme avait été jeté sous les roues d'une rame de RER. Atmosphère oppressante, odeur des freins qui avaient chauffé, moiteur écœurante de la foule, pompiers aux regards perdus, et la bouillie disloquée qui restait du passager. Il n'avait pu oublier. Depuis, les *ides* s'enchaînaient, une horreur chassait l'autre, sans jamais la remplacer, venant se frayer une place et tisser la toile d'invisibles blessures qui savaient rendre fou. Il ferma les yeux. Il eut envie de sentir le parfum de l'herbe fraîchement coupée et celle du linge propre dans les armoires. Au lieu de ça, il s'empara du livre d'Apollinaire, un exemplaire de La Pléiade, retrouvé au *Zinc* et ayant appartenu au capitaine Jérôme Pieaud. Peut-être y avait-il quelque chose là-dedans ? Il commença par le secouer, voir si un papier allait en tomber, par miracle, avec liste des contacts du militaire, leurs adresses, la planque de Pieaud… quitte à rêver, autant viser haut. Rien. Seuls quatre vers hermétiques étaient soulignés. Deux de bleu :

Aujourd'hui tu marches dans Paris les femmes
[sont ensanglantées
C'était et je voudrais ne pas m'en souvenir
[c'était au déclin de la beauté

Deux de rouge :

L'angoisse de l'amour te serre le gosier
Comme si tu ne devais jamais plus être aimé

Il referma l'ouvrage, sentant un coup de blues affleurer. Magie de la poésie qui donnait tout à coup envie de vivre ou de crever. Quel bordel, la vie. Il sortit son téléphone, l'espérance est un risque qu'il faut savoir prendre avant qu'il ne soit trop tard, et tapa un SMS, des vers de Prévert en tête. *Elsa, le monde est fou, mais au milieu du chaos, il y a toi, il y a moi, il y a nous.*

Avec Elsa, Marsac avait eu la sensation, jusqu'alors, de marcher sur un lac gelé. C'était terminé. Il allait briser la glace et ne pas sombrer. Il s'en sentait capable. Bien sûr, rien ne serait simple, ils risquaient encore de se faire mal, mais l'amour ça faisait mal, souvent, puisque entre deux baisers naissait la douleur. Un message pour rompre le silence. On verrait bien ce que ça allait donner.

36

> « Je le sens. Croyez-moi. Il y a autre
> chose […]. Une force folle, […] mue
> par l'hybris de la toute-puissance,
> qui veut se mesurer au soleil. »

Jeudi, 13 heures, 36 quai des Orfèvres, Ier arrondissement, Paris, août 2010.

Tous avaient œuvré sans répit, cherchant des noms derrière ces Albanais. Champ d'action : les trafics. De drogue, de l'importation à la distribution en gros en passant, peut-être, par des labos de raffinage, et d'êtres humains, avec une petite préférence pour les mineures. Organisation : en réseaux de groupuscules. Caractéristiques : l'ultra-violence et l'omerta, avec très peu de repentis. Si l'on possédait quelques identités et photos des membres que l'on avait pu arrêter, on n'en avait aucune des individus libres.

Les tubes d'aspirine passaient de main en main, d'autant que Mermun, qui avait promis des news, s'était volatilisé (il en avait le droit, ne faisant pas partie du groupe Marsac). Ils piétinaient dans l'opacité d'un réseau qui savait se protéger.

— C'est l'heure, dit Marsac en se levant.

Sommé par Vigne de s'y coller une nouvelle fois, il parcourut dans le couloir le mémo qu'il avait préparé, récapitulant les points à aborder, ceux à passer sous silence, et décida de broder dans les creux. Il lâcherait aux journalistes deux ou trois faits qu'ils connaissaient déjà, et le reste serait langue de bois. C'était de bonne guerre et les deux côtés le savaient. Le groupe suivait, traînant les pieds. La salle de conférences affichait complet. Marsac détestait l'exercice presque autant que celui qui consistait à parapher la pile de documents administratifs – le métier se technocratisait à outrance – qui enflait à vue d'œil sur son bureau. À la fin de la conférence de presse, Bourgueil, le volubile depuis toujours, qui s'était bien entendu tenu au premier plan, quitta la pièce sans avoir ouvert la bouche. Marsac s'apprêtait à le rattraper lorsque Raimbauld fonça sur lui avec sa tête des mauvais jours.

— Hélène vient de m'appeler. Pas moyen de suivre la trace du crachat laissé par le tatoué avenue Victoria. Le ménage a été fait. Rien de retrouvé non plus au sujet des menaces anonymes émanant de Belleville. Quant à la mère maquerelle avec laquelle Emma Loury a eu un accrochage, impossible de savoir de qui il s'agit. On n'y arrive pas.

— Évidemment.

Et Amaury voua silencieusement aux gémonies les équipes de nettoyage trop zélées, les méduses sans cœur, les plages assassines de la mer du Nord, et les femmes silencieuses. Ensuite, mais ensuite seulement, il en fit un paquet qu'il jeta dans le Tibre, qui croupissait dans un angle mort de son cerveau.

Face à lui, Raimbauld tirait une tête d'enterrement.

— Arrêtez de faire la gueule, Raimbauld. Nous avons quand même appris quelque chose aujourd'hui.

— Ah oui ?

— Absolument. La petite était solaire. Pieaud, Leroy et le con du premier s'y sont brûlé les ailes.

— En admettant que vous ayez raison, ça vous console, vous ?

— Non. Mais cela ouvre peut-être une piste au-delà de la méduse, ou à côté. Raimbauld. Je le sens. Croyez-moi. Il y a autre chose qu'un être barbare qui dégomme à la machette. Une force folle, issue des profondeurs, mue par l'hybris de la toute-puissance, qui veut se mesurer au soleil.

37

« Ce soir, on reste vivants. »

Jeudi, 20 heures, 36 quai des Orfèvres,
Ier arrondissement, Paris, août 2010.

De retour dans son bureau, Marsac compulsait de nouveau les dossiers Loury et Leroy. Vigne venait de passer et s'était montré limpide. Ils devaient mettre au plus vite la main sur cet Albanais. C'était lui, qui d'autre ? Il fallait stopper le carnage. Le ministre ne le lâchait plus, ce n'était plus vivable. Raimbauld avait secoué sa grosse tête. Marsac avait senti croître des picotements, comme des décharges électriques, dans sa gorge et ses bras. Il les avait remisés dans la case *oubli* et avait saisi un feutre rouge. Le groupe les avait rejoints, râleur. *Ce cou ne parle pas.*

— On se recentre sur Tahir, Vigne l'exige, avait répondu Marsac en encerclant le quartier de la porte Saint-Martin. Ce que nous savons, c'est qu'il passe tous les soirs ici. Ses filles y travaillent. La petite brunette de la photo retrouvée chez Emma Loury aussi. Nous avons donc quelques heures pour mettre sur pied un plan de bataille bétonné. Ensuite, il n'y aura plus qu'à planquer, à attendre. Et à le serrer. Ce monsieur ne répondra vraisemblablement pas à nos convocations et il semble dangereux de s'y pointer comme ça, juste pour demander à lui parler. Alors on va employer les grands moyens et on verra bien ce qu'il en sortira.

Ils consacrèrent leur soirée à affiner l'opération, qui comprendrait finalement deux phases. La première le soir même, avec la localisation de la jeune prostituée de la photo. On tenterait une approche, sur place, afin d'obtenir de sa part tout renseignement supplémentaire lié à la planque officielle de son souteneur. Ensuite, et ce serait la seconde étape, on procéderait à une descente là où on l'aurait localisé avec certitude. Au bar miteux où ils l'avaient vu pénétrer, ou ailleurs. Dans l'attente de précisions, il fallait mettre au point un plan d'attaque via ce troquet : il était trop tôt pour se rendre quartier Saint-Martin. On avait du temps et ce serait toujours ça de fait.

Infiltrer la ruelle qui abritait le seul repaire connu de Tahir, ce bar sans nom, n'était pas gagné. Quartier hostile envers les forces de l'ordre et constamment surveillé. S'ils ne voulaient pas voir l'affaire virer à la guérilla urbaine, une seule option : investir un appartement, de préférence vide, les autochtones seraient inhospitaliers, inutile de se leurrer, d'espérer une quelconque coopération. Après toutes les recherches possibles, il s'avéra qu'aucun logement n'était libre. Planquer *in situ*, il fallait oublier. Les stylos valsèrent sur la table. L'énervement grandissait. Il ne leur restait qu'une option, la plus mauvaise. Investir la ruelle.

Par chance, elle semblait tout juste assez large pour y poser un sous-marin. Compte tenu de ses antécédents, Lise Brugguer se proposa pour planquer à l'intérieur du fourgon, avec Narci. En cas d'embrouille, si un curieux venait se frotter d'un peu trop près, ils joueraient la carte du couple en plein coup de feu. Cassem n'avait pu s'empêcher de tiquer, sans oser protester. « Les autres, continua Lise, sans vous vexer, vous avez tous des têtes de flics. » Marsac hocha la tête. Oui, on allait faire comme ça. Mais c'est lui qui allait déterminer les emplacements de chacun. Il octroya comme demandé le fourgon à Brugguer et à Narci. Cassem irait sur le terrain, avec Vigier en balancier. Raimbauld et lui ne seraient pas loin. Il ajouta qu'Hélène resterait au QG, en tant que superviseur. Elle fronça les sourcils.

— Je sais, d'habitude, vous, c'est la rue. Mais là, j'ai besoin de vous ici. Allez, cinq minutes de pause générale. On décompresse, on oublie demain, on se concentre sur ce soir, et on y va.

Dans le couloir, Cassem se dévissa le cou à suivre du regard Brugguer qui avait décidé de faire quelques pas *pour se dérouiller*, ses écouteurs vissés sur les oreilles, et ne put s'empêcher de lâcher un *Miam !* qui fit sourire Raimbauld. Cassem écarta les bras. « Quoi ? Je veux juste profiter de la vie, si c'est pas trop demander. Je veux pas de questions existentielles, je veux des choses simples. » À ses côtés, Weber détourna les yeux. Quant à Narci et Vigier, penchés sur leurs portables, ils n'écoutaient pas. Il se jouait en direct depuis la veille un marathon de charité via *League of Legends* animé par ZeratoR, un roi du streaming. 72 heures non-stop pour récolter des fonds pour le Mali. Le *streameur* comptait rassembler 110 000 euros en trois jours. Narci et Vigier gardaient les yeux rivés sur leurs écrans. Leur façon à eux de décompresser dans le laps de temps imparti. Tête appuyée contre une vitre dont il goûtait la fraîcheur, Marsac consultait ses messageries. Vides. Elsa lui faisait payer très cher ses erreurs. Trop. Elle ne se rendait pas compte qu'il n'en pouvait plus. Au bout du rouleau. Un seul message aurait pu le tirer sur les berges, le ramener à la vie, il le sentait. Weber jetait à Marsac des regards qu'il s'appliqua à ne pas voir. Elle n'avait pas cru une seule seconde à son histoire de superviseur. Il manœuvrait afin de la tenir éloignée du terrain, à cause de l'autre nuit. Elle écrasa son gobelet vide.

— Il va falloir faire quelque chose parce que cette cafetière des années 80, moi, j'en peux plus. Encore pire que notre Senseo !

Marsac se tourna enfin vers elle et lut la supplication muette au fond des yeux de son lieutenant. *Emmène-moi.* Il cilla, *Hélène, pas question*, avant d'opérer un demi-tour vers son groupe.

— Fin de la récré. N'oubliez pas, ils ne craignent rien ni personne, alors on s'équipe au maximum. Ce soir, on reste vivants.

38

« Allez, retourne bosser, ma grande. […]
Y a des tas de festivaliers qui veulent
fouler le tapis rouge avec toi. »

Jeudi, 21 heures, quartier Saint Martin,
X^e^ arrondissement, Paris, août 2010.

La fille fut localisée par Cassem, au même endroit que sur la photo, dans la même minijupe en skaï. Presque trop élémentaire. Un contact micro plus tard, Marsac prévint qu'il s'en chargeait lui-même. Raimbauld l'accompagnerait et disparaîtrait aussitôt. Les autres dégagèrent le terrain dès l'apparition des deux flics. À eux tous, c'était le fiasco assuré. Marsac et Raimbauld se concertèrent du regard une fois la cible effectivement située dans la foule : *Qui monte ? – J'y vais.*

— J'embrasse pas, prévint-elle dès leur entrée dans la chambre.

Il la dévisagea.

— Ça tombe bien. Moi non plus.

Elle ne releva pas. Marsac sortit la somme requise de sa poche – encore quelque chose qui allait avoir du mal à passer en note de frais – et la lui tendit. Les billets disparurent aussitôt et elle entreprit son effeuillage.

— Restez habillée.

Cet impératif, prononcé d'une voix douce mais sans appel, fit tiquer la jeune fille. L'autre jour, le taré lui avait dit la même chose. Elle bascula en mode alerte, tout en dégrafant malgré tout quelques boutons de son corsage pour masquer son trouble. Et si celui-là la collait au mur, lui aussi, jusqu'à l'étrangler ? Et si elle avait moins de chance que la dernière fois ? Elle recula imperceptiblement jusqu'au lit. Sous l'oreiller, elle avait, depuis, dissimulé une bombe lacrymogène. Elle n'attendrait plus le pire pour réagir, elle avait failli y passer. Lorsqu'elle lui avait craché au visage, elle avait vu chez cet homme un regard qu'elle n'oublierait jamais. Elle avait fermé les yeux, sentant l'étau se resserrer autour de sa gorge, attendant le déferlement de fureur, s'y préparant. L'attendant. L'espérant presque. Après la mort, ce ne pouvait pas être plus cruel que tout ce qu'elle avait déjà vécu. Mais l'homme l'avait relâchée, sans qu'elle comprenne pourquoi. Elle s'était dit que Dieu faisait de la résistance, ne la rappelant pas encore, que son destin était d'être là, jour après jour, dans cette chambre d'hôtel. Elle s'était dit qu'elle était punie, même si elle ignorait de quoi. Elle tenta de ne rien laisser paraître, le client est roi, mais Marsac déchiffra sans peine sa peur panique. Lire au fond des yeux et y décrypter l'indicible faisait partie du job.

— Détendez-vous, je ne vous veux aucun mal.

La fille acquiesça, bien obligée, mais resta sur le qui-vive. Les voix tendres et les regards perdus, parfois, ne signifiaient rien. La violence pouvait naître d'un rien, s'embraser et se déchaîner avant de comprendre ce qui se passait. Elle ne se trouvait plus qu'à quelques centimètres de l'oreiller.

— Tu viens ?

— Oui. Je peux rester combien de temps ?

— Un quart d'heure. Vingt minutes max. Bon, tu viens ?

— Pas d'urgence.

Elle se tendit. Il n'était pas normal.

— Vous êtes qui ? Vous êtes flic ?

— Peu importe, continua-t-il. Je vais vous poser une question et je veux une réponse. Alors écoutez-moi. Un homme, grand, brun, aux cheveux ras, à l'allure sportive quoique fatiguée et aux yeux bleus dévastés, est-il venu vous voir récemment au sujet d'une jeune femme, journaliste, Emma Loury ? (Il s'approcha.) Lui, dit-il en lui plaquant le portrait du militaire sous les yeux, quelqu'un qui était sans doute prêt à s'en prendre à vous pour que vous répondiez à ses questions. Elle, recommença-t-il avec la photo d'Emma.

L'angoisse monta d'un cran chez la fille. Sa main agrippait la bombe lacrymo. Du gel poivre. Un pas de plus et ces beaux yeux verts allaient pleurer longtemps.

— Foutez le camp ! Moi rien comprendre !

— Je considère cela comme un oui. Continuons. Et laissez tranquille ce que vous tenez sous cet oreiller, quoi que ce soit. Je vous le répète. Je ne vous veux aucun mal. Mais abandonnez votre charabia. Vous me comprenez très bien.

Elle lui lança un regard de défi. Sa main resterait là où elle l'avait mise.

— Éloignez-vous de moi.

— Après, j'ai d'autres questions. Nous avons trouvé au domicile de cette journaliste une photo vous représentant, vous, et un homme tatoué. Un certain Tahir.

Il lui plaqua l'évidence sous les yeux.

— Compte tenu de votre activité, nous supposons que cette intrusion journalistique aurait grandement pu déplaire à cet homme, votre souteneur, celui qui vous mène à l'abattoir avec une seule préoccupation : alimenter son compte en banque dans des paradis fiscaux dont vous n'avez même pas idée. Donnez-moi son nom. Tahir comment ? Où peut-on le trouver ? Quelle est son adresse perso ? Le rade infâme à deux pas d'ici, est-ce son adresse personnelle ?

Il planta son regard dans celui de la fille. Elle abandonna l'idée de la lacrymo et s'assit sur le bord du lit, appliquée à se ronger les ongles, tête baissée. Un flic. Merde. Un putain de keuf.

— Donnez-moi son nom, son adresse, et nous ferons tout ce qui est possible pour vous extraire de ce milieu.

— Je ne comprends rien à ce que vous dites. Barrez-vous.

— Vous l'ignorez peut-être mais cette jeune femme a été tuée, vraisemblablement par votre tortionnaire. Nous avons un enregistrement vidéo le montrant entrer chez la victime, et en ressortir peu de temps après. Le jour du meurtre. Ça sent mauvais pour lui. Il est fichu. On va le mettre à l'ombre pour longtemps. Et vous ? Que va-t-il se passer pour vous ? Vous allez sombrer sous le joug d'un autre, et l'enfer va recommencer… Savez-vous qu'Emma Loury était enceinte de six mois et qu'il l'a éventrée ? Qu'il a sorti son enfant de son ventre ? Qu'il lui a crevé les yeux ? Et qu'à la fin il a jeté son corps dans une malle ? Savez-vous qu'il a aussi, selon toute logique, massacré dans la foulée un homme dont la seule faute a été d'accompagner cette jeune femme ici ? Oui. Tahir est capable d'horreurs que je ne vais pas vous épargner. Vous les connaissez mieux que moi. Je pourrais m'abaisser au chantage du style ce serait dommage que l'Immigration vienne mettre à mal vos projets d'intégration ici, non ? Ou à celui de la complicité de meurtre, pour obtenir votre coopération, mais si on jouait franc-jeu ?

Il avait pris quelques libertés avec l'identification de l'homme sur la bande vidéo. Mais bon, ça elle l'ignorait.

— Allez vous faire foutre !

— Emma, elle s'appelait Emma, poursuivit Marsac. Que s'est-il passé ? Avait-elle réussi à vous approcher ? Avez-vous parlé, toutes les deux ? Elle écrivait un article sur les jeunes filles, de l'Est, obligées de se prostituer, dans les pires conditions. Elle y racontait notamment l'histoire d'une certaine Clara, prise au piège de ce Tahir. Est-ce vous ? Vous a-t-il surprise avec elle ? Est-ce la raison pour laquelle il était tellement en colère contre vous ? Sur cette photo, là ! Dites-moi. Racontez-moi. Pourquoi avez-vous accepté de vous confier à elle ? Peut-être avait-elle promis de vous aider, elle aussi, en échange ?

Elle releva la tête, l'air buté des enfants qui prêchent le faux pour savoir le vrai.

— Pourquoi elle aurait fait ça ?

— Ça quoi ?

— Promis de m'aider.

— Elle combattait les horreurs, elle avait des rêves. Donnez-moi son nom. S'il vous plaît. Tahir comment ?

— Si je parle, je suis morte.

— Je vous aiderai.

Elle ricana. Des images tournoyèrent dans sa tête. Une semaine avant son départ pour Paris, loin de son village, *ils* l'avaient *formée*. Sept jours et sept nuits, elle l'avait dit à cette journaliste. Depuis, les lettres du mot *silence* étaient gravées à jamais dans sa mémoire. Et puis *aider*, pour aller où ? La misère serait partout. La misère est sans réponse.

Elle leva vers lui des yeux qui semblaient avoir mille ans.

— Vous êtes magicien ? Vous allez effacer toute cette merde comme ça, d'un coup de baguette ? Vous savez ce qu'ils m'ont fait ? Ce qu'ils nous font ? Ce qu'ils me feront encore ?

— Donnez-moi son nom, l'endroit où le trouver à coup sûr, et il sera mis hors d'état de nuire je vous le promets.

— Vous ne comprenez pas. S'il disparaît, un autre prendra sa place. On coupe une tête, une autre repousse aussitôt… Ils sont partout, même si on les voit pas. Aucun mot pour ça, et on peut pas lutter.

— Si. Ça s'appelle une hydre. On a un nom. Il est moche, mais il existe. Et on peut la combattre, je vous l'affirme.

— C'est quoi *hydre* ?

— Une sorte de dragon à sept têtes.

— Et comment on fait, pour les tuer à jamais ?

— Comment vous appelez-vous ?

— Qu'est-ce que ça peut vous foutre ?… Clara.

— En vrai.

— … Marylin.

— …

— Amisa.

— Amisa, pour tuer pour toujours cette hydre, on tranche et on enterre le plus de têtes possible, puis on cautérise les moignons. On les brûle. Dès lors, toute repousse devient impossible, et la bête meurt.

— C'est vrai ?

— Oui. Parlez-moi.

— Parler, c'est mourir.

Marsac fouilla ses poches, en sortit un minuscule carnet Kraft, dont la couverture couleur havane assurait *Le meilleur moyen de prédire l'avenir c'est de l'inventer*, et un stylo à la provenance incertaine.

— Alors écrivez.

Bercée par cette voix douce et basse, ce regard brûlant, Amisa hésita, puis s'empara du Bic et du bloc, déchira une page avant de le lui rendre, se demandant pourquoi elle s'apprêtait encore à commettre une monumentale erreur. Peut-être parce qu'elle aurait préféré ne jamais avoir croisé la route de Tahir, peut-être parce qu'il avait osé sortir l'enfant du ventre de la fille aux yeux gris, peut-être parce que ce flic l'emmènerait avec lui, après, lorsque tout serait fini. Elle murmurait en écrivant, appliquée.

— Il faudra couper la tête et tout cramer, que ça repousse jamais.

Marsac assura que « oui, bien sûr », incrédule devant cette capitulation qu'il n'avait pas espérée. À ce moment-là, deux hommes qui se ressemblaient comme deux gouttes d'eau firent irruption dans la chambre sans avoir pris la peine de frapper à la porte et s'approchèrent de lui, ignorant Amisa devenue blême.

— Oh, t'es qui, toi ?

Tahir et un siamois – son frère ? –, dont les armes dépassaient ostensiblement de leurs holsters. Nom de Dieu mais qu'est-ce qu'ils foutaient, dehors ?! Pourquoi personne n'avait réagi ? Sonné l'alarme ? Comme un con, Marsac était seul et désarmé, au sens propre, n'ayant pas imaginé ce scénario. Il fit un pas vers ces deux survoltés.

— Un mec qui allait partir.

— Alors qu'est-ce que t'attends ? Tu veux qu'on t'apporte un café et une clope ?

— J'ai payé pour vingt minutes. Il m'en reste une poignée et j'aimerais la passer en tête à tête avec mademoiselle. Dégagez.

Ils fixèrent Amisa, sur le lit, les joues en feu, la poitrine à moitié nue, puis le gars à la gueule d'ange cabossé qui semblait détendu. Il venait peut-être bien réellement de baiser après tout. Fausse alerte. Ils devenaient paranos.

— Tu dégages dans trente secondes, le temps de dire au revoir, ou tu te repayes un tour si t'es resté sur ta faim. T'as compris ?

Lorsqu'ils claquèrent la porte derrière eux, *nous oblige pas à revenir*, Marsac et la fille se dévisagèrent sans un mot. Il plaça un doigt sur sa bouche pour lui intimer le silence. Elle hocha la tête et déchira le petit bout de papier plié au creux de sa main, en mâcha chaque morceau, l'un après l'autre, n'en épargnant qu'un qu'elle lui jeta et qu'il saisit au vol. Il le lut, *Zykë*, avant de l'avaler et d'articuler : « Au bar sans nom ? — Oui », dit-elle. Il disparut, lui faisant signe qu'il allait revenir. *Bientôt*.

Elle ramassait ses affaires en tremblant. La porte s'ouvrit de nouveau. Tahir, qui cultivait avec soin ses faux airs d'Al Pacino dans *Scarface*, son idole, bondit vers elle.

— Qu'est-ce que tu fous encore là, toi ? C'était qui, ce type ?

— J'y allais. Tu crois que je lui ai demandé ses papiers ?

— Un keuf ?

— Qu'est-ce que j'en sais ? Tu vois des flics partout !

— J'préfère les voir en premier. Et me parle pas comme ça espèce de petite pute.

Il avisa le stylo, sur le lit.

— C'est pas à toi ça. T'apprends à écrire, Amisa ? Tu veux nous fausser compagnie ? Tu t'es laissé berner par ce beau brun qui t'a fait sa sérénade ? Tu veux nous la faire à l'envers ? Mais tu te prends pour qui, putain ? Salope !

Amisa secouait la tête. Il allait encore péter un câble.

— Non, Tahir, non, j'm'en fous de ce mec !

Ardian la gifla et aboya à son tour.

— Qu'est-ce qu'il te voulait ?

— Comme les autres, répondit-elle entre deux sanglots.

Elle récolta une autre claque et crut que ses tympans éclataient. À ce rythme, elle serait sourde demain. Si elle vivait jusque-là.

— Arrête maintenant, le stoppa Tahir. Si tu l'abîmes trop elle rapportera plus que dalle cette nuit.

Ardian obéit et Tahir lâcha un dernier avertissement.

— Je le sens pas ce mec alors s'il revient, le prends pas. Tu sais ce qu'on fait aux filles désobéissantes, n'est-ce pas, Amisa ? Alors la prochaine qui déconne, je commence par la faire mettre par mon clébard. Après, j'aviserai. Allez, retourne bosser, ma grande. La soirée est pas terminée. Y a encore des tas de festivaliers qui veulent fouler le tapis rouge avec toi. Faudrait pas les décevoir.

Dans l'entrée miteuse de l'hôtel de passe, Marsac, perdu dans sa colère, ça allait chauffer, n'échappa que de justesse à une collision frontale. Une vision de cauchemar, une montagne de chair humaine, bras musculeux croisés sur son torse, immobile, visage tanné, mâchoires puissantes et regard terne, visiblement peu disposée à libérer le passage. Il s'en fraya un, « pousse-toi, connard », avec une furieuse envie de l'entarter. La montagne resta muette mais ses yeux parlaient pour elle. « Reviens, et tu es un homme mort. »

III

On est toujours seuls au monde

Tout était vicié. En tête de liste, Amisa, sa perle, déjà plus bonne à rien après si peu d'usage. Le toubib avait fait son possible, mais elle ne passerait plus jamais pour vierge. La dernière couture avait craqué sitôt achevée. Il voulait bien en tenter une autre, mais ce serait en pure perte, cela ne tiendrait pas. Il avait enragé et envoyé Amisa fouler les pavés. Sa reine était déchue, mais une autre allait la remplacer. Qu'est-ce qu'ils croyaient, tous ? Que sa réputation était usurpée ? Non. S'il siégeait au sommet, c'est qu'il se montrait le meilleur, se relevant sitôt à terre et, s'il loupait quelque chose, Ardian, lui, le voyait.

Ce keuf par exemple, un certain Marsac, son frère, finalement pas si stupide, l'avait reconnu, après coup, se souvenant de l'avoir vu dans un journal le mois dernier. Ardian n'oubliait jamais la tête d'un flic. Question de survie. Si ce flic rôdait dans ses pâturages, ce ne pouvait être qu'à cause de la mort de cette petite merdeuse de journaliste qui voulait sauver le monde, et lui prendre ses putes au nom d'un droit-de-l'hommisme dont il n'avait que foutre. À 5 000 la virginité, parfois bien davantage si la fille était vraiment très jeune et très belle, les droits de l'homme, il s'en préoccupait comme de sa première tétée, et ce poulet, mais comment avait-il pu remonter jusqu'à lui, par quel biais (ça aussi il le saurait), allait payer cher son intrusion sur son territoire. Il n'avait fallu que quelques manipulations à l'un de ses sbires pour dénicher le numéro de portable de ce Marsac, le hacker, l'éplucher et se rendre compte que ce gars-là avait une mère et une dulcinée envers lesquelles il montrait beaucoup d'attachement. C'en était même touchant. Quelques instants plus tard. Il avait eu les coordonnées complètes de ces deux femmes. Après une courte réflexion, il avait choisi de commencer par menacer cette Elsa, parce qu'elle vivait seule à la cambrousse, à 300 bornes, avec sa demeurée de sœur alors que madame Marsac mère était en appartement, à Paris, et entourée. Aller au plus simple, toujours.

Il ne laisserait personne piétiner ses plates-bandes.

Puis il s'était enfoncé un peu plus dans son fauteuil, contrarié par ces deux points noirs successifs. Amisa, qui l'avait déçu et n'avait été finalement que l'esquisse de son rêve – une pureté éternelle, chaque jour intacte, que rien n'entacherait –, puis ce flic, sur son territoire. Il s'était consolé en se remémorant les propos d'Ardian, qui lui avait parlé d'un arrivage, sous peu, qui allait le ravir. Trois ou quatre douzaines comme Amisa, tendres et soyeuses, mais qui seraient capables de le rester longtemps. Finalement, il ne subsistait réellement qu'une ombre à son bonheur. La Voix. Il ne la supportait plus, elle trônait trop haut. L'heure approchait de s'en occuper définitivement.

Le ciel rabaisse toujours ce qui dépasse la mesure. Il était le seul, l'unique, à échapper à cette règle millénaire.

39

« Marsac, […] dégagez. Je ne
laisserai personne se mettre
en travers de ma route. »

Jeudi, 22 heures, 36 quai des Orfèvres,
Ier arrondissement, Paris, août 2010.

Réunion de crise au bureau. Personne n'avait repéré Tahir et son acolyte avant leur entrée fracassante dans la chambre d'hôtel, allez savoir pourquoi ils étaient montés, et Marsac ne décolérait pas. Tous juraient ne pas avoir quitté la ruelle des yeux et, le pire, c'est qu'il les croyait, bien sûr. Alors ? Alors, seule une double entrée était envisageable. Des dizaines de recherches plus tard, ils découvrirent qu'il existait effectivement une seconde voie d'accès à cet immeuble pourri, que personne n'avait remarquée. Résultat : Marsac était grillé. Les autres, eux, pensaient ne pas avoir été repérés. Marsac brûlait d'envoyer valser l'intégralité des dossiers posés sur son bureau lorsque son portable bourdonna dans sa poche. Numéro inconnu. Il décrocha en aboyant.

— Oui ? Quoi ?

— Marsac, j'ai trouvé l'ordure. Il s'appelle Tahir, et il est à moi, dégagez. Je ne laisserai personne se mettre en travers de ma route.

Clic. Marsac mit trois secondes à remettre un visage sur cette voix avant de blêmir.

— Pieaud refait surface.

— L'enfoiré ! s'exclama Brugguer. Qu'est-ce qu'il a dit ?

— De dégager. Il le veut avant nous.

— *Il*, Zykë ?

— Oui, Raimbauld. Zykë.

— L'enflure ! surenchérit Cassem. Mais comment il peut être au jus, hein ? Et en plus il nous menace !

Narci se décomposa à son tour, donnant un léger coup de coude à Vigier, assis à ses côtés. Le voyant de la webcam de l'ordinateur de Marsac clignotait… Ils s'étaient fait hacker comme des bleus. Les deux pâlirent, comme le reste de l'équipe quand, ayant suivi les regards des deux geeks, elle comprit ce qui s'était passé. Tous fixaient encore l'ordinateur lorsqu'il se mit à biper et qu'une capture d'écran s'afficha. Simultanément, le portable de Marsac grésilla de nouveau. Un SMS cette fois. *Occupez-vous d'elle avant qu'il ne soit trop tard.* Ponctué d'une photo.

Elsa.

Sous sa photo, son adresse.

Problème, le numéro d'expéditeur n'était cependant pas le même que le précédent. Marsac hurla.

40

« Ça va, Jérôme ? *Brothers in arms ?* »

Jeudi 22 h 30, quelque part dans Paris, août 2010.

La journée avait été infernale. Après avoir verrouillé la baraque – il suspectait Jérôme capable de se barrer n'importe où pour faire n'importe quoi —, le Kid s'était évaporé la majeure partie de l'après-midi et venait juste de rentrer. Pieaud avait bu, beaucoup. Les retrouvailles furent flamboyantes. Heureusement, il n'avait rien dit au Kid de son coup de fil passé à Marsac. Heureusement. Ils en seraient venus aux mains.

Ils naviguaient maintenant dans les rues sordides aux façades d'immeubles délabrées et aux murs tagués, ultra-sensibles à cet environnement hostile.

— Tu te souviens ? Tu vas être palpé. Si tu bronches, si tu protestes, c'est fini pour nous. Alors respire et aie confiance. Ça va aller ? Tu te sens capable ?

Pieaud acquiesça. Il prendrait sur lui. Il supporterait ces contacts. Il endurerait le pire des supplices pour retrouver l'assassin d'Emma. Tout. Au fond d'une ruelle borgne, *c'est là*, le Kid toqua au rideau de fer d'un bar fermé. Peu après, la porte s'ouvrit sur une montagne de chair qui s'effaça pour les laisser entrer après les avoir minutieusement fouillés. Un couloir, puis une arrière-salle remplie de malabars attablés autour de tables basses. Marcels noirs ou blancs sur jeans fatigués. Boucles d'oreilles, chaînes. Métal à fond. Un gominé assis dans un coin, avec trois autres. Le mâle *alpha*, Pieaud le repéra au premier coup d'œil, et ses sbires. Le boss se tourna vers eux dès leur apparition, affichant un sourire carnassier. Le Kid avait été son meilleur poulain. Un colosse sans attaches qui ne craignait personne et ignorait jusqu'à la notion de douleur. Une recrue en or. Il aurait aimé le garder dans son écurie encore quelque temps, avait tout tenté pour persuader le Black tendance café-au-lait, en vain. Il avait même envoyé ses seconds couteaux lui rendre une petite visite, à Belleville, une nuit d'automne. Les trois hommes n'étaient jamais réapparus. Une légende circulait selon laquelle les chiens du Kid auraient effacé toute trace de cette fâcheuse intrusion. Le boss avait feint de passer l'éponge. Mieux, il avait fait comme si cette histoire n'avait jamais existé. Mais il n'avait pas oublié, il n'oubliait jamais rien. Il aurait le Kid en temps et en heure. En attendant, il ouvrit grand les bras à son approche, jetant un regard faussement distrait à l'homme qui l'accompagnait. Un grand brun au corps que l'on devinait sculpté par un effort quotidien, aux cheveux ras, aux yeux bleu acier rendus vitreux par l'excès d'alcool. Un militaire d'une trentaine d'années. Actuellement sur le carreau. Il aurait bien parié là-dessus s'il n'avait connu parfaitement, et pour cause, les dommages que causait l'addiction aux paris. Lui tirait les ficelles mais n'y touchait pas. C'était la condition pour durer dans le métier.

Le boss sourit.

— L'enfant prodigue de retour au bercail ! Assieds-toi, asseyez-vous. On se laisse porter par le spectacle, on peut pas louper ça, t'es d'accord, et on cause après.

L'endroit suintait toujours la crasse, la violence et le désastre. Il avait le goût du sang. Sous ses Ray-Ban opaques qu'il ne quitta pas, le Kid surveillait Pieaud comme le lait sur le feu.

— Ici, c'est toujours du *no limit*. On va voir ce que ça va donner ce soir. Un seul match, mais du lourd.

Deux hommes firent leur entrée et montèrent sur le ring, poussés par les *go guys !* tonitruants des parieurs en surchauffe. Le gominé expliqua.

— Celui de gauche, il paraît qu'il entre au corps et frappe avec des crochets courts et secs, qu'il va charger et tout donner direct. L'autre, un Flamand, est connu pour sa précision et sa portée. Alors ça va se jouer sur la façon d'amener les coups.

Le caïd garda pour lui la fin de ses réflexions. Il misait sur l'attaquant, réputé pour sa capacité à récupérer plutôt qu'à partir en explosion. L'autre cognait soi-disant en angle, il générait de la puissance des deux mains, il avait de la cardio, mais était un poil plus prévisible. Ça risquait de lui être fatal, d'autant qu'il avait en face de lui un finisseur exceptionnel. Lorsque le combat se solda par la mort cérébrale du Flamand, le boss pivota vers ses invités.

— Dommage, défense poreuse. Alors, le Kid. Qu'est-ce qui me vaut l'honneur de ta visite ?

Le regard de Pieaud voguait du mort, bras en croix, bouche ouverte, au survivant, écroulé par terre, seul. L'homme qui filmait avait éteint sa caméra et rangeait son matos.

— J'aurais voulu te parler en privé.

Le caïd éloigna sa garde rapprochée, ignorant toujours Pieaud.

— T'as droit à une seule question.

— Il y a un mec qui joue au boucher charcutier ces derniers temps. À la machette. Il me faut son nom.

L'autre hésita le temps de terminer sa bière, puis lâcha lentement un nom et un prénom. *Zykë. Tahir*.

— Dis-m'en plus. C'est quoi son problème ?

— On avait dit *une* question. T'as grillé ta cartouche, mon ami.

— Disons que je te serai redevable une dernière fois.

— Quand ?

— Très vite.

Pieaud s'agita sur sa chaise, les avertissements du Kid en tête. « Surtout, et quoi qu'il arrive, tu restes muet, Jérôme, tu dis rien, tu réponds à rien. » Il brûlait de coller cette vermine contre un mur et de la cogner à mort – il fixa ses mains ; était-ce lui ? – le Kid ne se battrait plus jamais pour lui, il s'en portait garant, mais le colosse l'arrêta d'un coup d'œil sans équivoque. *Ce soir, on joue à ma façon.*

Un *check* muet scella l'accord.

— Son problème ? C'est un fou, un sadique sanguinaire. Je suis pas un as en histoire, mais si vous avez vu *Gladiator* à mon avis c'est un Commode en puissance. Sa maman doit être contente, l'homme a de l'ambition pour douze. Et elle en a fait deux comme ça. Leur contribution à eux, au sein de l'économie mondiale, c'est les putes. Des filles des Balkans prêtes à tout pour contenter ces petits arrivistes dont l'aîné, Tahir, se fait surnommer l'Empereur, en toute simplicité.

— Autre chose, reprit le Kid. On le trouve où ? Ce bar miteux, *Le Trophée*, c'est sa planque ?

— Oh, oh. Doucement, mon ami. Tu as le droit d'être exigeant, mais tout a un prix. Alors ça te coûtera un peu plus cher.

— Je vois pas.

— Je t'éclaire. J'ai besoin d'un coup d'éclat pour redorer le blason de la maison et fêter dignement mon quinquennat à sa tête. Depuis que tu m'as quitté, les choses sont plus les mêmes. Beaucoup de Canada Dry, de grandes gueules qui se prennent pour Schwarzenegger, tu les vois se pointer, tu espères, et puis tu déchantes parce que ces branleurs n'ont finalement pas grand-chose à offrir. De la daube pour amateurs de tango, les lions ne sont plus ce qu'ils étaient. Et mon business s'enraye. Alors ton pote, là, le muet qui rêve de m'éclater la gueule, il passera sur le ring. Contre toi.

— Non, lâcha le Kid en se levant de sa chaise.

— C'est comme tu veux. Mais *Le Trophée* c'est pas sa planque, non, il y transite juste, parfois, pour prendre un verre, tu vois ? Alors réfléchis.

— C'est OK, dit Pieaud.

Le Kid jura entre ses dents. Pieaud continua.

— Il crèche où ?

— Quartier Saint-Martin, à deux encablures du canal. Un bar sans nom dessus. Gaffe quand même, il est remonté à bloc depuis qu'il a descendu une petite pute de journaliste qui fouinait un peu trop dans ses affaires.

Pieaud frémit. Lorsque tout serait terminé il allait aussi s'occuper de ce porc. Éclater ses globes oculaires à mains nues, les lui arracher et les lui faire bouffer. En attendant, il s'astreignit à ses six respirations par minute. Visualiser la petite bille bleue le long des parois de son putain de tube à essai. Ne rien laisser paraître à l'ennemi.

— … Mais tu es blême, mon ami. Cette môme, tu la connaissais ? C'était la tienne ? Oui, ça ne peut être que ça, sinon le Kid n'aurait jamais remis un pied chez moi. Et alors quoi ? Tu as les flics aux trousses, parce qu'ils fonctionnent comme ça, à chaque fois, le mari d'abord ? Et toi, tu veux choper avant eux l'assassin de ta belle ?

Le Kid et Pieaud se levèrent, leurs bières tièdes intactes sur la table basse, le macchabée toujours à terre, comme s'il n'existait pas, comme si c'était un détail. Ils avaient presque atteint la fin du boyau tortueux et cradingue qui servait de couloir de la mort à ce ramassis de brutes lorsque le boss les rattrapa d'une phrase.

— Oh ! Le Kid ! Ne vous faites pas choper par les condés avant d'avoir pu honorer votre part du marché. Cette fois, je ne laisserai rien passer.

À l'interpellation, ils marquèrent un ralentissement, sans se retourner. Le Kid se contenta de lever une main, cause toujours, ducon. Il fallait sortir Jérôme d'ici avant qu'il n'explose. De son côté, le gominé regarda le Negro s'éloigner. Ces Blacks, de toutes les nuances, prenaient le pouvoir partout, de la Maison-Blanche jusque devant ses trottoirs. Il allait falloir gérer cette vermine. En attendant de trouver comment, il se félicita d'avoir eu une idée de génie. Le Kid contre ce muet sous haute tension. Lorsqu'il apprit un peu plus tard, après s'être rencardé, que ce type était effectivement un militaire, ancien des forces spéciales, et petit ami du tas de viande découpé par Tahir, il ne regretta pas son choix. La rencontre serait exceptionnelle. La vidéo se vendrait à prix d'or. La soirée avait été bonne. On ne baisait pas un héros de l'Afghanistan tous les jours, et il eut envie de fêter ça dignement. Il se tourna vers l'un de ses sbires. « Va me chercher deux poules. »

Dans la ruelle sombre où l'éclairage public était dégommé à peine réparé, Pieaud et le Kid cheminaient côte à côte, silencieux. Ils avaient obtenu ce qu'ils voulaient, l'identité du tatoué de la photo et l'adresse de sa planque. Un peu plus loin, le Kid craqua. « Pourquoi t'as fait ça, Jérôme ? Je t'avais dit de la boucler ! » Pieaud haussa les épaules, tendu, au bord de l'implosion. Peu importait la promesse faite à ce fils de rien ou de si peu. Il ne comptait pas l'honorer. Il l'avait acceptée dans un seul but : mettre la main sur le meurtrier d'Emma. Le reste était vacuité abyssale.

Lorsqu'une femme voilée passa, rapidement, dans son champ de vision, Pieaud se rétracta davantage. Ils ne se diraient rien de plus ce soir. Ils étaient au-delà des mots, de toute façon, depuis longtemps. Chacun connaissait l'essentiel de l'histoire de l'autre, et l'autre aussi bien que lui-même. Le Kid était venu en France à pied, d'Éthiopie. Sa mère, une bénévole d'ONG, l'avait mis au monde puis abandonné aux bons soins de son père, quittant le berceau de l'humanité, son nouveau-né et l'homme qui le lui avait fait, sans regrets ni remords. Son destin l'appelait ailleurs, et cet enfant café-au-lait était prématuré dans sa vie. Le petit avait grandi sans bruit, recevant deux fois par an des cartes postales de sa mère. À dix-huit ans, quand il avait débarqué à Calvi, devant les bâtiments de la Légion étrangère qui offraient à chacun la possibilité d'une seconde chance, son existence tenait dans un sac en plastique. Son képi blanc obtenu, *la douleur, c'est dans la tête*, il s'était dit qu'il avait réalisé son rêve. Jusqu'au jour où il s'était fait virer. Les salopards. Mais là aussi il avait su réagir, s'adapter.

Jérôme Pieaud, lui, avait été abandonné à la naissance, père et mère mêlés, et il ne saurait jamais pourquoi puisque l'X, en France, ne se remontait pas. Pour lui aussi, l'armée avait été une famille d'adoption. Il avait rêvé de l'intégrer après avoir vu un reportage sur les Casques Bleus, à Sarajevo, sur le pont Verbania. C'étaient des héros aux yeux de la population. Il voulut en être un, enfin savoir ce qu'il valait, pouvoir le lire dans le regard des gens. Rien à ajouter. Enfin, si. Tous les deux y avaient vécu leurs plus beaux jours, même si ce qu'ils y avaient vu ou fait, et tu, creusait le nid de blessures invisibles prêtes à s'ouvrir à n'importe quel moment.

Dans la venelle inanimée, le Kid leva soudainement sa main droite, la tendant vers Jérôme, qui sursauta, et demanda à voix basse :

— Ça va, Jérôme ? *Brothers in arms ?*

41

« J'ai plus qu'un trou à la place
du cœur, un gouffre sans fond… »

Nuit de jeudi à vendredi, 1 heure du matin,
Belleville, XXe arrondissement, Paris, août 2010.

Pieaud tournait en rond dans la maison, psalmodiant en boucle *Tahir Zykë*. Les chiens souffraient de cette fébrilité, sur le qui-vive, ne cessant d'aboyer contre cet intrus dont les déambulations les inquiétaient. Le Kid se vit contraint de les enfermer une fois encore dehors.

— J'y vais, lança Pieaud.

Le Kid se planta devant lui, regardant l'heure.

— Du calme. Zen. Inutile de foncer tête baissée et de nous retrouver avec toute la mafia sur le dos. Il est trop tôt. Attendons qu'ils soient imbibés. Ils vont l'être, ils savent pas se tenir ces mecs.

— Non. Si on l'a remonté, les flics ne vont pas tarder non plus. Et je le veux avant eux. Ça urge.

Le Kid lui tapota le dos en un geste qui se voulait rassurant mais qui fit bondir Pieaud. « Ça va aller, reprit-il, on va serrer cet enfant de salaud avant eux, fais-moi confiance. Encore un peu de patience. » Il s'assit sur son fauteuil à roulettes et alluma l'ordinateur qui lui servait à suivre le groupe Marsac, pas à pas. *Tu vas voir.* Merde. L'écran resta muet. Les flics avaient dû repérer le piratage, il n'avait plus accès à rien de chez eux. Putain. Il garda pour lui la mauvaise nouvelle. De toute façon, Jérôme ne l'écoutait pas, perdu dans son idée fixe. Dégommer Zykë. Il se leva de son siège.

— Écoute-moi. Tu veux l'avoir ? Alors déconne pas. Il y a eu un autre meurtre. Un mec, tué de la même façon qu'Emma. Les rues sont blindées de flics. Mais y a urgence, je suis d'accord avec toi. Alors voilà ce qu'on va faire. Je vais sortir, seul, un moment parce qu'on va avoir besoin de matos supplémentaire pour se pointer dans cette jungle. Tu comprends ? J'en ai pas pour longtemps, OK ? Mais je dois y aller. Reste ici. Ne bouge pas. J'ai ta parole ? Et laisse les chiens dehors. Tu les agaces. Ils vont finir par te bouffer. En attendant, file-moi ton portable.

— Pas question.

— Donne ou tu te démerdes sans moi. On n'a plus le temps pour les conneries.

Pieaud finit par acquiescer. Seul, il n'avait aucune chance. Mourir, ce n'était rien. Mais mourir sans être sûr d'avoir eu Zykë, c'était inconcevable.

Sur le seuil de la maison, le Kid résuma. *N'oublie pas. Je pars, je reviens avec tout le nécessaire et on y va.* Puis il ferma à clé derrière lui.

La porte d'entrée claquée derrière le Kid, Pieaud se servit un verre et s'enfonça dans un fauteuil, casque sur les oreilles, montant le volume de la chaîne hi-fi à son maximum. Les Doors hurlèrent. Ses mains tremblaient. Il essuya rageusement une larme et se resservit en liquide ambré. Quand est-ce que tout avait commencé à dérailler ? Dès sa naissance ? Il n'en parlait jamais, faisant comme si cela ne posait aucun problème, mais taire les choses ne les efface pas. Il avait gardé pour lui cette douleur de l'abandon, et elle avait enflé, devenant une plaie qui s'était infectée à bas bruit. Là-dessus, d'autres étaient venues se greffer, liées à un truc con. La guerre. Il balança son casque. Tenir jusqu'au bout de la nuit, jusqu'au retour du gros. Bouger. À la cuisine, il ouvrit les placards un à un, jetant tout à terre, conserves et paquets. Pieaud ne vit pas, de l'autre côté de la baie vitrée, la meute du Kid qui le suivait, observant la scène en grognant. Il ne les entendit pas davantage. Assis sur le carrelage, il ferma les yeux.

L'aube. Sur une route délabrée, un homme sans âge, qui peut avoir trente ou cinquante ans, et un enfant tractent avec peine une espèce d'immense chariot. La glace, la boue et les nids-de-poule les ralentissent. Sur le véhicule de fortune, quelques meubles protégés par de vieux tissus et un canapé. Sur le divan, une femme sous une burqa bleue et une petite fille aux yeux fermés par la puissance des rafales de vent et de neige, serrée contre sa mère. Tout autour, des gravats. En arrière-plan, une autre silhouette, masculine, pousse comme elle le peut de ses mains calleuses une énorme brouette remplie de bois, dont la bâche se soulève au gré des bourrasques, et nous jette un regard sombre. Kaboul, climat d'apocalypse où tu ne sais jamais qui sont les victimes et les bourreaux.

Troisième mois sur le terrain. *La bascule*. Moment charnière où on est à mi-chemin de nos six mois. Il est presque 4 heures aujourd'hui, et c'est PLO (patrouille légère d'observation). Ça gèle. Le grand bol de café que j'engloutis ne parvient pas à me réchauffer. Les cigarettes non plus. À côté de moi, Xavier s'équipe. La cible : un chef insurgé signalé dans un village voisin. Notre source est *potentiellement sûre*. On avance, dans cette nuit du bout du monde, vigilants. La progression, contre le vent, dans l'obscurité, est difficile. Nos seules sources lumineuses sont celles de nos Guardian, petites lumières infrarouges vissées à l'arrière de nos casques. Tout est lent, mais calme, jusqu'à ce que l'adrénaline nous shoote. Une silhouette masculine se détache à l'horizon. Est-ce lui ? Nous n'avons évidemment aucune photo, à peine une vague description. Nous fonçons sur lui, doigts sur nos détentes de Famas. L'homme, d'âge mûr, vêtu d'un simple shalwar kamiz, ne semble pas avoir d'arme, il se meut avec agilité, ses bras balancent le long de son corps affûté. Il stoppe sa marche dès qu'il nous voit, « *Salam aleikoum*, la paix sur vous », et nous désigne ses chèvres, au loin, qu'il rejoint. Nous repartons. Fausse alerte. Ce n'est qu'un berger. Le lendemain, notre informateur secoue la tête. C'était lui, il en est sûr.

Et l'éternel nuage de poussière, 60 % d'excréments, de la merde, oui, qui nous étreignait en un funeste baiser et recouvrait tout d'une fine pellicule crayeuse qui nous rendait fous. La garce. Née pour enrayer nos armes, nous obligeant à un nettoyage sans fin. Nos armes qui ne nous quittaient pas, jamais. Au lit, sous les douches. Et lorsque nous ne les avions pas – au moment de repartir pour la France, pendant le trajet jusqu'à l'aéroport –, nous nous sentions plus fragiles qu'un prématuré qui vient de naître.

Nom de Dieu.

This is the end.

— Mais qu'est-ce que c'est que ce bordel ?! s'exclama le Kid à son retour, devant sa cuisine dévastée. Qu'est-ce que t'as foutu ?

Pieaud sortit de sa torpeur, se rua sur lui, l'agrippa par le col de son tee-shirt et le secoua violemment.

— T'étais où ? C'est ça ton *pas longtemps* ?! Mais j'ai cru que j'allais devenir dingue, moi !

Le Kid le repoussa. Jérôme empestait le whisky à cent mètres.

— Lâche-moi ! Tu débloques grave. Tu tournes plus rond. Même mes chiens deviennent ingérables à ton contact. T'entends pas qu'ils gueulent comme des cinglés dès que tu te pointes ? Mais regarde-les ! Tu leur fous la bave non-stop ! Tu sais quoi ? Tu vas finir par nous rendre tous fous ! J'avais besoin d'aller nous chercher du matos ! Alors tu te calmes !

Pieaud renversa tout ce qui se trouvait à portée de ses mains.

— J'ai failli crever mille fois, mais c'est elle qui est morte ! Parce que je n'étais pas là ! J'aurais dû être avec elle, et elle serait encore vivante, tu comprends ça ? Mais elle est morte. Morte, morte, morte !

Il enraya les sanglots qui montaient, haletant.

— J'ai plus qu'un trou à la place du cœur, un gouffre sans fond, tu piges, ça ? Alors tes chiens peuvent bien gueuler à s'en éclater les cordes vocales et écumer toute l'eau qu'ils ont dans leurs carcasses, j'en ai rien à branler ! Et rends-moi mon portable, et les clés de cette putain de baraque ! Je ne veux plus jamais être enfermé, tu m'entends ? Nulle part !

Le Kid recula d'un pas, dans cet état Jérôme était capable de n'importe quoi, et lui servit posément un nouveau verre.

— OK. Je le mets dans ta veste. Tiens. Bois un coup et calme-toi, Jérôme. J'ai une bonne nouvelle. On y va. Tout de suite.

42

« Quelque chose comme la prunelle de ses yeux, je crois, son dernier bastion… »

Nuit de jeudi à vendredi, entre 22 heures et 1 heure du matin, 36 quai des Orfèvres, Ier arrondissement, Paris, août 2010.

Marsac martelait des poings les murs de son bureau. Deux messages, de numéros différents ! Et personne n'avait été capable de localiser Pieaud jusqu'alors ! Ils se faisaient balader. Et comment avait-il eu connaissance de l'existence d'Elsa ? Qu'est-ce que c'était que ce cirque ? Comment avait-il manœuvré ? Il calcula le temps qu'il mettrait à se rendre à Saint-Paul, au fin fond de la France. Trop. Beaucoup trop. Et si Pieaud était déjà là-bas ? Non. Impossible. Tahir lui créchait ici, à Paris. Pieaud devait y être aussi. À moins qu'il n'opère en duo. Se souvenir des propos de Bourgueil. Au téléphone, un autre avait mené la danse. Qui était cet autre ? Le binôme s'était-il scindé ? Un à Paris, l'autre à Saint-Paul ? Possible. Nom de Dieu. Il appela Elsa, bascula sur messagerie, ragea, rappela. Ça suffisait leurs conneries de gosses. Elle décrocha par miracle, peut-être surprise de cet appel nocturne, une première dans leur mode de fonctionnement.

— Elsa, ne raccroche pas, s'il te plaît. Je n'ai pas le temps de t'expliquer, mais écoute-moi. Regarde dehors par la fenêtre. Si la voie est libre, va chercher Manon, montez dans ta voiture, filez tout de suite chez Mads et n'en bougez pas jusqu'à ce que je te rappelle. D'accord ?

Rien. Aucune réaction en face. Il avait tenté de maîtriser sa voix, qu'elle ne s'affole pas outre mesure, il souhaitait juste qu'elle obéisse, les mettre, sa sœur et elle, en sécurité. Mais allez faire obtempérer une femme, sans qu'elle pose une seule question, parce que vous n'avez ni l'envie ni le temps de répondre correctement, une femme qui a décidé de vous mettre à l'écart de sa vie *un moment*...

— Elsa, réponds-moi, bon sang !

— Je t'écoute, Amaury.

Dieu qu'elle aimait cet homme. Pourquoi tout était si compliqué entre eux ? Pourquoi l'amour ne suffisait-il pas ? Pourquoi Manon avait-elle voulu mourir en s'ouvrant les veines ? Pour quelle raison l'abandonnerait-il, la prochaine fois ? Solène, évidemment, elle avait compris, elle l'avait même poussé à repartir. Mais ensuite ? Pourquoi l'appelait-il en pleine nuit ? Pourquoi se sentait-elle à bout de tout ? Pourquoi ?

— Princesse, dit-il se calmant, regarde discrètement par une fenêtre.

— Mais qu'est-ce que…

— Je t'en prie, reste au téléphone, fais ce que je te demande et dis-moi si tu vois quelque chose.

Il perçut le bruit lointain, le réseau était mauvais, de quelques pas.

— Il n'y a rien. Tu peux m'expli…

— Je n'ai pas le temps, mais fais-moi confiance. Va chercher Manon, et partez. Tout de suite. Avertis-moi lorsque vous serez chez Mads. Je dois te laisser, je le préviens… Fais attention à vous. Je… Je te rappelle vite.

Il raccrocha, le bureau bondé ne ressemblait pas au lieu idyllique pour une déclaration d'amour, et appela Mads Batthe, commissaire à Saint-Paul, à qui il briefa rapidement la situation, à contrecœur et la boule au ventre. Il n'avait pas d'autre choix que de jeter le loup dans la bergerie.

Sitôt la communication coupée – « Mads, si elles n'arrivent pas dans le quart d'heure, vas-y, promets-le-moi » –, il lui fit suivre par MMS la photo du militaire accompagnée d'une mise en garde. Le capitaine Pieaud n'était pas le seul danger potentiel, un complice existait, à l'identité inconnue. Donc vigilance maximale. Les Albanais étant aussi sur le coup, il lui envoya dans la foulée la photo de Zykë.

Pendant ce temps, le groupe, rongé par la double culpabilité de n'avoir vu ni la menace des frères siamois ni le piratage du PC de leur chef, faisait corps autour de Raimbauld, lui-même penché au-dessus de Vigier et Narci, furieux, qui œuvraient côte à côte sur leurs ordinateurs, occupés à comprendre ce qui s'était passé et à trouver d'où ça venait. Lui seul semblait savoir qui était cette femme.

— Alors ? Au téléphone, c'est qui ?

— Quelque chose comme la prunelle de ses yeux, je crois, son dernier bastion, répondit Raimbauld, s'arrêtant là. Assez parlant, non ?

— Ça y est, je l'ai ! s'exclama tout à coup Narci, brisant un silence de plus en plus dense. L'appel reçu ! La balise a borné à Belleville, dans ce périmètre, dit-il en s'éjectant de sa chaise pour aller cercler de rouge trois pâtés de maisons. Mais, maintenant, c'est silence radio. Il a dû enlever la batterie.

Marsac se prit la tête quelques secondes entre les mains, puis décrocha son téléphone et expliqua la situation à Vigne. La conversation fut brève.

— On y va, dit Marsac. À Belleville. Et, simultanément, on accepte le renfort pour une descente au bar, à Saint-Martin, du groupe Venceslas. Vigne les a convoqués, ils vont arriver d'une minute à l'autre. On va leur faire un topo, le plus précis possible, leur communiquer les plans du quartier, et ils vont assurer et serrer ces frères Zykë s'ils y sont. Je sais, vous n'êtes pas contents, vous vouliez y aller, vous. Soyez persuadés que moi aussi, j'en crevais d'envie. Ceci étant dit, c'est peut-être un piège, cet appel. Le SMS aussi. On ne peut pas négliger ce paramètre. Pieaud. Qu'a-t-il dans la tête ? Qui est son appui ? Est-il lié aux Albanais ? Beaucoup de questions sans réponse et je ne sais pas ce qui se trame. Mais je sais qu'on doit agir, tout de suite, sans pouvoir être sur deux terrains à la fois. Voilà pourquoi j'ai décidé de ce plan, que Vigne a accepté.

On entendait déjà les pas lourds de l'équipe appelée à la rescousse.

— Des questions avant le coup de feu ?

Les têtes furent hochées de droite à gauche et le brief du groupe Venceslas se fit avec précision et rapidité. Une fois qu'ils eurent disparu du bureau, Marsac enchaîna.

— On s'équipe une nouvelle fois, je ne sais pas ce qui nous attend là-bas. Deux véhicules. Je prends le premier avec Raimbauld et Brugguer. Les autres suivent. On se cale tous sur la même fréquence. Pas de gyro, rien. *Go go go !*

Cette fois-ci, Weber ne lui laissa pas le temps de trouver n'importe quoi pour l'évincer. Elle sortit la première. Les autres suivirent. Raimbauld fermait la marche, la main refermée sur son téléphone. Son cœur battait la chamade. Clément, son bébé panda adoré, venait de lui envoyer un SMS. *Bisou Pa <3.* La patience et la bienveillance avaient fini par payer. Saleté de môme. Il rempocha son portable et vérifia son gilet pare-balles, s'assurant que Marsac, défait, agissait de même. Ce n'était pas un bon soir pour mourir.

43

« … oublier nos promesses, pour avancer, rester en vie ? »

Nuit de jeudi à vendredi, 1 h 05 du matin,
Belleville, XXe arrondissement, Paris, août 2010.

Pieaud, galvanisé à l'idée de se trouver face à face avec Zykë, se préparait pour sortir.

Un coup brutal asséné sur l'arrière du crâne – en cas d'urgence, rien ne surpassait les bonnes vieilles méthodes – vint accélérer le processus de mise hors circuit et il s'écroula comme un vieux muret de pierres mal cimentées. La chimie suisse, via Hoffman-LaRoche et sa molécule phare, le flunitrazépam, promettait d'agir en moins de vingt minutes mais, malgré son état général déplorable et son alcoolisation massive, Jérôme tenait encore trop bien le coup. Le Kid n'avait plus eu envie d'attendre. L'effondrement espéré tardait et les flics allaient finir par remonter jusqu'à Pieaud, et ensuite, jusqu'à lui. Impossible. Et puis, il avait vu ce crétin de Tahir, enfin sa BM, devant le cimetière, juste à côté de chez lui. Était-ce une coïncidence ? Le Kid doutait, mais il différa l'élucidation de ce point noir pour se concentrer sur l'urgence.

Pieaud sonné, il le traîna par les chevilles jusque dans sa chambre où il évacua son tapis persan *made in Turkey* dans un coin de la pièce et ouvrit une trappe sur l'obscurité, avant de le charger sur son dos et de descendre avec agilité, ignorant la charge qui pesait sur ses épaules, l'escalier escamotable. Sitôt dans la cave, il referma le piège au-dessus de lui et l'éclairage automatique à détecteur de présence diffusa sa lumière crue. Il déchargea Pieaud, qui ne tressaillit même pas au changement de contact, sur le lit de fortune collé contre un mur du bunker. 20 mètres carrés, aménagés dès son arrivée ici et optimisés au maximum pour tenir très longtemps en autarcie. Anticiper était le fondement d'une vie sans accroc. Le seul problème à gérer serait celui de ses chiens. Il l'avait su dès le début, sans trouver de solution satisfaisante, mais hors de question de s'en passer sous prétexte d'un éventuel repli. Il se rassura en se disant qu'ils avaient bouffé et qu'ils étaient dehors. Ils patienteraient bien un moment. En attendant, il pouvait les surveiller d'ici, via les caméras disséminées dans chaque pièce comme à l'extérieur de la maison. Il avait maintenant hâte, assis à califourchon sur l'unique chaise disponible, que Jérôme se réveille de sa camisole chimique. Hâte d'en découdre. Hâte de lui prouver lequel des deux était le meilleur. Et, accessoirement, le roi du monde.

Personne n'entraverait sa route. Il regarda Jérôme, qu'il ne prit même pas la peine de ligoter, sûr de lui, de sa force, et du Rohypnol. Il voulait du temps pour s'amuser un peu avec Pieaud, avant de s'en débarrasser, de déménager, avant que les flics ne débarquent. Ces pingouins. Lorsqu'ils frapperaient à sa porte, il serait loin, ailleurs dans Paris. Il avait déjà trouvé, tout préparé, reproduit à l'identique. Il ne devait pas s'inquiéter, il avait toujours eu une longueur d'avance sur tout le monde et ne comptait pas la perdre ce soir. Il passa une main sur son front. Il fallait juste qu'il se détende un peu. Il ruisselait de sueur, son estomac s'appelait crampes et s'il s'était regardé dans un miroir il y aurait vu des pupilles dilatées à l'extrême au milieu d'une gueule à faire peur. Au bord du clash. Depuis que Jérôme avait rappliqué, le Kid avait pris soin de ne rien montrer des démons qui l'habitaient. Il était temps que ça se termine. Même rongé par sa douleur, Pieaud n'aurait pas été aveugle encore longtemps.

Il ôta ses chaussures en tremblant, il se sentait toujours mieux pieds nus, il allait enrayer ça vite fait. Trois minutes plus tard, en plein *rush* colombien – sa coke arrivait de là-bas –, il balançait des coups de poing répétés dans les montants métalliques du lit de camp, rythme cardiaque enfin ralenti. La plaisanterie avait assez duré. Il avait une furieuse envie de cogner là où ça allait faire mal. Tiré de sa léthargie par le bruit, Pieaud ouvrit un œil et tenta de bouger. Vertiges, nausées, et plus aucun souvenir. Il fixa le Kid, qui esquissa un rictus, de nouveau en hyper-vigilance, de celle qui assurait la survie.

— À ta place, j'arrêterais tout de suite. Plus tu gigotes, plus le produit se diffuse. C'est pas à toi que je vais faire un dessin.

Pieaud ignora l'avertissement, totalement dans le flou, et la douleur le fit tressaillir. Ses yeux ne parvenaient pas à se fixer. Il émit un râle. Encore un cauchemar. Il fallait se réveiller. Il secoua la tête.

— Emma était tenace, tu sais, elle aurait jamais lâché l'affaire. Non, t'en sais peut-être rien d'ailleurs, toujours à l'ouest, éternellement centré sur tes propres petites guéguerres à gagner. Mauvais de A à Z. Du coup, elle s'est démerdée toute seule dans la vie, depuis que t'as brisé la nôtre. Courageuse, ouais. Peur de rien. Si t'avais vu ça. Si seulement elle avait su s'arrêter à temps… mais non… Il a fallu qu'elle s'obstine. Elle est morte, elle est morte. T'avais qu'à être là. Vraiment là je veux dire. Maintenant, c'est trop tard.

Pieaud se débattait dans un brouillard cotonneux. On aurait dit que le Kid crachait une langue étrangère. Les mots n'avaient plus aucun sens. Cette logorrhée le noyait. Se réveiller. Le Kid éclata d'un rire sombre.

— Remuer la merde, ils savent faire que ça, ces journalistes. Ils prennent leur pied comme ça ! Et Emma, hein, c'était pas le genre à pondre des articles sur comment porter la dentelle en hiver, t'es d'accord. C'était devenu elle ou moi. J'avais plus le choix. L'intimidation n'a pas fonctionné… et remonter jusqu'à moi ne lui aurait plus pris beaucoup de temps et, ça, c'était juste impossible. J'pouvais pas laisser passer. Tu comprends ? Tout ça, c'est de sa faute.

Le Kid renifla dans sa manche face à Jérôme qui reprenait peu à peu conscience, ça se voyait à son regard, qui retrouvait ses contours. Scientifiquement, il aurait fallu au moins huit heures avant d'émerger. Mais Jérôme n'était pas un mec normal. On l'avait surentraîné. Il s'en sortait bien. Dommage qu'il se soit placé en travers de sa route. Le Kid reprit son monologue. Sa vie, il fallait enfin qu'il la raconte à quelqu'un, et Pieaud était tout ce qui lui restait.

— Mais c'est pas moi. Qu'est-ce que tu crois ? Moi aussi, j'ai un cœur. J'ai délégué. Tu veux savoir qui a fait ça ? Zykë. Toujours prêt celui-là.

Il donna d'autres coups dans les montants du lit. Le vacarme devenait infernal, mais il l'ignorait. Son petit nid était totalement insonorisé. Panneaux en fibre de verre recouverts d'une bande de Mylar perforée. Il pouvait taper aussi longtemps qu'il en aurait envie.

— Oh ! Tu comprends ce que je te dis, Jérôme ? Les pièces du puzzle s'assemblent ? Tu m'aimais, je t'aimais, on s'aimait. Mais l'amour et la haine, c'est les deux faces d'une même pièce ! Et encore mieux. À certains moments de la vie, ne faut-il pas oublier nos promesses, pour avancer, rester en vie ? Mais c'était pas personnel tu sais. C'était les affaires.

Pieaud, les yeux exorbités, regarda ses mains, puis le Kid, le Kid qui était devenu fou, qu'est-ce qu'il bavait ? Il avait fait tuer Emma ? Mais pourquoi ?

Son cœur sembla éclater.

44

« *Frères d'armes*… ce sont des mots
comme les autres… Mais tu
t'accroches toujours aux belles paroles.
T'aurais jamais dû. »

Nuit de jeudi à vendredi, 1 h 20, Belleville, XXe arrondissement, Paris, août 2010.

— J'aurais préféré qu'Emma ne fouille pas dans mon business, qu'elle ne te mêle pas à tout ça. J'aurais préféré que ça se passe autrement. Mais le mal est fait. Hein, mon Jérôme. Sur le papier, toi et moi, c'était pour la vie. Mais ces scribouillards ont oublié un détail. On est toujours seuls au monde. Et pour certains, c'est encore plus vrai. Alors, je me suis démerdé, tout seul depuis le début, parce que j'ai vite compris que ce serait marche ou crève. Mon capital Bonheur à moi était rachitique. Si je suivais mon destin, j'allais pousser comme les mauvaises herbes, tu vois. Et tu sais quoi ? J'étais peut-être issu de nulle part, mais j'ai tiré un trait sur le passé, *fuck*, et j'ai regardé droit devant. Là où j'avais un avenir.

— Tu délires, articula Pieaud. Dis-moi que tu délires !

— Non. Et arrête de bouger, tu pourras pas. Je suis lucide et tu vas comprendre. Voilà l'histoire. Tout a commencé là-bas, un jour comme on en a tant eu, toi et moi, hein. 2007, tu te souviens ? De la neige jusqu'aux couilles, au milieu des ruines qui puaient la mort, et l'ANA qui faisait chier comme d'habitude. On y voyait pas à deux mètres, la merde totale, je le sentais pas ce coin, les talebs pouvaient s'être planqués n'importe où. Et puis les roquettes ont explosé à cinquante mètres. Ces salopards nous avaient dans leurs viseurs. Ils ont pilonné sans répit, une vraie boucherie, et la cervelle de mon pote a atterri sur mes mains… Ouais, en plein dessus. Je suis tombé par terre, j'étais foudroyé, paralysé, j'ai cru que je me relèverais jamais. Et pourtant si. Je l'ai fait. Debout, j'ai bouffé cette cervelle sur mes mains et je me suis fait une promesse. *Si tu en sors vivant, tu feras tout pour avoir une belle vie. Pour toi, et pour ton frère mort.* Et j'ai tenu parole. Plus tard ils m'ont viré, mais j'ai rebondi, ailleurs. Et j'ai écrasé chaque obstacle qui se dressait sur ma route. Personne n'aurait pu m'arrêter. Pas même toi.

Pieaud esquissa un mouvement, le Kid l'avait drogué c'était pas possible, il lui fallait sortir de cette carapace chimique et désosser ce cinglé de ses mains. Deux secondes plus tard, il retombait sur le lit. Son corps ne répondait plus. Une lame de fond l'entraînait dans un gouffre.

— Je vais te tuer et tu le sais, articula de nouveau Pieaud, la mâchoire plombée.

— Ta-gueule. J'ai pas fini, et arrête de gesticuler ou je t'en colle une et tu te relèveras plus jamais.

Il rapprocha sa chaise du lit, au cas où Jérôme tenterait un dernier baroud d'honneur.

Pieaud cherchait à évaluer ce que le Kid lui avait administré, certainement dissous dans son dernier whisky, et en quelle quantité. Compte tenu de sa perte de mémoire, de ses vertiges et de ses nausées, il opta pour cette saloperie de Rohypnol, à haute dose, beaucoup plus que le milligramme recommandé. Hypnotique sédatif, le produit s'apparentait à un stupéfiant et circulait beaucoup dans certaines sphères, dont celle de militaires épuisés qui auraient vendu un œil pour dormir six heures d'affilée. Jérôme connaissait. Un soir, il avait vu un de ses hommes s'écrouler devant lui après une prise. Le type était assis sur sa chaise, avait absorbé ses cachetons, et basculé, en arrière, à ses pieds, comme un arbre déraciné par une tempête. L'effet myorelaxant n'était pas une légende.

Il dévisagea le colosse, prenant garde à ce que ses yeux semblent toujours éteints. Pas bien compliqué étant donné les saloperies qui circulaient encore dans son sang. Le Kid suait à grosses gouttes, ses yeux semblaient prêts à bondir hors de leurs orbites et il respirait trop vite. Nom de Dieu. Comment avait-il pu passer à côté de ça ? Le Kid était cinglé. Et il se camait. À quoi ? Cocaïne, ça collait avec son excitation et sa mégalo. Sa tachycardie se réveilla. Il chercha tout de même des traces de piqûre sur les bras du colosse, sur les veines de ses mains qui ressemblaient à de grosses crêtes arides, en vain. La coke, oui, et le Kid était visiblement en pleine descente. Un moment dangereux, un virage à négocier avec tact. Putain de putain. Il fallait se sortir de ce bourbier. Pieaud détailla l'environnement, les yeux toujours dans le vague, cherchant à comprendre, à se localiser. Quatre murs, aucune fenêtre, pas le moindre son extérieur, probablement un sous-sol, une cave aménagée en bunker. Sans issue autre qu'une trappe au-dessus de son lit.

Le Kid éclata de rire.

— Je vois la rage dans tes yeux. T'es en train de te demander, parce que tu gamberges beaucoup sur l'inutile, ce qui blesse plus qu'un ami qui se retourne contre nous ? Ben, rien, je suis d'accord avec toi. Mais on n'est jamais trahi que par les siens, pas vrai ?

— On était frères d'armes, nom de Dieu ! Frères d'armes. Depuis quand ça n'a plus de sens pour toi ?

— *Frères d'armes.* Depuis que le mien est mort, ce sont des mots comme les autres. Seule compte la survie. Mais tu t'accroches toujours aux belles paroles. T'aurais jamais dû. Je suis resté en guerre, mon poto. J'aime ça. Et cette nuit, je suis du bon côté du flingue.

— En guerre, contre Emma ? Mais dans quoi tu magouilles qui vaille sa mort ?

— Tu veux savoir ? Les putains. Ça m'a pris comme la grippe et ça m'a plus jamais lâché.

— Un mac ? C'est ce que tu as choisi de devenir ?

— Non. Le roi du monde. Avec des vierges, mon pote. Et ça cartonne. Ils sont prêts à payer des fortunes pour des premières mains. Grosse clientèle, fortunée. À croire que plus ils ont de fric, plus ils s'emmerdent. Mais la denrée se fait rare. Maintenant, à quatorze ans, elles se sont déjà fait mettre mille fois. Heureusement, j'ai déniché un toubib aux doigts de fée, capable de te reconstruire des hymens à la chaîne, et pour pas si cher que ça. L'illusion est totale.

Le Kid poussa un long soupir.

— Mes petits diamants.

Pieaud sombrait, ceinturé au fond d'une voiture qui coulait. Cet homme en face de lui était fou au dernier degré. Il essaya de se souvenir du contenu de ses poches. Une photo d'Emma et de lui. C'était tout. Nom de Dieu. Le Kid continuait à débiter sa litanie insensée.

— Je les balance sur le marché via les Albanais. *Easy*. Bon, au bout d'un moment ça devient hard, on peut plus rien faire, ça se déchire de partout. Dans ces cas-là, elles finissent sur le trottoir, comme la petite pute que t'as failli me buter. Amisa. La brunette du quartier Saint-Martin.

Pieaud s'astreignait à ne plus rien entendre. *N'écoute pas*, se disait-il. *Rentre dans ta bulle de sécurité. Et cherche.* Il balaya encore et encore nonchalamment la pièce de son regard brumeux, à la recherche d'une bouée, lorsqu'il remarqua quelque chose. À quelques centimètres de lui, une boîte de clous, posée sur une étagère au milieu d'autres boîtes parfaitement alignées. L'autre persévérait.

— Mais je pouvais pas monter ce business tout seul alors j'ai choisi d'infiltrer les Albanais parce que je connaissais un peu leur histoire, tu le sais, et puis parce que là-bas j'avais un tremplin. La Légion. Ça les impressionne. Ça m'a ouvert leurs portes blindées. Et puis, Pieuvre ou pas, ils vénèrent tous le même dieu. Le pognon, Jérôme. Le Bien et le Mal, ça n'existe plus. Pour finir, le Web m'a permis de trouver les bons clients. Ceux qui sauront payer et la boucler. Voilà l'histoire, mon poto. Mon conte de fées. Emma représentait un danger au-dessus de mes moyens.

Pieaud releva la tête. Oui, peut-être était-ce jouable. Ramper jusque-là, en saisir un et le lui planter dans l'œil. Mais il fallait éloigner le Kid le temps d'accéder à la boîte. Tout n'était pas perdu. Il avait encore une carte à jouer.

— Willy sait où je suis. Je devais le joindre, ce soir. Il connaît ma ponctualité. Il va s'inquiéter. Et tu sais ce qu'il va se dire ? « Une seule possibilité de refuge pour Jérôme. Chez cet enfoiré de Kid. » C'est vrai qu'il n'a jamais pu te saquer.

Les veines du cou du Kid palpitèrent, et leur saillie fut douleur, une sensation qu'il avait oubliée depuis longtemps, qu'il redécouvrait avec fureur. Willy. Willy Simon. L'ex-lieutenant-colonel à la retraite, maintenant tenancier d'un bar. *Le Zinc*, ouais. Il l'avait oublié, celui-là. C'est vrai que Jérôme et ce mec avaient toujours été proches. Pas impossible qu'ils aient gardé le contact. Ou Jérôme cherchait à l'entuber. Il porta une main à l'endroit sensible et empoigna Pieaud de l'autre.

— À quoi tu joues ?

— Vérifie mon téléphone. Il a déjà dû essayer de m'appeler vingt fois. Tu le connais. Si ça n'avait pas été mon pote, il aurait pu être ma mère.

Jérôme pouvait baratiner, ou pas. Il fallait remonter là-haut et choper ce putain de portable. Et appeler la montagne en renfort. Au cas où Simon, un planqué celui-là, un gradé, jamais sur le terrain au milieu des mines et des flaques de merde, mais un teigneux quand même, aurait eu la mauvaise idée d'appeler les flics.

Dans le dos de Pieaud, qui avait fermé les yeux afin de ne pas être tenté de regarder encore une fois la boîte de clous, la sueur, mélange de peur et de faiblesse, avait formé une mare. Elle suintait, lentement, le long de sa colonne vertébrale. *Donne-moi la force, Emma*, pria-t-il silencieusement. *Donne-moi la force.*

45

« Et si un chien vous mord, on
les euthanasie tous ? »

Nuit de jeudi à vendredi, 1 h 30 du matin,
Belleville, XXᵉ arrondissement, Paris, août 2010.

Selon leurs calculs – pendant le trajet, ils avaient passé au peigne fin les identités des habitants du pâté de maisons où la balise avait bipé, autour du cimetière –, la maison suspecte pouvait être celle d'un certain Amha Sacalais, un ancien militaire remercié de la Légion étrangère deux ans plus tôt. L'histoire leur revint peu à peu en mémoire. Effectivement, ça avait fait du bruit. L'homme avait été mis en cause lors de ce qui avait été appelé par la presse les « exactions d'un légionnaire ». L'affaire avait débuté avec un informateur anonyme qui avait remis à une association œuvrant pour la défense des droits des jeunes militaires des photos prises lors d'une séance d'instruction de nouvelles recrues. On y voyait les engagés dans des positions particulièrement humiliantes, sous l'œil amusé du lieutenant qui commandait la section. Amha

Sacalais, dit le Kid. L'état-major de l'armée de terre avait commencé par plaider un simple excès de zèle de son instructeur, sans caractère malveillant ou humiliant, avant de céder face à la pression médiatique, de reconnaître l'outrage, et de se débarrasser du gêneur. Car, entre-temps, il leur était parvenu aux oreilles que ce même homme avait déjà dérapé en mission à Djibouti, fuguant en Éthiopie voisine après quelques coups de cafard. La Légion, dont l'opacité nourrissait déjà de nombreux fantasmes dans l'inconscient collectif, n'était pas une zone de non-droit et il s'agissait pour l'armée de le faire savoir. Elle le remercia donc, d'autant qu'une enquête en interne évoquait déjà la possibilité qu'il soit également l'auteur d'un crime de sang survenu en Afghanistan… Marsac ne décolérait pas. « Cette ordure a intérêt à compter ses doigts, parce que je vais les lui éclater. » Brugguer surenchérit. Peut-être faudrait-il arrêter de créer des hommes sans limites. Ces légionnaires, s'ils se coltinaient une réputation sulfureuse, elle n'était peut-être pas tout à fait usurpée, hein ? Raimbauld s'opposa. Et si un chien vous mord, on les euthanasie tous ?

Contrairement à eux, la rue Masséna, abritant la balise qui avait bipé, était tiède et paisible, la maison en question plongée dans le noir et ceinte d'un jardin grillagé. Ils la longèrent à vitesse raisonnable.

— La baraque est cernée de clebs, murmura Cassem à l'arrière de la voiture, ils vont nous faire repérer.

Moteurs coupés quelques mètres plus loin, ils réfléchissaient. Comment approcher sans ameuter les chiens ?

— Laissez-moi faire, dit Brugguer qui n'attendit pas d'approbation pour se propulser à l'extérieur du véhicule et s'approcher de la maison, mains dans les poches, écouteurs vissés autour du cou.

Marsac s'énerva d'un « mais qu'est-ce qu'elle fout ? ». Dehors, tirée de son sommeil, la meute commença à montrer les crocs. Ces temps-ci, il leur en fallait peu.

— Gentils les toutous, chuuut.

Elle leur balança des boulettes par-dessus le grillage. Cinq secondes plus tard, ils s'écroulaient, victimes de leur gourmandise. Elle s'accorda le temps de vérifier le jardin. Rien d'autre. Le lieu était sécurisé. Enfin presque. Elle avait repéré trois caméras de surveillance, aux trois angles stratégiques de la maison. S'il y avait quelqu'un à l'intérieur devant un écran de contrôle, ils étaient déjà grillés. Elle regagna les véhicules banalisés au pas de course, fit signe aux autres de se ramener et leur expliqua.

— Des petites croquettes pour faire dodo. Si vous étiez passés par les Stups, vous en auriez aussi. Il y a toujours des chiens hostiles dans les squats et chez les tox. Toujours. Mais ceux-là ne sont plus un problème et, ça, c'est la bonne nouvelle. La mauvaise étant que je viens de repérer trois caméras de surveillance, dont une braquée sur nous. Faut se grouiller.

Shootés par le flux d'adrénaline, ils ne remarquèrent pas, tapi dans l'ombre, loup parmi les chiens endormis, la silhouette qui mitraillait la scène. Prévenu par son contact, il avait suivi les flics. La meute ne représentant plus un danger après l'intervention de Brugguer, Stéphane Bourgueil s'était planqué dans le jardin du légionnaire après avoir escaladé le portail du cimetière attenant et s'y était fondu. Lorsqu'ils sortiraient l'ordure qui avait massacré Emma – le monde était moins beau sans elle –, il serait là pour immortaliser l'instant et fixer à jamais sa tête de salaud sur le papier. Elle ferait la une. Ensuite, il trouverait un moyen de lui faire payer l'addition, il se le jurait. Celle des flics ne suffirait pas.

Il crispa ses poings. Un frisson le traversa. Il y a des êtres que l'on ne peut perdre sans conséquence. Le temps allait peut-être faire son œuvre, estomper la douleur, mais, en attendant, la colère savait imaginer des supplices inouïs envers les pourritures qui obscurcissaient à jamais vos vies.

46

« Des dizaines de boîtes blanches,
en provenance du Maroc [...].
À l'ouverture, ils trouvèrent
de minuscules capsules de sang. »

Nuit de jeudi à vendredi, 2 heures du matin,
Belleville, XXe arrondissement, Paris, août 2010.

La meute canine toujours endormie, Vigier colla des chewing-gums à la fraise sur les caméras de surveillance et tous prièrent pour que le légionnaire, s'il était là, ne remarque pas le problème. Cassem s'occupa de la serrure ; un père serrurier, ça avait eu du bon. À l'intérieur, les rideaux étaient tirés. Aidés de leurs seules Maglite, ils firent méthodiquement le tour de chaque pièce. Personne. Pourtant, Marsac sentait une présence. Il murmura : « Silence. Il y a quelqu'un, restez vigilants. » Lorsque Brugguer trouva immédiatement après le moyen de trébucher contre un haltère abandonné au sol, il se retint de justesse de l'injurier, se souvenant qu'elle avait aussi calmé les molosses, dehors. Ils suspendirent leurs mouvements, rien, et se dispersèrent de nouveau. Deux minutes plus tard, un anneau vissé dans le parquet, au milieu de la chambre, alerta Weber. Si leur homme était planqué quelque part, ce ne pouvait être que là, sous leurs pieds. Il allait falloir la jouer brutale, foncer d'un coup et compter sur l'effet de surprise. Elle se hâta d'aller chercher Marsac puis le reste du groupe et les briefa sans un mot, d'un simple mouvement de tête vers le sol. « Prêts ? »articula Marsac. Il souleva l'anneau, la trappe, et ils sautèrent dans le sous-sol, l'un après l'autre. Tout s'enchaîna alors très vite. Pris de panique, un colosse à la peau sombre et aux pieds nus, leur légionnaire, saisit un Pieaud visiblement à moitié dans les vapes, s'en servant de bouclier humain, et, dans un même mouvement, s'empara d'une seringue posée sur la table voisine. « Un pas de plus et je lui file une dernière dose. Croyez-moi. Approchez, et il se réveillera plus jamais. » Pour prouver que l'heure n'était pas à la plaisanterie, il injecta dans le cou du militaire la moitié de la seringue brandie. L'équipe leva aussitôt les mains, se demandant qui avait eu l'idée saugrenue de surnommer une masse pareille le Kid, et Pieaud sombra de nouveau dans un sommeil artificiel.

Brugguer ne quittait pas leur cible des yeux. Non seulement ce mec était capable de dégommer à la machette, mais en plus, à en juger par ses pupilles, il voguait là en plein crash. Il y avait urgence, les toxicos à la ramasse devenaient neuf fois sur dix incontrôlables, de vraies bêtes furieuses. Ça pouvait exploser à tout moment. Elle lança un regard d'alerte à Marsac, qui avait compris et profitait d'une fraction de seconde d'inattention du Kid, occupé à réajuster la position de Pieaud qui s'effondrait comme une poupée de chiffons, pour dégainer, se disant qu'il allait falloir viser juste, au milieu de cet amas de corps. Lorsqu'il fut prêt à tirer, trop tard, le molosse le tenait lui aussi en joue. « Il n'y aura pas d'autre ultimatum. Pose ça, Marsac. »

Au dernier mot du Kid, Hélène tira. Touché à la jambe, l'homme s'effondra aussitôt, entraînant Pieaud dans sa chute. Marsac se précipita, repoussa le calibre de la main molle du colosse, et chercha son pouls. Presque rien. Le Kid toussa du sang, un son de succion s'échappa de sa bouche, et puis ce fut le silence. « C'est fini », dit Marsac qui aurait préféré l'avoir encore en vie, qu'Hélène n'ait pas tiré. Mais le Kid ne l'aurait pas loupé, lui, il le savait. Au milieu de ce chaos, Pieaud ânonnait des propos inintelligibles. Marsac se pencha vers lui, il vivait, et se tourna vers les autres. « Appelez un toubib, vite. » Raimbauld s'exécuta puis examina la boîte à côté de laquelle le Kid avait saisi la seringue.

— Du Rohypnol. Il n'y aura pas de bobo.

— Vous êtes sûr ?

— J'en prends tous les soirs.

Et ils délaissèrent le militaire hors de danger pour détailler le bunker. Incrédules, ils découvrirent l'antre d'un fou, peuplé d'un véritable arsenal de guerre, d'un stock de stupéfiants suffisant pour l'éternité, et de dizaines de boîtes blanches, en provenance du Maroc, soigneusement alignées sur une étagère murale, étiquetées *Pilules de virginité. Vierge à nouveau ! $59.95 US.* À l'ouverture, ils trouvèrent de minuscules capsules de sang. Marsac regarda le Kid, *qu'est-ce qu'il fabriquait avec ça ?*, puis reposa les boîtes, l'affaire n'était pas tout à fait bouclée et ne le serait pas tant que les Albanais ne seraient pas eux aussi sous contrôle. Il ne savait pas encore comment ni pourquoi, mais le Kid était en lien avec eux. Il appela Venceslas, écouta, « bien joué, les gars », puis raccrocha et put enfin respirer. « C'est bon ! hurla-t-il au groupe, on les a eus ! Tahir et Ardian Zykë ! Les deux ! » Cris de joie dans le groupe. Seule Hélène, encore sous le choc, resta impassible, prostrée à l'écart. Elle venait de tuer pour la première fois. Ce n'était pas l'enquête dont elle allait faire l'objet qui la dévastait, elle serait blanchie, elle avait œuvré en quasi-légitime défense, mais la mort qu'elle venait de donner. Marsac s'approcha d'elle. Elle se détourna et laissa sa cascade de boucles rousses former un écran entre eux. « J'ai pas envie de parler. »

Il s'éloigna de la jeune femme et lança un « Je sors deux minutes » au groupe.

À Saint-Paul, Mads Batthe décrocha à la première tonalité et écouta le résumé. Marsac entendit, en bruit de fond, les sons d'une télévision encore allumée.

— C'est réglé, Mads. Plus de danger pour Elsa et Manon. Passe-moi Elsa.

— Elle dort.

— Tu te fous de moi ?

Batthe raccrocha. Marsac enrageait. Elsa, ce petit animal insomniaque, dormir ? Batthe se foutait de lui, oui ! Mais quand est-ce que les choses et le monde tourneraient enfin rond ?

47

« L'oubli ne sera jamais
au rendez-vous. […] Il va falloir
composer avec ça. Avancer avec ça. »

Vendredi à l'aube, une plage de la mer du Nord, août 2010.

Les kilomètres de ruban noir défilèrent sans autre bruit que le ronronnement du moteur. Pieaud toujours apathique et ceinturé sur le siège passager, Marsac roulait à vive allure, se repassant en boucle le film du dénouement. Outre la cargaison d'armes, de stupéfiants et de capsules de sang, ils avaient aussi découvert dans le bunker des dizaines de carnets, écrits de la main du Kid. Ils relataient son infiltration au sein du clan des Albanais, facilitée par les liens du sang – la mère du colosse était native de Tirana, elle lui avait au moins légué ça –, puis son ascension, anonyme, au sommet de la hiérarchie du clan, avec la création du *Carré des Vierges*. Tout était consigné, détail après détail. Le recrutement des jeunes filles et leur dressage à Velešta, qui devait épargner leurs virginités. Les méthodes de reconstruction d'hymens (réservées aux plus jeunes et aux plus belles) adaptées par le chirurgien, l'utilisation obligatoire, le jour J, de capsules de sang artificiel – ses acheteurs payaient pour voir saigner leurs commandes, ils devaient être satisfaits –, et son réseau de taxis complices. Les contrats lancés sur Emma Loury et Elliot Leroy, via les frères Zykë, aussi. (Marsac avait collé son front contre un mur. Tiens, il était là, son lien entre les deux. Tahir et son frère avaient été la main droite du monstre.) Les identités de ses richissimes clients. Tout. En parcourant cette liste, Marsac s'était dit que certaines révélations allaient faire du bruit, que la chute de la méduse engendrerait celle d'une cohorte de cloportes. Tant mieux. Combien de jeunes filles cet homme avait-il réduites à l'esclavage sexuel ? Combien de meurtres avait-il commandités pour maintenir et accroître la prospérité de son business ? Jusqu'où serait allée sa folie ?

Lorsque Pieaud s'éveilla, les yeux boursouflés, les traits tirés, ils étaient arrivés depuis longtemps. Marsac fumait par la fenêtre entrouverte, profitant du silence, de cette fraîcheur sans prix, et de la pression retombée, une pensée reconnaissante pour Raimbauld qui lui avait assuré qu'il pouvait s'absenter et le laisser gérer la situation quelques heures. Découvrant Marsac à ses côtés, Pieaud sursauta. « Qu'est-ce que je fous là ? On est où ? »

Il sortit en trombe de la Golf, vacilla sous l'effet des barbituriques qui jouaient encore dans ses veines, se massa les tempes pour diluer le casque à pointes enfoncé dans son crâne, et tomba en arrêt devant le paysage. Une plage déserte, grise, sans palmier, sans touriste, sans rien. Il se tourna vers le flic.

— Mais qu'est-ce qu'on fout ici, Marsac ?

Marsac s'extirpa du véhicule, gorgea ses poumons d'air marin, alluma une autre cigarette, en proposa une au militaire, et s'assit sur le sable. Pieaud l'imita, assis ça tanguait moins, et enserra sa tête au creux de ses mains. Les images se bousculaient dans le désordre. Les rictus du Kid, ses propos insensés, le son d'un coup de feu. Le puzzle reconstitué ne le tranquillisa pas. Le Kid était mort du tir d'un autre.

— Comment vous vous sentez ?

— J'ai froid. Vous allez m'expliquer oui ?

Marsac hocha la tête. L'endroit n'avait pas tellement changé. Plus petit que dans ses souvenirs, mais il retrouvait les mêmes mouettes criardes dans le même ciel gris cendre, les mêmes odeurs. Poulpes, humus et terre au milieu des relents d'algues et de limon. Tellement fort et tellement douloureux.

— Oh ! Vous allez me répondre ? C'est quoi, ce cirque ?

Immobile, Marsac scrutait l'horizon. Il n'avait pas vraiment compris lui-même ce qu'il lui avait pris d'amener Pieaud ici, en pleine situation de crise. Il l'avait mis dans sa voiture, et il avait roulé. Un homme qui venait de tout perdre ne pouvait pas rester seul en compagnie de flics éreintés, on ne sort pas seul du noir, il faut une main tendue.

Amaury ne saisissait pleinement que maintenant. Il murmura, tête baissée sur cette plage battue par les vents.

— Parfois les vies basculent, elles se suspendent dans le vide. Pour moi, ça s'est passé ici. C'est ici que ma petite sœur, Solène, a disparu, une nuit d'hiver. Elle avait six ans, moi huit. Depuis, ma vie s'est arrêtée.

Pieaud tirait sur sa cigarette, le regard braqué sur l'horizon. Il voulut tourner la tête vers le flic mais de petits points dorés tournoyaient devant ses yeux à la moindre esquisse de mouvement, alors il resta droit pour calmer la danse de mort des papillons.

— Je n'avais jamais pu revenir. C'est la première fois. Et je viens de comprendre quelque chose. L'oubli ne sera jamais au rendez-vous. Ni pour vous, ni pour moi. Il va falloir composer avec ça. Avancer avec ça.

Pieaud enterra sa cigarette dans le sable. Il ne voulait pas oublier Emma. Où serait le bonheur, sans Emma ?

— Vous m'emmerdez, Marsac.

— Je sais.

— Alors foutez le camp. Laissez-moi seul.

— Non. Je comprends ce que vous ressentez. Vous vous sentez coupable mais vous n'y êtes pour rien. Faites-moi confiance.

Pieaud dévisagea ce flic qui cillait comme un rescapé de l'enfer. S'il captait bien, sous prétexte qu'il leur restait à faire le même deuil d'une partie d'eux-mêmes, Marsac lui offrait là, ici et maintenant, une possibilité de continuer à vivre. Il l'interpella et posa la question qui lui brûlait les lèvres.

— Est-ce que vous savez, vous, si l'enfant d'Emma était le mien ?

Marsac acquiesça, « oui, une petite fille », et Pieaud enfouit son visage dans ses mains. Ce bébé ? Le sien ? Vraiment ? Mais pourquoi n'avait-il rien su voir ? Ni le ventre ni les seins d'Emma s'arrondir ? Aveugle. Sourd. Muet.

Le visage d'Emma dansa dans sa mémoire. *Emma. Là-bas, le soir venu, je t'imaginais assise à ton bureau, penchée sur ton bloc-notes, mordillant ton pouce, cherchant le mot juste, celui qui saurait le mieux décrire la nouvelle pourriture que tu avais prise pour cible. Emma. Je crevais de ce besoin de te revoir, de t'embrasser et de retrouver ce goût qui était le tien fondre dans ma bouche.* Comment continuer à vivre ? Pourquoi ?

Lorsqu'il releva les yeux vers Marsac, il fut aimanté par l'éclat froid d'une lueur argentée, celle d'un petit Smith & Wesson, sous la veste du flic. La solution venait de s'offrir à lui. Il n'y avait plus qu'à. Il se leva, fixant la mer du Nord, aussi sombre et belle et grise que les yeux d'Emma. Sa tête tournait. Les contreforts immaculés de l'Hindou-Kouch se détachèrent, majestueux, sur un ciel limpide. Au-delà du paysage de cartes postales, la barbarie, le bord du monde. Il effleura son pantalon, lentement, comme pour ôter les débris calcaires de coquillages et de corail qui s'y étaient accrochés, s'approchant lentement du flic. Mais Marsac, qui avait suivi le regard du militaire, le bascula. À temps. Et le maintint au sol. « Ça va aller. Ça va aller, Pieaud. Vous allez voir. » Le militaire ne bougeait plus, pantin désarticulé.

Rien n'effacerait la réalité.

Pieaud n'était plus qu'une forteresse vide, déchiquetée par les loups. Et puis son corps s'anima. Il sanglota.

Il fallait que la douleur sorte.

Marsac le savait mieux que personne.

La nuit s'étirait quelque part avant l'aube et, sur le sable, le vent tournait les pages du petit carnet Kraft tombées d'une poche de pantalon du flic, les offrant à lire au bleu du ciel. *Sortir Amisa bourbier. Panser Hélène. Enfumer taupe. Donner Stéphane dernier article Emma. Brûler photo volée. Vivre.*

REMERCIEMENTS

Du point de départ à celui d'arrivée, je veux saluer la confiance des éditions Calmann-Lévy à mon égard et celle de Caroline Lépée en premier lieu, dont la contribution, invisible pour vous lecteurs, fut pour moi inestimable. Caroline, reçois toute ma tendresse.

J'adresse également ma plus profonde reconnaissance à deux amis formidables : François-Xavier Marchand, d'une part, lieutenant-colonel dans l'armée de terre, expert psy, homme discret, qui a accepté de se confier sur « son » Afghanistan, répondant avec patience et bienveillance à mes stupides questions, nourrissant mes lectures. Sans toi, mon cher FX, ce livre n'existerait pas. Dédions-le, ensemble, à la mémoire de vos larmes. Et Sylvie Fauda-Role, d'autre part, qui a enduré avec un sourire jamais démenti nos interminables soirées ancrées autour de ce qui était devenu mon obsession. Sylvie, c'est si bon de t'avoir rencontrée !

Merci à ma chère famille, dont la présence aimante et indéfectible m'apporte chaque jour chaleur et réconfort, merci à mes amis, qui ont la grâce de le rester. Vous êtes des anges (Geneviève et Raymond Behr).

Merci aux nouveaux venus dans mon univers, apparus avec *Ce qui se dit la nuit*. Vous m'avez tous touchée à votre façon, vos mots furent autant de merveilleux soutiens et vous m'avez fait vivre d'incroyables moments de bonheur. Philippe Robinet, Françoise Sinard, Anne-Laure Casetta, Gilberte Bernard, Dominique Préhu, Marie Michaud, Camille Lucet Boyer, Françoise Calvez, Nadia Di Pasquale via Livresse du Noir, Yvan Fauth via Emotions, Laurent Fabre, Claude Moha via Le Cygne noir, Martine Lévesque, Olivier Vanderbecq, André Bonet et Nathalie, ou encore Dominique Maisons, Chloé Herla et Antoine Lebourg. J'en oublie certainement, pardonnez-moi.

Merci à vous, qui tenez ce livre entre vos mains.

Merci enfin au vrai Jérôme Pieaud, sauveur d'ATM hors pair ! Mon héros se devait de porter votre nom.

PAPIER À BASE DE
FIBRES CERTIFIÉES

Le Livre de Poche s'engage pour
l'environnement en réduisant
l'empreinte carbone de ses livres.
Celle de cet exemplaire est de :
350 g éq. CO_2
Rendez-vous sur
www.livredepoche-durable.fr

Composition réalisée par Belle Page

Imprimé en France par CPI
en décembre 2018
N° d'impression : 3031614
Dépôt légal 1re publication : janvier 2019
LIBRAIRIE GÉNÉRALE FRANÇAISE
21, rue du Montparnasse - 75298 Paris Cedex 06

27/6151/4